KB113788

톱스타
이건우

톱스타 이건우 1

크레도 장편소설

초판 1쇄 찍은 날 § 2018년 5월 18일
초판 1쇄 펴낸 날 § 2018년 5월 25일

지은이 § 크레도
펴낸이 § 서경석

총괄팀장 § 최하나
편집책임 § 이선근

펴낸곳 § 도서출판 청어람
등록번호 § 제387-1999-000006호
등록일자 § 1999. 5. 31
어람번호 § 제1-2904호

주소 § 경기도 부천시 부일로 483번길 40 서경B/D 3F (우) 14640
전화 § 032-656-4452 팩스 § 032-656-4453
http://www.chungeoram.com
E-mail § chungeorambook@daum.net

ISBN 979-11-04-91734-9 04810
ISBN 979-11-04-91462-1 (세트)

크레도 장편소설
FUSION FANTASTIC STORY

톱스타 이건우

10

도서출판
청어람

Contents

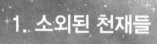

1. 소외된 천재들

LA 신세계 독립 영화 축제는 이제 막 생겨나 1회를 맞이하는 영화제였다. 독립 영화는 흥행을 목표로 하는 상업 영화와는 달랐다. 제작자의 의도가 가장 우선시되었기에 주제나 촬영 기법 등 다양한 부문에서 차별화되고 자유로웠다.

　　독립 영화라는 단어에서 독립이라는 뜻은 자본과 배급망으로부터 벗어났다는 뜻이었다. 미국에서는 독립 영화만을 위한 극장도 따로 있었다. 아무튼, 아카데미 시상식에 비교한다면 상당히 작은 규모였지만 누구도 무시하지 않았다. 독립 영화의 정신을 지키자는 취지였으니 말이다. 다만 축제 자체는 재단에 의해서 열리는 것이니 재단의 입김이 많이 작용했다.

어쩌면 건우는 상업 영화의 정점에 위치해 있다고 봐도 무방했다. 상업 영화의 가장 큰 성공작이 '골든 시크릿'이었기 때문이다. '골든 시크릿'으로 남우주연상까지 탔으니 건우가 독립 영화제에 참여하는 것은 큰 의미가 되는 일이었다.

UAA에서도 참여하는 것이 좋겠다는 연락이 왔기에 건우는 에드스타의 일을 처리할 겸, 직접 가기로 했다. 가는 김에 화보 촬영까지 껴 넣었다. 돈에 대한 욕심이 별로 없는 건우였지만 이번 화보 촬영은 워낙 막대한 돈을 제시해 오니 고개를 끄덕이게 되었다. 그렇게 열심히 돈을 벌 필요는 없었지만 많은 돈을 준다는데 마다할 이유 또한 없었다.

휴가와 일을 저울질했다면 고민했겠지만 여러 일이 겹쳐 있어 딱 좋은 타이밍이었다.

'그냥 생각 없이 푹 쉬려고 했는데……'

한 일 년 정도는 그냥 놀고 싶었지만 예기치 않은 일들이 생겨나서 계획이 어긋나고 있었다. 아무리 뛰어난 능력을 지니고 있어도 한 치 앞을 내다보지 못하는 것이 바로 인생이었다. 그래서 인생이 재미있고 또한 열심히 살기 위해 노력하는 건지도 몰랐다.

'뭐, 다녀오고 나서 쉬면 되겠지.'

가벼운 마음으로 미국행 비행기에 올랐다. 건우가 독립 영화제 초청을 받아 미국에 간다고 하니, 많은 관심이 쏟아졌다. 그들만의 축제로 묻힐 뻔했던 독립 영화제에 관심이 쏟아지고 있었다. 주최 측에서는 엄청나게 긴장하고 있다고 한다. 방문객이 대거로 몰려올 것이 점쳐졌기 때문이다.

주최 측에서는 그냥 한번 찔러봤던 것뿐인데 건우가 응답할 거라고는 예측하지 못했다고 한다. 건우가 다른 굵직한 행사의 초청을 모두 거절했기 때문이다.

미국 공항에 도착하자 경호원에게 둘러싸여 빠르게 공항 밖으로 빠져나왔다. UAA 측에서 고용해 준 전문 경호 요원들과 마이클을 한적한 곳에서 만날 수 있었다. 공항에서 탔던 차량에서 다른 경호 차량으로 바꾸어 탔는데, 건우에게는 과잉 경호처럼 느껴졌다.

옆자리에 앉은 마이클이 웃으면서 건우를 맞이했다.

"이곳에서는 마음껏 말씀하셔도 됩니다. 보안은 확실합니다. 저번에 뵙고 또 뵈니 기분이 좋군요. 그리고 놀라운 소식을 들어서 아직도 어안이 벙벙합니다. 역시 건우 씨는 예상이 불가능한 슈퍼스타이십니다."

마이클은 크게 놀랐다는 말을 했지만 태도에 변화를 보여주지는 않았다. 감정의 기복 없이 항상 똑같은 모습을 보여주었기에 많은 이들이 그를 신뢰했다. 건우도 마찬가지였다. 미국에 처음 왔을 때의 자신을 대하던 모습과 비교해도 별다른 차이가 없었다.

"하하, 그렇게 되었습니다."

"그래도 납득은 갑니다. 다름 아닌 이건우이니까요."

"너무 띄워주시네요."

"아닙니다. 저를 잘 아시지 않습니까? 제 말에는 단 하나도 과장이 없습니다. 그게 바로 제가 고객분들께 신뢰를 얻는 방법 중 하나이지요."

마이클은 마치 특수 요원들이 쓸 법한 태블릿 PC를 꺼냈다. 이 세상의 태블릿 PC가 아닌 것처럼 보였다. 다른 각도에서 보면 흉기처럼 보이기까지 했다.

"이건 보안 때문에 특수 제작한 겁니다. 다양한 자료가 들어 있거든요."

"제 자료도 있나요?"

"당연하지요. 저희의 가장 중요한 고객이신데요. 데뷔 때부터 지금까지 공개된 자료들이 거의 다 있습니다."

마이클이 건우의 자료를 보여주었다. 사적인 정보 수집은 아니었고, 건우가 공개한 대부분의 정보가 정리되어 있었다. 건우조차 처음 보는 '달빛 호수' 스틸 컷도 있었다.

마이클은 최근 있었던 행사의 사진을 보여주었다. 일본과 북미에 있었던 코믹스 행사에서 찍은 사진이었다. 커뮤니티에 돌아다니는 것을 수집한 모양이었다.

'실제로 보는 건 처음인데.'

많은 사람들이 자신이 그린 그림에 나오는 복장을 그대로 입고 있었다. 최근 연재된 분량에 있는 청년기로 성장한 자신의 모습을 한 이들이 가장 많았다. 본격적으로 비무행을 시작하는 단계였는데, 나름 임팩트 있는 고수들이 나와서 그런지 그들의 모습도 상당히 많이 보였다. 그들은 건우에게 있어서 악역이라고 할 수 있었지만 그래도 나름 자신의 철학과 무도를 세운 이들이었다.

그런 모습이 매력적으로 다가온 모양이었다. 동영상도 있었는데, 제법 재미있었다.

[죽고 싶다면 말리지 않겠소.]

[고맙구려. 의미 있는 칼부림이 되길 바랄 뿐이오.]

동영상의 외국인들이 나름 각색한 대사를 치고 있었다. 그 모습에 살짝 웃음이 터져 나왔다. 동양인들뿐만 아니라 서양인들에게도 복장이 잘 어울렸다. 인물의 생김새는 동양에 한정짓지 않았기 때문이다. 그게 나름 신의 한수가 된 것 같기도 했다.

아무튼, 건우가 생각했던 것보다 훨씬 큰 영향을 미치고 있었다. 보통 동양을 떠올리는 서양인들은 닌자나 사무라이부터 떠올렸지만 지금은 완전히 바뀌어가고 있었다.

서서히 바뀌는 것도 아니라 해일이 밀려오는 것처럼 바뀌고 있었다. 그만큼 진우전생록이 가진 힘은 엄청났다.

'한국적인 배경으로 바꾸길 잘했네.'

건우는 직접 본 것들과 전문 자료까지 참고했다. 이미 방대한 자료가 건우의 머릿속에 존재했다.

물론 상상 속의 세계이니, 현실에 맞도록 좀 더 예쁘고 아름답게 고쳤다. 역사물이라기보다는 한국적인 판타지라 부르는 것이 옳을 것이다. 애초부터 검기니 내력이니 하는 것 자체가 현대 사람들에게는 판타지니 말이다.

"그랜드 마스터! 건우 씨와 무척이나 잘 어울리는 칭호입니다."

"그건 좀… 부담스럽네요."

"아닙니다. 제가 예언하지요. '골든 시크릿'의 아성을 가볍게 뛰어넘는 명작이 될 겁니다. 그리고 건우 씨의 작품 활동에도 좋은 영향을 미칠 것이고요."

마이클의 감은 무척이나 정확했다. 할리우드의 밑바닥 생활부터 시작해서 다져진 안목이었다.

UAA는 배우나 가수뿐만 아니라 인기 작가까지 관리해 주고 있었다. UAA가 워낙 거대한 회사다 보니 자회사도 여럿 가지고 있었는데, 문화 산업에 대한 투자를 많이 하고 있었다.

UAA에게 있어서 건우는 보물을 쏟아내는 보물 상자나 마찬가지였다.

"그럼, 일정을 말씀드리겠습니다. 불편하신 곳이 있으시면 바로 말해주세요."

"네, 알겠습니다."

마이클은 건우가 미국에 있는 동안 매니저 역할도 해줄 예정이었다. 공식적인 스케줄은 영화제 참여, 그 이후 화보 촬영, 주지사와의 만남이었다. 스케줄 외에 이틀 정도 시간이 있었는데, 비공식적으로 에드스타에 찾아갈 예정이었다.

석준 그리고 UAA와 상의한 결과 당분간 비밀을 유지하는 쪽이 추후에 있을 파급력을 보았을 때 더 좋을 것 같다는 결론이 내려졌다. 지금 밝히면 오히려 작품에 악영향을 끼칠 수 있었다.

에드스타에 갈 때 건우와 마이클만 가는 것은 아니었다. 건우를 담당하고 있는 변호사까지 대동하고 갈 예정이었다. 물론, 미국 최고 수준의 보안 요원들 역시 항상 동행한다. 기밀 유지에 대해 철저하게 약속받은 이들이었다.

호텔로 이동하고 휴식 후에 바로 영화제에 참여했다. 건우를 보기 위해 몰려온 많은 사람들로 인해 영화제는 호황이었다. 조금 문제가 있기는 했지만 그래도 영화제가 주목받은 것은 대단히 좋은 일이었다. 건우 때문인지는 몰라도 할리우드에서 알 만한 배우들과 감독들의 모습도 보였다. 전체적으로는 약간 통제가 되지 않는 느낌이었다.

건우에게 접근하려고 하는 많은 사람들이 있었는데, 건우의 뒤에 서 있는 개인 경호원이 모두 제지했다. 이렇게 안에서까지 경호를 받는 건 처음이었다.

서로 명함을 건네면서 담소를 나누는 모습은 영화제라기 보기보다는 작은 사회를 보는 것 같았다.

'독립 영화제라도 할리우드라는 건가?'

이제 막 열린 독립 영화제였기에 영화제 진행 자체가 잘 안 되는 느낌이 있었다. 그나마 상영작을 볼 수 있어서 다행이었다. 독립 영화를 보는 건 처음이었는데, 대중적이지는 않으나 괜찮은 느낌으로 다가왔다. 신세계 영화 축제라는 이름답게 여러 가지 새로운 촬영 기법을 볼 수 있었다.

건우는 다른 영화들도 보고 싶은 마음이 들었다.

시상식을 보고 주최 측이 연 파티에 참여했다. 건우를 잘 아는 사람으로서는 고개를 갸웃할 의외의 행보였다. 이런 자리를 반기지 않는 건우가 이런 파티에 참여한 이유는 따로 있었다.

'친해질 만한 좋은 사람이 있었으면 좋겠는데.'

오디션 프로를 하면서 인재에 대한 욕심이 생긴 건우였다. 장래가 기대되는 인재들과 친목을 다져놓으면 많은 도움이 될 것 같았다. 돈보다 사람이 중요하다는 말도 있으니 말이다.

건우는 내력을 끌어 올리며 심안으로 세상을 바라보았다. 사람들이 저마다 내뿜는 오로라가 보였다.

'주목할 만한 사람은 안 보이네.'

그렇게까지 눈에 띄는 사람은 없었다. 재능을 지닌 이들이 많았지만 황금색으로 빛나는 이는 극히 소수였다. 황금색보다 밝은 색이 있을지 궁금했다.

'황금색도 단순히 재능만 있다고 해서 나오는 색이 아니지.'

오디션을 하면서 제대로 깨달을 수 있었다. 재능이 있더라도 어떤 의지를 견지하고 있느냐에 따라 빛의 색깔이 살아나거나 줄어들었다. 재능이 중요하기는 하지만 결국 그것이 꽃이 되도록 만들어가는 것은 본인의 의지였다. 인성 역시 대단히 중요했다.

결국 모든 것이 갖춰져야 나오는 색이었다. 황금처럼 찬란하다는 것은 그런 것을 의미했다.

건우는 다가오는 사람들을 적당히 상대해 주었다.

'사람을 잘 알 수 있는 건… 좋기도 하지만……'

직접 겪어보지 않고 구분할 수 있었지만 그리 재미있는 것은 아니었다. 서로에게 영향을 미치며 알아갈 수 있는 것이 배제되었기 때문이다. 설령 어두운 빛을 가진 이라도 만남의 과정 속에서 좋은 색을 낼 수도 있었다.

건우는 능력이 만능은 아니라는 생각이 들었다.

흥미가 급격히 식어갔다. 좋은 감독과 배우도 많았지만 건우의 흥미를 끌지는 못했다. 건우답지 않게 아주 계산적인 마인드로 이 자리에 있는 만큼 그 기준도 상당히 높았다.

파티의 중심은 건우였고 그가 가장 화려하게 빛났다. 모두 건우를 주목했고 다가오려 했지만 건우는 도리어 고독함을 느꼈다.

'역시 이런 건 내 성격에 맞지 않네.'

차라리 석준에게 이런 능력이 있었다면 좋게 써먹었을 것이다. 만약 석준과 진희, 그리고 친구들이 없었다면 건우는 지금보다 훨씬 냉정한 사람이 되었을지도 몰랐다.

미국에 간다고 이것저것 챙겨주려고 노력하던 진희의 모습을 떠올리니 마음이 따뜻해졌다.

'이만 돌아가자.'

건우가 돌아가려고 양해를 구하며 자리를 뜰 때였다.

'음?'

배우로 보이는 이에게 말을 걸기 위해 갈팡질팡하고 있는 남자가 보였다.

그는 건우의 또래로 보였는데, 입고 있는 정장이 어색하게 느껴졌다. 정장 역시 나이에 비해 올드한 느낌이 났다. 아이가 어른스럽게 보이려고 노력한 느낌이었다.

건우가 그를 주목한 것은 그의 겉모습 때문이 아니었다. 크리스틴 잭슨 감독에게조차 보이지 않았던 밝은 빛깔이 보였다. 황금빛이 안에서 이글이글 타오르는 듯한 불길이 보였다. 그러나 그것이 발산되지 않고 그의 몸 안에 갇혀 있었다.

'신기한 모습이네.'

건우가 그를 오랫동안 주시하자 주변 시선이 그에게 몰렸다. 그는 갑작스럽게 자신에게 몰리는 시선에 당황하면서 주춤거렸다. 어찌할 바를 몰라 두리번거리다가 눈을 꼭 감더니 그대로 빠르게 몸을 돌려 사라졌다.

주변 사람들은 아무 일도 없다는 듯이 다시 이야기에 빠져들었다.

그에게서 환한 빛이 조금씩 더 내부로 갇히는 모습이 보였다.

'알아봐야겠군.'

사라졌던 흥미가 솟구쳤다.

건우가 홀 밖으로 나오자 마이클이 따라붙었다. 마이클은 다른 일을 다 제쳐두고 건우 관리에만 집중하고 있었다.

"파티는 즐거우셨습니까?"

"아니요. 그보다 방금 나간 남자, 어디로 가신지 보셨습니까?"

"아, 저쪽으로 갔습니다."

건우가 그곳으로 걸음을 옮기려 할 때 경호들이 따라붙었다. 그야말로 철통 방어였지만 주변 누구도 그걸 이상하게 생각하는 사람이 없었다. 건우는 당연히 그러한 보호를 받아야 한다고 생각하고 있었다.

"아! 잠시만요."

마이클은 웃으면서 손에 든 우산을 건우에게 건네주었다. 그리고 그가 경호원들에게 눈치를 주자 경호원들이 건우와 거리를 어느 정도 두었다.

"마이클 씨는… 실례되는 말이지만……."

"말씀하세요."

"어느 코믹스에서 나오는 집사 같은 느낌이 나네요."

마이클은 피식 웃었다. 마이클도 알고 있었다. 건우가 말한 집사는 히어로를 챙겨주는 만능 집사였다. 히어로보다 더 강하다는 소문을 가진 신비의 존재였다.

"제가 일 다 때려치우고 건우 씨의 개인 집사로 취직하고 싶긴 합니다. 제 적성에 딱 맞는군요. 음, 미래를 위한 투자라고 생각하면 이보다 더 좋을 순 없지요."

"하하, 말씀만 들어도 든든하네요."

"그럼 다녀오십시오."

건우는 살짝 고개를 끄덕이고는 바로 남자가 간 방향으로 걸어갔다. 정문이 아니라 뒷문으로 나간 모양이다. 밖에는 비가 거칠게 내렸다. 시야가 잘 안 보일 정도로 쏟아붓고 있었다.

"음……."

어디로 갔는지 보이지는 않았는데, 건우는 내력을 끌어 올리며 감각에 집중했다. 조금 떨어진 곳에서 기척이 느껴졌다. 뒷골목이라 그런지 상당히 더러웠다.

건우는 우산을 펼치고는 남자가 있는 곳으로 걸어갔다. 남자가 문이 닫힌 건물의 계단에 앉아 이어폰을 귀에 끼고 핸드폰

화면을 바라보고 있었다. 쫄딱 젖어 있었는데 측은한 모습이었다.

건우는 그에게 다가갔다. 핸드폰을 바라보던 남자가 갑자기 자신의 앞에 그림자가 생기자 천천히 고개를 들어 건우를 바라보았다. 어둠 때문에 건우의 모습이 잘 보이지 않았지만 건우가 살짝 비켜서자 가로등 빛이 건우를 비추었다.

"어……."

건우를 본 그가 멍해진 표정을 보였다.

"우, 우어억!"

남자가 깜짝 놀라면서 뒤로 넘어졌다. 들고 있는 핸드폰이 하늘로 솟구쳤다. 건우는 발라당 자빠진 남자를 지켜보다가 살짝 옆으로 손을 뻗었다.

건우의 손에 하늘로 솟구쳤던 핸드폰이 잡혔다.

"거, 건우?"

"안녕하세요?"

"어, 어어……."

"시끄러운 건 질색이죠? 저도 그래요."

건우는 우산을 접고는 남자의 옆에 앉았다. 너무나 갑작스럽고 당돌한 건우의 태도에 남자는 어버버거리며 제대로 대응하지 못했다. 건우는 남자에게 핸드폰을 건네주기 전에 핸드폰 화면을 잠긴 바라보았다.

익숙한 화면이었다. 자신의 블로그였기 때문이다.

"재미있는 걸 보고 계셨네요. 아! 미안합니다."

"아, 아니에요."

건우는 핸드폰을 건네주었다. 남자는 아직도 멍한 표정이었다.

"이건우입니다. 만나뵙게 되어 반갑습니다."

"조, 조, 존 리더스……."

말을 심하게 더듬었다. 입술도 부들부들 떨렸고 눈동자도 진정이 되지 않았다. 자신의 그런 모습이 싫은지 몸이 점점 움츠러들었다. 그런 모습은 건우에게 있어서 전혀 문제가 되지 않았다.

"인터넷 단편 영화 수상 후보에 오른 감독님이셨군요."

"네, 아… 네, 그……."

건우는 그를 바라보았다. 그가 입술을 움찔거리면서 어떻게든 말을 이어가도록 노력했다. 건우는 오랫동안 아무 말도 하지 않고 기다려 주었다. 그를 멸시하는 눈빛도 동정하는 눈빛도 아니었다.

대등한 입장을 가진 사람을 바라보는 그런 눈빛이었다.

"보, 보실래요?"

"감독님 작품이요?"

"네! 그……."

자신이 한 말이 어이가 없었는지 존 리더스는 한숨을 내쉬었다.

"괜찮으시면 보고 싶네요."

"아… 네!"

이번 영화제에 후보로 올라온 영상을 떨리는 손길로 보여주었다. 미튜브 영상이었는데, 그가 후보에 오른 부분은 인터넷 단편 영화 후보였다.

그가 찍은 20분짜리 단편이었다. 말을 더듬는 모습을 보니 연출을 잘할 수 있을까 의심이 되었지만 영상을 본 순간 그런 생각이 사라졌다.

출연 인물이 3명이 다인 스릴러물이었다. 좁은 실내를 배경으로 사건이 전개되었는데, 무척이나 흥미로웠다. 제작비의 한계가 명확히 보였지만 그것이 어색하게 느껴지지 않을 정도로 영상은 수준급이었다.

크리스틴 잭슨 감독의 연출이 따듯함과 친절함이 느껴졌다면 존 리더스는 과감함과 예리함이 느껴졌다. 훅 찔러오는 듯한 편집은 건우도 감탄할 정도였다.

'이런 느낌은 오랜만이군.'

꾸준히 연출에 대한 공부를 해왔기에 진면목을 알아볼 수 있었다. 크리스틴 잭슨 감독은 건우의 영화적인 스승이나 마찬가지이니 별다른 마음이 없었지만 존 리더스에게서는 약간의 질투심마저 솟아올랐다. 누군가의 능력을 샘내보는 것은 전생의 기억을 찾고 나서 처음이었다.

20분 동안 존 리더스는 조마조마한 심정으로 건우를 바라보았다. 진지한 표정의 건우를 바라보고 있다 보니 영감이 팍팍 떠올랐다. 당장에라도 가방에 있는 시나리오 노트를 꺼내 적고 싶을 지경이었다.

존 리더스는 자신의 작품을 진지하게 감상하는 건우가 달라 보였다. 할리우드 안에서도 건우의 인성이 좋다는 소문은 나 있었지만 어느 정도 이미지 메이킹이 된 부분이 있다고 생각했다. 이미지가 곧 돈이 되는 세상이니 말이다. 20분 동안 이런 골목에 나란히 앉아 작품을 진지하게 봐주니 감동을 넘어 전율마저 일었다.

모 사이트에서 건우와 점심 식사를 하는 비용으로 얼마가 적당한가에 대해 조사를 한 적이 있었는데, 20억이 훌쩍 넘어갔다. 사업가나 다른 이들에게 있어서는 그 시간에 그만한 이득을 챙겨갈 수 있다는 이야기였다. 물론, 팬심이 반영된 부분이 크기는 했다.

긴장 속에서 20분이 순식간에 지나갔다. 존 리더스는 침을 꿀꺽 삼키면서 건우의 대답을 기다렸다.

후보에 올라 시상식을 바라보았을 때보다 훨씬 떨렸다. 후보에 오르긴 했지만 가장 주목받지 못했고, 자신을 노골적으로 무시하던 감독이 상을 탔다.

자신의 작품이 아니라는 루머가 있었음에도 주최 측과 가까운 사이라 묻힌 부분이 있었다.

"정말 좋은 작품이네요. 왜 이 작품이 수상을 못했는지 이해가 되지 않는군요."

"네? 아……"

"주제도 인상 깊고 좋았습니다."

존 리더스는 처음 듣는 극찬에 입이 벌어졌다. 미튜브 댓글을 통해 칭찬은 많았지만 배우, 그것도 연기의 정점에 달해 있다고 평가받는 이건우에게 이런 말을 들으니 하늘을 나는 기분이 되었다.

건우는 말을 몇 마디 나누지 않았지만 그의 작품을 보니 많은 이야기를 나눈 것 같았다. 존 리더스는 여전히 긴장이 가득한 상태였다. 무언가 정신적인 트라우마가 있는 것 같았다. 건우는 편안한 기운을 흘렸다. 그러자 존 리더스의 표정이 한결 나아졌다.

"아까 재미있는 걸 보시던데요."

"마, 많은 영향을 받아서……"

존 리더스가 그렇게 말해주니 고마웠다.

"여, 영화로 만들면 좋을 것 가, 같아요."

"오, 그래요? 조금 들어보고 싶은데요. 저도 관심이 있어서요."

"아… 네. 자, 잠시만요."

존 리더스는 가방에서 허겁지겁 두꺼운 노트를 꺼냈다. 허름한 노트였고 비에 젖어 번져 있었다. 굉장한 정성이 느껴지는 노트였다. 노트에 정리해 놓은 걸 보며 말해줬는데, 건우의 생각과 일치하는 부분이 많았다. 재구성한 일부 내용에 대해 말해줄 때는 건우도 상당히 놀랐다.

'음… 조금 더 이야기를 나눠보고 싶은데.'

그의 능력에 끌린 것은 맞지만 그의 이야기도 들어보고 싶었다. 건우는 식사라도 같이하자고 말을 꺼냈다. 존 리더스는 다시 멍한 표정으로 건우를 바라보다가 고개를 끄덕였다.

건우는 존 리더스와 함께 조금 늦은 저녁 식사를 했다. 존 리더스의 호텔방에서 햄버거를 먹었는데, 나름 괜찮았다. 호텔은 그리 좋지 않아 상당히 좁았지만 상관없었다.

첫 인상과는 달리 존 리더스는 어느 정도 진정이 되니 침착하게 말을 잘했다. 약간의 자폐 증상, 정신적 트라우마 때문에 공황장애가 있다고 하는데, 조금씩 괜찮아지고 있다고 한다. 그 이유가 되는 가정사에 대해서는 묻지 않았다.

그의 유일한 위안은 영화를 보고 직접 영상을 제작하는 것이었다. 영상을 제작할 때는 공황장애나 다른 트라우마를 잊을 수 있다고 한다.

'그래서 모든 걸 이쪽에 쏟아부을 수 있었군.'

건우는 납득하며 고개를 끄덕였다. 천재라는 단어와 가장 잘 어울리는 사람은 존 리더스일 것이다. 그의 능력은 그의 불행에서 비롯된 것이었다. 그러나 그게 얼마나 가치 있는 것인지 본인은 모르고 있었다.

존 리더스는 쑥스러운 미소를 지었다.

"시, 신기하네요."

"뭐가요?"

"건느님께서 제 방에서… 저랑 햄버거를 먹다니… 꿈에서도 상상하지 못했는데……."

"뭐, 햄버거가 맛있긴 했죠. 좋은 선택이었어요."

존 리더스가 수줍게 추천해 준 햄버거집이었다. 정말 미안했지만 경호원이 대신 사왔다. 건우가 미안한 기색을 보이자 웃으며 고개를 젓고는 아주 빠르게 사왔는데, 그 경호원은 지금도 방문 밖에 서 있었다. 이런 과잉 경호를 조금 즐기게 된 건우였다.

"건느님이랑 이야기하면 예전에 저로 돌아온 것 같은 기분이 들어요."

건우는 피식 웃었다. 영어에도 건느님이라는 단어가 존재했다. 오픈 사전에 보면 '배우 겸 가수 이건우를 신격화시켜 높여 부르는 말'이라고 뜻이 나온다. 건우는 이미 사회적인 현상을 만들어낼 정도로 자리 잡았다.

"그냥 건우라고 불러요. 아! 그냥 서로 편하게 대하죠. 이것도 인연인데."

"네? 그, 그래도 될까요?"

"그러고 보니 나이도 같네요."

영화 쪽에서는 처음 만난 또래였다. 건우는 맥주 캔을 그에게 건넸다. 존 리더스는 조심스럽게 맥주 캔을 땄다. 둘은 맥주를 먹으면서 이야기를 많이 나누었다.

그들은 건우의 친화력 때문인지 상당히 가까워졌다. 건우는 순박한 존 리더스가 마음에 들었다. 언제가 될지는 모르지만 좋은 영화를 만들어낼 수 있을 거라는 확신이 들었다. 그가 말해준 진우전생록의 연출 부분은 정말 마음에 들었다.

그밖에 그의 채널에는 그의 천재적인 발상을 엿볼 수 있는 영상들이 많았다.

그가 고용한 배우들은 그리 뛰어나지 않지만, 존 리더스는 확실히 뛰어났다.

"왜 날 따라온 거야?"

"네 능력이 탐나서. 어떻게 이용해 먹을까 고민 중이야."

"…그런 말 해주는 사람은 처음인데."

건우는 솔직하게 존 리더스의 능력이 탐난다고 이야기를 해주었다. 그래서 친해지고 싶다고 툭 터놓고 말했다. 존 리더스는 오히려 건우의 그런 말에 눈시울을 붉혔다.

"아! 크리스틴 잭슨 감독을 제일 존경한다고 했지?"

"으, 응. 내 목표야."

"언제 한번 같이 볼래?"

존 리더스의 눈이 동그랗게 떠졌다. 건우는 크리스틴 잭슨 감독이라면 존 리더스의 능력을 제대로 봐줄 수 있을 거라 생각했다.

존 리더스가 은근히 건우를 보챘다. 건우는 피식 웃으면서 바로 전화를 해보았다. 사정을 설명해 주니 관심을 보였다.

—그래? 난 백수라 한가하지. 너 한국 가기 전에 보도록 하지. 처음 듣는 친구인데… 음, 네가 그렇게 말하니 궁금한데?

"잘되었네요."

—아! 내 스튜디오에 놀러올래?

"좋죠."

크리스틴 잭슨 감독도 관심을 보였다. 크리스틴 잭슨 감독은 벌써 영화사를 차렸다고 한다. 건우에게 말을 꺼내고 나서 바로 차린 모양이었다. 존 리더스와 연락처를 교환한 건우는 호텔로 돌아왔다.

앞으로 어떻게 될지는 모르지만 좋은 관계가 될 것 같았다.

다음 날, 건우는 에드스타에 방문을 하기 위해 은밀히 호텔

밖으로 나왔다. 대외적으로는 UAA 본사에 방문한다고 알려져 있었지만 에드스타를 방문하기 위한 위장이었다. 경호원들과 변호사 그리고 마이클과 함께 헌팅턴 비치로 향했다.

도로는 한가해서 마치 휴가를 가는 느낌이 났다.

건우는 마이클에게 미안해졌다.

"그냥 저 혼자 가도 되는데……."

"기업과의 계약 문제는 확실하게 해야지요. 특히 건우 씨는 미국인이 아니시잖아요. 저희가 건우 씨에게 이득이 되는 모든 부분을 최대한으로 이끌어 드리겠습니다. 게다가 설령 이것이 사소한 계약일지라도 저희가 관리해 드리는 것이 맞습니다."

건우는 저번에 YS와 재계약을 하면서 UAA와도 계약을 연장했다. 건우의 수입은 UAA의 수입과도 연결되었기에, UAA는 에이전시의 입장에서 건우의 이득을 최대한 보장해 주기 위해 노력해 주었다.

건우는 이 계약이 사소하다고 생각했지만 UAA는 아니었다. 높은 확률로 황금 알을 낳는 거위가 될 거라고 예측하고 있었다.

물론 이득인 부분이 없다고 하더라도 최고의 고객인 건우를 하나부터 열까지 모두 챙겨주는 건 당연했다.

건우가 살짝 웃으며 고개를 끄덕이자 마이클은 씨익 웃었다. 늘 미소를 짓고 있었지만 이번만큼은 조금 색달라 보였다.

"그나저나 에드스타 측에서는 깜짝 놀라겠군요. 일부러 이렇게 찾아가시다니 짓궂은 면도 있으시네요. 일단 도착한 뒤에는 저에게 다 맡겨주셨으면 합니다."

마이클이 그렇게 말했다.

마이클은 이미 에드스타에 대해서 모두 조사했다.

'야망이 큰 인물이지. 딱 사업가 스타일이야.'

에드스타 대표 앤드류 페이지는 젊은 나이이기는 하지만 만만한 인물이 아니었다. 머리가 좋고 언변이 좋았다. 자신의 실력에 대한 자부심도 있어서 그 자신감을 바탕으로 사람을 대하는 스타일이었다. 그러니 세계 제일의 기업이라 불리는 곳에서 스카우을 받아도 콧방귀조차 뀌지 않는 것이다.

'하지만 어려.'

그런 그의 유일한 단점이라면 경험과 관록이 부족하다는 점이었다.

마이클만큼 사람에 대해 잘 알지 못했다. 마이클이 다소 무리를 하더라도 최고의 경호 업체를 고용한 이유가 있었다.

마이클의 입꼬리가 올라갔다. 표정은 밝았으나 어디선가 어두운 느낌이 흘렀다.

다소 요란한 계약이 될 예정이었다.

"에드스타 측을 놀라게 할 의도인 것은 아니었습니다. 잠깐 잊고 있었네요. 좀 놀라긴 하겠죠?"

"하하, 이건우가 갑자기 찾아온다고 하면 아마 누구라도 놀랄 겁니다. 그 그랜드 마스터가 이건우라니 말입니다."

건우가 미국에 오면서 잠시 신경 쓰지 못하고 있던 부분이었다. 언론에 노출되지 않고 에드스타까지 이동하는 것만 생각하고 있다 보니 에드스타 측의 반응에 대해서는 별다른 생각을 하지 않았다.

'뭐, 괜찮겠지.'

에드스타가 갑작스럽게 떠올랐기 때문인지 자금난에 시달리고 있다고는 하는데, 자세한 상황은 몰랐다. 아무튼, 건우는 별다른 일이 없을 거라고 생각했다.

건우가 그저 피식 웃으면서 고개를 설레 젓자 마이클은 진지한 눈으로 건우를 바라보았다.

"설마 별다른 일이 없을 거라고 생각하시는 건가요?"

"음……."

"요즘 좀 쉬어서 그런지 건우 씨 자신이 얼마나 대단한 스타인지 잊으신 모양이네요."

마이클은 태블릿을 꺼내 보여주었다. UAA 본사 앞의 상황이었는데 수많은 팬들과 기자들이 몰려와 있었다. 방송국에서는 헬기까지 띄우면서 건우를 찍기 위해 노력하고 있었다.

한국에 있을 때보다 훨씬 더 심했다.

"한국보다… 심하네요."

"괜히 귀화 운동이 일어나는 것이 아닙니다. 아! 혹시 생각 있으신가요?"

"아니요. 저는 한국이 편합니다."

"아쉽군요. 언제든 생각이 있으시면 연락주세요. 바로 해결해 드릴 자신이 있습니다. 미국은 언제나 건우 씨를 환영합니다."

건우는 진심으로 아쉽다는 마이클의 목소리에 살짝 웃을 뿐이었다.

＊   ＊   ＊

에드스타는 헌팅턴 비치에 있는 작은 회사였다. 여러 인재들이 모여 창고에서부터 시작했는데, 어느덧 그럴듯한 사무실에 여러 직원까지 고용한 기업으로 성장했다. 그러나 너무 짧은 시간에 성장한 덕분에 많은 문제가 산적해 있었다.

폭발적인 기세로 늘어나는 트래픽으로 인한 서버 비용부터 시작해서 세금 문제, 광고 지원 및 협력, 확장 앱 개발, 보안 업데이트 등등 해결해야 할 것이 너무 많았다.

무엇보다 역시 자금이 부족했다. 덕분에 빚에 허덕이고 있었지만 이제 수입이 본격적으로 나기 시작해서 어떻게든 버티고 있는 상황이었다. 대기업의 제안을 거절하고 나서 투자자들이 발을 돌렸기에 앤드류 페이지는 주변에서의 압박이 더욱 심해진 것을 몸소 느끼고 있는 상황이었다.

'위기로군. 풍족한 위기.'

에드스타의 창시자인 그는 깊은 한숨을 내쉬었다. 매일 급격히 늘어나는 가입자 수, 광고 제의는 행복했지만 현재 규모로 감당할 수 없는 부분이 많았다.

기업이 크게 성장하기 위한 과도기였다. 여러 대기업에서 돈 냄새를 맡았는지 거액의 금액을 제시하고 있었다. 그리고 뒤에서는 집요하게 방해를 하고 있었다. 특히 페이스클럽은 자크 페이지가 평소에는 상상하지도 못했던 금액을 제시해서 그의 마음을 떨리게 만들었다.

그러나 그는 고집이 있었다. 처음의 그는 온라인상의 가족 앨범을 만들고 싶었다. 사진을 캡처하거나 퍼갈 염려 없이 블로그에 와서 볼 수 있는 그런 작은 추억의 장소가 목표였다. 정보의 확장 시대에 시대를 역행하는 발상이었지만 그래도 사업의 근간이 된 강력한 보안 기술로 회사를 굴러가게 할 자신은 있었다.

그런 그의 발상에서부터 시작한 곳이 지금은 문화 플랫폼으로 성장할 가능성을 보이고 있었다.

"청소 다 끝났어. 이제 손님맞이 할 준비해야지"

"그래, 오늘만 좋게 지나가면 우리의 찬란한 미래가 기다리고 있어."

"그렇지. 준비는 완벽해."

같이 회사를 창립한 커너가 피식 웃으면서 그를 바라보았다. 광고 서비스의 시작이 될 것이었고 플랫폼을 정식 런칭하기 위해서도 굉장히 중요했다. 유료 서비스도 계획 중이었다.

그 중심에는 그랜드 마스터가 존재했다.

아무리 칭송해도 부족함이 없는 그랜드 마스터를 따라 많은 작가들, 그리고 음악가들이 대거 몰려와 있었다.

앤드류 페이지는 어떻게 이런 비이상적인 사태가 되었는지 처음에는 이해하지 못했지만 그랜드 마스터의 작품을 본 순간 알 수 있었다. 전혀 이런 쪽에 관심이 없었는데, 빨려 들어가 버렸다. 흡사 블랙홀을 앞에 둔 것 같았다. 모니터를 통해 맞는 강력한 마약이라 불러도 과언이 아니었다.

'신기하게도……'

마약이 나쁜 작용을 한다면 그것은 약이었다. 굉장히 신기하게도 몸과 마음이 편안해졌다. 그게 예술이 가진 힘일까? 앤드류로서는 알 수 없었다.

아카데미상을 탄 미술감독이 그림의 영역을 넘어서 예술 그 이상에 닿아 있다고 표현한 작품이었다. 괜히 그랜드 마스터라 불리는 것이 아니었다.

오늘은 그런 그랜드 마스터가 직접 한국에서 찾아오는 날이니 사무실을 깨끗하게 청소하고 접견실을 만들었다.

'매니저나 개인 통역이 있는 건가?'

그에게 연락 온 적은 없었고 중저음과 부드러운 억양이 인상적인 남자에게 연락이 왔다. 통역은 아닌 것 같고 매니저 정도라고 생각했다.

에드스타의 대표자와 비밀리에 만나고 싶다고 요청해 왔는데, 그래서 사무실 옆에 방을 하나 빌려 접견실을 따로 만든 것이다. 본래는 LA에 있는 다른 좋은 곳을 빌릴 생각이었지만, 그쪽에서 회사가 좋겠다는 말을 해왔다.

'조금 까다로워 보이지만⋯⋯.'

매니저나 통역까지 둘 정도면 조금 까다로울 수 있겠지만 앤드류는 자신의 언변과 머리를 믿었다. 에드스타에 최대한 이득이 되는 방향으로 끌고 갈 자신이 있었다.

달리 말하자면, 충분히 벗겨먹을 자신이 있었다.

학창 시절, 그리고 대기업을 다니던 시절 자신의 별명은 투자와 설득의 귀재였기 때문이다.

'뭐지?'

그런데 왜 이렇게 불안한 생각이 드는 걸까?

회사를 차릴 때도 이렇지 않았다. 앤드류는 고개를 강하게 저으며 스멀스멀 기어 올라오는 불안감을 털어내려 애썼다.

앤드류는 며칠 동안 호감을 사기 위해 한국인을 대할 때의 예의나 주의해야 할 점 같은 것들을 찾아봤다. 일단 분위기를 좋게 이어가기 위해서 공통 주제도 많이 검색해 보았다.

'한국하면 역시 이건우지.'

그도 개인적으로 좋아하기는 했다. 이번에 이건우가 영화제에 참석한다고 하자 에드스타의 직원들 중 일부가 휴가를 내고 영화제에 다녀왔었다. LA에 위치한 회사는 그런 경우가 많았다고 한다.

앤드류는 여러 선물들을 준비했는데 혹시 몰라 미국에만 나온 이건우의 한정판 정규 앨범 역시 준비했다.

그가 접견실을 둘러보며 고개를 끄덕이고 있을 때 커그가 전화를 받았다.

"아! 네! 거의 다 도착하셨다고요? 아! 바로 나가겠습니다. 네? 나오지 말라고요? 검사부터 하신다는 것이 무슨… 당연히 괜찮습니다만……."

앤드류는 당황하며 말을 제대로 잇지 못하는 커그를 보며 머리에 물음표를 띄웠다. 커그는 정확한 위치를 알려준 후에 전화를 끊었다.

"무슨 일이야?"

"보안 검사를 한다고… 양해를 구하는데?"

"응? 여기를?"

앤드류도 무슨 말인지 이해할 수 없었다. 창밖을 바라보니 검은 밴과 여러 차량이 회사 앞에 섰다. 에드스타는 한적한 곳에 위치해 있어 오가는 사람들이 거의 없었다. 검은 양복과 선글라스, 그리고 무기를 휴대한 경호원들이 차에서 내리는 것이 보였다. 모두 덩치가 산만 한 이들이었다. 보는 것만으로도 위압감이 들었다.

앤드류는 당황할 수밖에 없었다.

"경호원?"

"보, 보통 사람들이 아닌 것 같아."

커그도 깜짝 놀라며 그렇게 말했다. 앤드류는 무언가 일이 생각과는 다르게 돌아가고 있는 것을 눈치챘다. 무언가 심상치 않은 일이 일어나고 있었다.

경호원들이 건물 안으로 진입했다. 3층짜리 건물이라서 엘리베이터는 없었다. 연식이 오래된 건물이라 조만간 다른 쪽으로 회사를 옮길 계획이었다. 앤드류와 커그는 나갈 생각도 못 하고 잠시 패닉 상태에 빠졌다. 마치 자신들을 잡으러 온 것 같은 그런 분위기가 느껴졌다.

커그가 침을 꿀꺽 삼켰다.

"벼, 별일 없겠지?"

"아, 아마도. 사, 상식적인 범위 내에서 해, 행동하면……."

앤드류는 평정을 찾으려 노력했지만 헛수고였다.

똑똑똑!

노크 소리가 들리자 침을 꿀꺽 삼킨 앤드류가 문을 열었다. 앤드류의 체구를 압도하는 덩치 큰 경호원들이 정중하게 인사했다.

"실례가 안 된다면 잠시 내부 검사를 해도 괜찮겠습니까?"

"아… 네."

"협조 감사드립니다. 대표님."

정중하고 예의 바른 태도에 앤드류는 조금 안심이 되는 것을 느꼈다. 커그는 여전히 패닉 상태였다. 앤드류는 그러다가 정신을 바짝 차려야겠다는 생각이 들었다.

경호원이 무전기에 대고 뭐라 말하자, 다른 경호원들이 영화에나 나올 법한 장비들을 들고 왔다.

다시 한번 양해를 구한 뒤, 수상한 장비들로 구석구석 조사하기 시작했다. 둔탁한 느낌의 헤드폰을 쓰고 길쭉한 기계를 벽에 대보고, 외부에서 사격이 가능한 지점을 점검하여 가구의 배치를 다시 옮겼다.

앤드류와 커그는 멀뚱멀뚱 서서 그 광경을 바라만 보았다. 정신없이 상황이 흘러갔기에 둘이 할 수 있는 일은 없었다.

"클리어."

경호원은 보고를 듣고 고개를 끄덕이더니 다시 무전을 했다.

"이상 없습니다. 현재 위치에서 대기하겠습니다."

잠시 후, 경호원들이 문 밖으로 나가자 여러 사람이 들어왔다. 앤드류는 그 사람을 알아볼 수 있었다. 에이전시들 중에서 가장 유명했고, 타임즈 선정 가장 영향력 있는 100인에 들어간 사람이었다. 무엇보다 미국에 이건우를 데려온 업적이 있다는 점에서 영향력이 엄청 컸다.

"안녕하십니까? UAA 에이전시의 마이클 보라스입니다."

"아, 예! 안녕하세요? 에드스타의 앤드류 페이지입니다."

"커, 커그 테일러입니다."

앤드류는 어안이 벙벙했다. 갑자기 뜬 거물급 인물이었다. 그는 무척이나 만나기 힘든 인물이었다. 그 유명한 할리우드 배우들조차 마이클과 약속을 잡기 위해 몇 주 전부터 대기하고 있다는 말도 들려올 정도였으니 말이다.

앤드류는 마이클에게 압도당했다. 자신보다 키와 덩치가 작았지만 왜인지 그가 대단히 커 보였다. 손에 식은땀이 났다. 단지 UAA 에이전트라고도 볼 수 있었지만 무언가 다른 분위기가 흘렀다.

'진짜… 거물……!'

자신이 좁은 세상에 있다는 걸 깨달았다. 현실을 잘 안다고 생각했지만 현실을 뛰어넘는 무언가는 여전히 몰랐다. 앤드류는 이제야 눈이 떠지는 느낌을 받았다.

마이클이 악수를 청하자 앤드류와 커그는 떨면서 그의 손을 잡았다.

"좋은 사무실이군요. 아! 이쪽은 저희 최고의 법률 전문가입니다."

마이클이 자신의 뒤쪽에 서 있는 중년의 사내를 가리키며 그렇게 말했다. 그는 날카로운 눈빛으로 앤드류와 커그를 훑어보고는 인사를 했다. 앤드류는 긴 호흡을 내쉬며 쿵쾅거리는 심장을 가라앉혔다.

"그럼 모셔오도록 하겠습니다."

"네, 기, 기다리겠습니다."

앤드류는 고개를 빠르게 끄덕이며 그렇게 말했다. 그 유명한 마이클 보라스가 직접 올 정도면 분명 예사 인물은 아닐 것이다. 누구인지 도저히 짐작이 가지 않았다.

'도대체 누구지? 세계 최고의 에이전시인 UAA가 이렇게 나서는 인물이라면……?'

A급 스타들만을 관리하는 마이클이 경호원까지 대동해서 데려온 인물이 누구일까?

설마 하는 생각이 들었지만 그는 간신히 웃으며 고개를 저었다. 아무리 그래도 그건 아닌 것 같았다.

"크흠……."

앤드류는 목이 심하게 탔지만 왜인지 움직일 수 없었다. 앤드류는 본격적인 협상과 계약에 앞서 이미 패배를 인정하고 말았다.

커그가 회사의 모든 법률 자문을 맡고 있었지만 도저히 상대가 될 것 같지는 않았다. 복도에서 요란한 소리가 들려왔다. 경호원들이 잔뜩 긴장한 것이 피부로 느껴졌다.

경호원에게 둘러싸인 누군가가 드디어 안으로 들어왔다. 경호원들이 문 뒤로 빠지면서 비켜나자 드디어 얼굴을 볼 수 있었다.

"어……."

"억?!"

앤드류와 커그는 너무 놀라 그대로 굳어졌다. 말도 안 되는 인물이 눈앞에 있었기 때문이다.

"안녕하세요? 이건우입니다. 반갑습니다."

"아……."

커그는 너무 놀라 다리에 힘이 풀려 그대로 바닥에 주저앉았다. 앤드류는 그대로 멘탈이 나가 버렸다.

*   *   *

에드스타 건물 앞에 도착한 건우는 창밖으로 비치는 건물을 바라보았다. 전체적인 느낌은 한적한 지방 도시 같은 느낌이었다. 건물의 외관이 약간 낡아 보였지만 그렇게 나쁘게 보이지는 않았다. 에드스타를 나타내는, 색이 많이 들어간 마크가 역시 인상적이었다.

"도착했네요. 이제……."

"아, 잠시만 기다려 주세요."

건우가 내리려고 하자 마이클이 말렸다.

"제가 먼저 들어가서 보고 오겠습니다."

"그럴 필요가 있을까요?"

마이클은 웃을 뿐이었다. 경호 차량에서 경호원들이 건물 안으로 진입했다. 무언가 잔뜩 챙겨갔는데, 영화의 한 장면을 보는 것 같았다.

마이클이 선글라스를 착용하며 차에서 내렸다. 이리저리 현장 지휘를 하는 모습은 무슨 특수 요원 같은 분위기가 풍겼다.

'괜찮겠지?'

요란한 쇼인 것 같은 느낌이었다. 저럴 필요까지 있을까 싶었지만 건우는 마이클이 하는 대로 놔두었다.

건우는 차 안에서 잠시 기다렸다. 잠시 후 경호원들이 이동할 준비가 되었다고 말해주었다. 안내에 따라 안으로 들어가니 명한 표정으로 자신을 바라보는 두 사람이 보였다.

"안녕하세요? 이건우입니다. 반갑습니다."

잠시 침묵이 깔렸다. 간신히 상황을 파악한 앤드류와 커그가 자신을 소개했다. 건우는 반갑게 웃으면서 악수를 나눴다.

"저, 정말 본인 맞으신가요?"

"네. 보내주신 메시지는 잘 받았습니다."

"아… 맙소사."

에드스타는 누구든 계정을 만들 수 있었다.

이메일이 필요하기는 했지만 조금만 알아본다면 누구도 모르게 익명으로 만들 수 있었다. 아직 한국에 정식 서비스를 하지 않아서 에드스타조차 건우의 정체를 알 길이 없었던 것이다.

"앉아도 될까요?"

"네! 무, 물론입니다."

앤드류의 얼굴은 수척해 보였다.

방금 전보다 10년 이상 늙어 보였다. 앤드류와 커그는 패닉 상태에서 좀처럼 회복되지 않았다. 꿈인지 현실인지 모르는 광경에 멘탈을 잡기 힘든 기색이 역력했다.

건우는 에드스타의 대표 격인 인물들을 보며 어떤 인물인지 알아보았다. 건우가 관심 있는 분야가 아니라 자세히는 알 수 없었지만 그래도 어느 정도는 파악할 수 있었다.

'나쁘진 않군.'

인간으로서는 모르겠지만 사업가로서는 믿을 수 있을 것 같았다. 적어도 뒷통수를 칠 인물은 아니었다.

건우는 파악을 마치고 그들과 마찬가지로 사업가적인 마인드로 전환했다. 처음에는 취미로 시작했지만 저들을 위해 봉사하고 싶은 마음은 전혀 없었다.

"괜찮으신가요?"

"네, 너무 의외의 상황이라… 조금 힘드네요."

"이해합니다."

건우는 부드럽게 웃으며 그렇게 말했다. 앤드류는 그런 건우의 미소에 더욱 압박감을 느꼈다. 오히려 마이클과 경호원들을 보았을 때보다 더욱 기가 눌리는 느낌을 받았다. 처음으로 사람이 무섭다고 생각될 정도였다.

"그럼 이야기를 나눠보죠. 어떤 계획을 가지고 계신지 궁금합니다."

앤드류는 침을 꿀꺽 삼키면서 앞으로 에드스타의 사업 방향과 비전에 대해 설명해 주었다. 일단 광고 수익을 통한 수익 창출 분배는 꽤 마음이 드는 부분이었다. 블로그와 플랫폼 사업 쪽에만 머물지 않고 문화 컨텐츠 창출을 위한 사업 비전도 마음에 들었다. 미튜브 독점 체제인 지금 그것에 대항할 수 있는 비장의 아이템 역시 설득력이 있었다.

"음, 조금 곤란한 부분이 있는데요. 이건……."

"아, 네, 그 부분은……."

건우는 가만히 듣고 있었지만 마이클과 법률 전문가가 날카로운 질문을 했다. 앤드류는 식은땀을 뻘뻘 흘리면서도 침착하게 대답해 주었다.

오랫동안 이야기를 나누다 보니 서로 만족한 지점을 찾을 수 있었다. 건우도 무리하게 이득을 챙기기보다는 서로 같이 발전할 수 있는 방향으로 가기를 원했다.

"좋군요."

"네, 저희가 해드릴 수 있는 최선입니다."

건우가 고개를 끄덕이자 앤드류가 간신히 미소를 지으면서 그렇게 말했다.

앤드류가 조심스럽게 현재 상황과 투자에 대해서도 이야기를 꺼냈다. 건우는 즉석에서 과감하게 화보 수입으로 들어오는 돈과 미국에 있는 자금의 일부를 에드스타에 투자하기로 결정했다. 있어도 그만, 없어도 그만인 돈이었다. 앨범으로 벌어들인 돈이 워낙 어마어마했기 때문이다. 그리고 지금도 어마어마하게 들어오고 있었다. 물론, 세계적인 기업가나 투자자에 비할 수는 없지만 말이다.

에드스타 입장에서는 그야말로 가뭄의 단비였다. 긴 협상이 끝나자 앤드류와 커그는 녹초가 되었다. 그에 비해 건우와 마이클은 지친 기색이 없었다. 건우와 앤드류는 악수를 나눴다.

"이건우 씨, 파트너가 될 수 있어 영광입니다."

"마찬가지입니다."

"좋은 결과로 보답해 드리겠습니다. 후회하지 않으실 겁니다."

일방적인 기세 싸움이었으나 건우는 그렇게 야박한 인물은 아니었다. 오히려 마이클이 악역 역할을 맡았기 때문인지 앤드류의 눈에는 건우가 성인으로 보였다.

분위기는 금세 화기애애해졌다.

간단히 담소하는 시간을 갖고 금방 자리에서 일어났다.

건우의 정체는 밝히지 않기로 합의를 보았다. 건우는 다시 은밀하게 차량까지 이동해야 했다.

'미래가 기대되는데?'

건우는 에드스타가 어디까지 갈 수 있을지 궁금했다. 어쨌든 자신이 있으니 당분간 망할 일은 없었다.

'좀 더 신경 써야겠네.'

에드스타에 상당한 지분을 가지고 있기 때문에 조금 더 열심히 해보기로 마음을 먹은 건우였다.

띠링!

그때 핸드폰에서 알람음이 들려왔다. 확인해 보니 크리스틴 잭슨 감독이 보낸 문자였다.

크리스틴 잭슨: 이 친구 자꾸 운다. :) [사진 첨부: 울보]

무언가에 감동했는지 울고 있는 존 리더스와 어깨동무를 하면서 밝게 웃고 있는 크리스틴 잭슨 감독이 보였다. 이로써 확실해졌다.

'나보다 크리스틴 잭슨 감독이 더 좋나 보군.'

괜히 그런 생각이 든 건우였다.

계약을 만족스러운 방향으로 마치고 건우는 화보 촬영을 했다. 별다른 어려움은 없었다. 오히려 워낙 사진이 잘 나와 거를 것이 없다는 점이 문제였다. 촬영은 예정보다 빨리 끝났지만 선별 작업이 훨씬 길었다.

건우는 그 후에 주지사의 초대로 파티에 참석하는 등 바쁜 시간을 보냈다. 간만에 바쁜 스케줄을 소화하니 조금 뿌듯하기도 했다. 그래도 역시 돈 많은 백수 생활이 제일 좋았다.

한국으로 떠나기 전날, 건우는 크리스틴 잭슨 감독과 약속을 잡았다. 친목을 위한 자리이기도 했지만 일 이야기도 나올 것 같았다. 크리스틴 잭슨 감독은 이틀 전에 소개시켜 줬던 존 리더스가 마음에 드는지 바로 영입했다고 한다.

건우는 LA에 있는 크리스틴 잭슨 감독의 회사로 향했다. 크리스틴 잭슨 감독의 명성은 세계 최고라고 해도 과언이 아니었기에 그가 세운 제작사는 결코 작은 규모가 아니었다. 자금적인 규모가 뛰어난 것이 아니라, 그와 함께하는 인재들이 대단했다.

회사의 이름은 유니크 스튜디오였다. 영화의 모든 것이 자본으로 연결되는 요즘 같은 시대에, 돈과 예술을 모두 만족시키는 희귀한 영화를 뽑아내겠다는 취지에서 그렇게 지었다고 하는데, 그냥 대충 지은 티가 났다.

마이클이 회사까지 데려다주었다. 건우는 크리스틴 잭슨 감독에게 조금 서비스를 해주고자 은근슬쩍 기자들이 눈치챌 수 있도록 동선을 짰다.

　〈이건우! 크리스틴 잭슨 감독과 만남!〉
　〈차기작 행보 그 시작?'〉
　〈라인 브라더스 픽쳐스, '이건우 참여 원해'〉
　〈요동치는 할리우드!〉

기자들에게 노출된 지 얼마 지나지 않았는데 벌써부터 이런 기사들이 쏟아져 나왔다. 설레발 기사도 많았지만 건우는 딱히 신경 쓰지 않았다.

스튜디오 앞에 도착했다. 스튜디오는 꽤 컸다. 그냥 무덤덤하게 제작사를 차린다고 했을 때 작은 기업을 상상했는데 막상 보니 규모가 상당했다. 스튜디오 앞에 크리스틴 잭슨 감독과 함께 서 있는 낯익은 사람들이 보였다. 근육질 배우 로크 존슨, 스턴트 코디네이터 조나단, 그리고 존 리더스였다.

넷이 나란히 서 있는 광경은 무척 기묘했다. 자신이 저들 사이에 선다면 더 기묘한 광경이 될 것이다.

크리스틴 잭슨 감독이 건우 주변의 경호원들을 보고는 씨익 웃었다.

"오, 이거 완전 대통령이라도 오는 줄 알겠는데?"

"저에게 있어서 대통령보다 더하죠."

크리스틴 잭슨 감독의 말에 로크 존슨이 다소 오그라드는 표현을 했다. 로크 존슨이 가끔씩 연기에 대한 고민이 적힌 메일을 보내왔는데, 건우가 제법 진지하게 상대를 해준 적이 있었다.

조나단이 밝게 웃으면서 건우를 바라보았다.

"오랜만입니다. 건우 씨."

"오, 몸이 더 좋아지셨는데요? 혹시 다른 무술이라도 수련하시고 계신가요?"

"하핫! 역시 건우 씨의 눈을 속일 수는 없군요. 제가 할 줄 아는 게 뭐가 있겠습니까? 이거라도 해야지요."

"늘 느끼는 거지만 너무 겸손하시네요."

조나단과 먼저 악수를 했다. 그러자 로크 존슨이 뚜벅뚜벅 걸어오더니 손을 내밀었다. 가볍게 당기면서 안아주니 굉장히 좋아했다. 로크 존슨이 환하게 웃다가 옆에 서성이는 존 리더스를 보더니 등을 탕탕 쳤다.

"브로, 남자는 뭐라 그랬지?"

"자, 자신감?"

"맞아! 아랫도리 빼고는 그것만 있으면 돼!"

만난 지 하루도 되지 않은 것 같은데 둘은 굉장히 친해 보였다. 물론 로크 존슨이 일방적인 우정을 만든 관계 같았는데, 존 리더스도 기분 나빠 하는 기색이 전혀 없었다.

존 리더스가 어색한 표정으로 인사했다.

"안녕."

"음, 삼 일 만인가? 또 보니 좋네."

건우가 진심으로 반가워하자 존 리더스는 겨우 안도의 한숨을 내쉬더니 웃었다. 크리스틴 잭슨 감독이 건우를 보며 두 팔을 벌렸다.

"유니크 스튜디오에 온 걸 환영해."

"오, 한국말 잘하는데요?"

"요즘 번역기가 좋아져서 말이지. 하하!"

모두와 함께 스튜디오 안으로 들어갔다. 스튜디오 안은 꽤 잘 꾸며져 있었다. 사무실도 보였고, 콘솔 게임장, 당구장, 그리고 한쪽에는 헬스장도 있었다. 공간 활용을 아주 잘한 것 같았다.

"어때?"

"좋은데요? 회사 맞아요?"

"이곳은 본래 있던 걸 개조한 거고 다른 쪽에 하나 더 있어."

"이야, 돈 많네요."

"나 이제 거지야. 호주머니까지 탈탈 털었어."

크리스틴 잭슨 감독이 약한 말을 했다. 건우는 피식 웃었다.

잠시 구경을 하다가 '상상 연구소'라는 문구가 붙은 방으로 들어갔다. 먹고 놀 수 있는 공간이 아주 잘 조성되어 있었다. 만약 석준이 왔다면 감탄하면서 사옥에 하나 만들지도 몰랐다. 그래도 나름 회의를 할 수 있게 가운데에 커다란 원형 데스크가 있었다.

건우가 오기 전에 작품에 대한 이야기를 하고 있었는지, 여러 서류와 콘티들이 올려 있었다.

'저걸 보니 제작사답긴 하네.'

건우는 고개를 끄덕이다가 크리스틴 잭슨 감독을 바라보았다.

"무슨 이야기 중이었어요?"

"아, 리더의 아이디어가 좋아서 구체적으로 한번 생각해 보는 중이었어. 그래서 기존 각본을 꽤 많이 수정했지."

"리더?"

"이 친구, 평소에는 숙맥인데 영화 이야기만 나오면 완전 바뀐다니까. 그래서 크게 되라고 리더라 부르기로 했지."

크리스틴 잭슨 감독이 존 리더스를 가리켰다. 존 리더스는 어색한 표정을 지으면서 살짝 손을 들었다. 별명이 벌써 정해진 모양이었다.

"리더, 괜찮은 별명이네요."

크리스틴 잭슨 감독과 존 리더스가 만난 지는 얼마 되지 않았지만 벌써 스승과 제자의 관계처럼 보였다.

건우는 각본을 읽어보았다. 앞부분을 잠깐 읽어봤지만 머릿속에 대충 그림이 그려졌다.

"액션 스릴러? 요즘 나오는 영화와는 다르게 꽤 처절한 느낌인
데요?"

"응, 리더 덕분에 본래 기획보다는 더 하드해졌어, 그게 실패
한다고 해도 마니아층에게는 먹힐 것 같아. 생각보다 제작비도
그렇게 많이 들 것 같지도 않고. 물론 몸이 고생하겠지만······."

조나단은 크리스틴 잭슨 감독의 말에 고개를 끄덕이며 말을
이었다.

"느낌이 좋아요. 총기 액션 같은 경우에는 저도 어느 정도 숙
지하고 있고 경험이 많은 전문가 친구도 있어요. 아! 마침 여기
자원 참가자도 있고요."

조나단이 가리킨 것은 로크 존슨이었다. 로크 존슨은 진지한
표정이 되었다. 연기에 있어서는 상당히 진지한 태도였다.

"제가 연기는 배우는 중이지만 몸 쓰는 건 할리우드에서 제
가 일등이죠."

"이 친구 피지컬이 워낙 좋아서요. 뭐, 건우 씨에게는 안 되겠
지만."

조나단이 그렇게 말하자 로크 존슨이 호승심에 불타는 눈으
로 건우를 바라보았다. 건우는 고개를 저으면서 아니라고 말했
지만 조나단이 웃으면서 계속 부추겼다.

로크 존슨은 긴우를 바라보며 미소를 띠웠다.

"뭐가 되었든 한번 해보는 것이 어떻습니까?"

"음......."

"제가 이긴다면 한국에서 그… 뭐라고 하죠? 윗사람을 부를 때"

"형님?"

"맞습니다! 그거......!"

로크 존슨의 말에 건우가 형님이라는 단어를 말하자 로크 존슨이 박수를 한 차례 크게 지며 고개를 끄덕였다.

"제가 그렇게 모시겠습니다."

로크 존슨은 건우보다 나이도 상당히 많았다. 건우는 생각해 보니 자신이 동생으로 부르는 이가 없다는 것을 떠올랐다. 로크 존슨 정도면 든든한 동생이 되어줄 것 같기는 했다. 게다가 이글거리는 로크 존슨의 눈빛을 외면하기는 힘들었다.

"그럼 뭐라도 한번 해보죠. 제가 지면 형님으로 모실게요."

"하핫! 좋습니다."

로크 존슨이 웃으면서 주먹을 뻗었다. 건우도 피식 웃음을 내뱉으면서 주먹으로 로크 존슨의 주먹을 쳤다. 조나단, 크리스틴 잭슨 감독이 상황을 흥미롭게 바라보았다.

"저는 건우 씨에게 50달러 걸겠습니다."

"에이, 건우가 아무리 뛰어나도 체급 차이가 꽤 나는데. 난 우리 근육 친구에게 걸도록 하지. 리더, 자네는?"

존 리더스는 고민하기 시작했다. 확실히 로크 존슨이 강해 보이기는 했다. 그러나 건우에게 밉보이기는 싫었다. 잠시 고민하다가 미래를 위해 투자를 하기로 결정했다.

"전 건우에게……."

"오, 이거 내가 100달러 벌겠는걸?"

크리스틴 잭슨 감독이 만족하며 고개를 끄덕였다.

상황이 달아올랐다. 로크 존슨은 승부욕이 강한지 살짝 상기된 얼굴이 되었다. 건우는 평소와 같이 여유로웠다. 어떤 식으로 승부를 볼지 정해야 했다. 크리스틴 잭슨 감독의 제안으로 각자 자신 있는 것을 5개씩 적어서 추첨하기로 했다.

건우는 대충 체력에 관련된 걸 적었는데, 로크 존슨은 거의 펜을 부서뜨릴 기세로 진지하게 적었다.

정해진 항목은 '팔씨름', '턱걸이', '가벼운 스파링', '단거리 달리기', '윗몸일으키기'였다. 건우가 적은 것 중 유일하게 턱걸이가 뽑혔다. 로크 존슨은 모두 자신이 있는지 씨익 웃으면서 고개를 끄덕였다.

'참나, 이게 뭐라고…….'

적당히 봐줄 수는 없는 노릇이었다. 어쨌든 승부는 승부였으니 말이다. 그렇다면 철저하게 밟아버리는 수밖에 없었다. 결국 다섯이서 스튜디오에 있는 헬스장으로 이동했다. 규모가 작기는 했지만 있을 건 다 있었다. 그럴듯한 링도 있었는데, 조나단이 선물해 준 거라고 한다. 두꺼운 나무 테이블이 준비가 되었다. 크리스틴 잭슨 감독은 어디서 가져왔는지 카메라를 들고 있었다. 조나단이 의외로 능숙하게 이 이벤트를 진행했다. 조나단이 서 있을 곳을 지정해 주었다.

"미국! 마이애미에서 온 바다 사나이! 격투계에서 더 이상 대적할 상대가 없어 배우가 된 미친 피지컬의 남자! 그 이름! 로크 존슨!"

조나단의 소개에 로크 존슨이 가볍게 발을 동동 구르며 파이팅 자세를 잡았다. 주먹을 몇 번 휘두르고는 입고 있던 상의를 벗어 던져 버렸다. 근육질 상체가 드러났다. 건우는 그의 어깨부터 가슴까지 그려진 문신이 꽤 잘 어울린다고 생각했다.

로크 존슨은 마치 관객이 있는 것처럼 주변을 향해 손을 흔들고는 안으로 들어왔다. 크리스틴 잭슨 감독이 존 리더스에게 눈치를 주자 존 리더스는 눈동자를 굴리더니 박수를 쳤다.

"와, 와아아!"

어색하게 소리쳤다. 이제 건우 차례가 되었다. 건우도 가볍게 포즈를 잡으면서 소개를 기다렸다. 건우는 어울릴 줄 아는 남자였다.

"대한민국에서 온 신이 내린 사나이! 노래와 연기를 모두 평정하고 이제는 로크 존슨을 박살 내기 위해 이 자리에 왔다! 모두가 인정한 완벽한 남자! 이! 건! 우!"

"와, 와아!"

건우는 조금 뒤로 물러났다가 가볍게 공중제비를 돌며 가볍게 착지했다. 그 모습에 크리스틴 잭슨 감독과 조나단이 감탄을 내뱉었다.

로크 존슨도 인정한다는 듯이 고개를 끄덕였다. 건우 역시 상의를 탈의했다. 건우의 몸은 예술 그 자체였다. 로크 존슨이 눈을 동그랗게 뜨며 건우를 바라보았다. 운동을 계속해 온 로크 존슨은 건우의 몸이 얼마나 완벽한지 깨달을 수 있었다. 너무나 비현실적일 정도로 완벽했다.

건우와 로크 존슨이 테이블 앞에 나란히 섰다. 건우와 로크 존슨의 표정은 진지했다. 날카롭게 느껴지는 건우의 눈빛에 로크 존슨이 살짝 긴장한 듯 눈썹을 꿈틀거렸다.

건우가 먼저 팔꿈치를 테이블에 대고 손을 올렸다. 그러자 로크 존슨이 건우의 손을 잡았다. 체격은 로크 존슨이 더 컸지만 왜인지 건우가 밀린다는 느낌은 들지 않았다.

조나단이 둘이 맞잡은 손 위에 손을 올렸다.

"비디오 판독을 하는 심판도 있으니 공정할 겁니다. 카운트를 세겠습니다. 3! 2!"

조나단의 카운트가 시작되었다. 로크 존슨은 묵직하게 느껴지는 힘에 입을 꽉 다물었다.

"1! 시작!"

"흐압!"

조나단이 기합을 내뱉으며 강하게 힘을 주었다. 건우의 팔이 조금 흔들리는가 싶었지만 꿈쩍도 하지 않았다. 조나단의 얼굴이 붉게 달아오르며 이마에 핏줄이 섰다.

부들부들!

팔의 근육이 팽창하며 핏줄이 다보였다. 그러나 그에 비해 건우는 처음과 똑같았다.

"아! 꿈쩍도 하지 않습니다! 무척이나 팽팽합니다. 로크 존슨 선수! 얼굴이 터질 것 같습니다. 그에 비해 이건우 선수! 평온 그 자체입니다."

"오, 오오!"

"와……."

크리스틴 잭슨 감독과 존 리더스가 감탄을 내뱉었다. 사력을 다하는 로크 존슨의 모습은 존 리더스가 살짝 물러날 정도로 위압감이 넘쳤다. 그러나 팔의 위치는 처음과 같았다.

건우는 로크 존슨을 보면서 속으로 제법 감탄했다.

'대단한 힘이네. 이렇게 되기까지 훈련하기가 쉽지 않았을 텐데.'

그가 얼마나 고된 훈련을 했는지 알 수 있었다. 그러나 훈련은 훈련이고 승부는 승부였다. 건우는 내공을 전혀 쓰지 않았다. 순수한 육체의 힘으로 가볍게 버티고 있는 것이다.

"흐압! 흐앗!"

헬스장에는 로크 존슨의 기합 소리만 가득했다. 건우는 슬슬 넘길 타이밍이라고 생각했다. 천천히 힘을 주었다.

"어, 어억!?"

서서히 손이 기울었다. 로크 존슨이 당황하며 어떻게든 버티려 했지만 마치 유압프레스에 눌리는 것처럼 너무나 부드럽게 손이 이동되었다.

스윽!

로크 존슨의 손이 테이블에 붙었다.

"승자 이건우!"

조나단이 건우의 승리를 알렸다. 로크 존슨은 허망한 표정이 되었다. 너무 힘을 줘서 팔이 조금씩 떨리고 있었다. 건우는 왼팔을 내밀었다. 로크 존슨은 침을 꿀꺽 삼키면서 건우의 손을 잡았다.

결과는 같았다. 로크 존슨은 바닥에 털썩 주저앉으며 도저히 믿기지 않는다는 듯 건우를 바라볼 뿐이었다. 조나단은 당연하다는 듯이 고개를 끄덕였고 크리스틴 잭슨 감독의 눈빛에는 불안감이 싹트기 시작했다. 존 리더스는 그냥 감탄하며 좋아했다.

"1 대 0입니다. 바로 다음 종목을 이어가지요."

다음 종목은 턱걸이었다. 기구 앞에 선 로크 존슨은 굴욕을 갚아주겠다는 생각으로 머릿속이 가득했다.

"건우 씨, 이것만큼은 제가 정말 자신 있습니다."

"그렇습니까? 기대되네요."

건우가 먼저 기구 앞에 섰다.

시간은 무제한이었다.

착!

건우가 가볍게 기구를 잡고 턱걸이를 하기 시작했다. 자세 하나 흐트러지지 않고 엄청난 속도로 내려갔다 올라오기가 반복되었다.

"빠릅니다! 이건우 선수! 엄청난 속도입니다."

로크 존슨은 처음에는 자신이 있는 표정이었다. 그러나 시간이 지날수록 표정이 굳어가더니 이내 체념하게 되었다. 일정한 속도로 계속 반복하는 건우가 도저히 인간처럼 느껴지지 않았다. 이 정도면 기네스북 도전이라도 해야 할 수준이었다. 건우가 대충 로크 존슨이 엄두도 못 낼 정도까지만 하고 내려왔다. 로크 존슨은 끝까지 최선을 다했지만 결국 건우에게는 닿을 수 없었다.

"허억, 허억!"

로크 존슨이 거친 숨을 내뱉었다. 건우는 이제 좀 몸을 움직인 느낌이 나서 기분이 조금 좋아졌을 뿐이었다.

"으, 으으……."

이제 마지막이 될지도 모르는 종목이 남아 있었다. 스파링이었는데, 가벼운 권투 룰로 진행하기로 했다. 자존심이 상할 대로 상한 로크 존슨은 어떻게든 이번에는 이길 생각이었다. 가장 자신 있는 부분이기도 했다. 처음에 쪽지에 적을 때까지만 해도 체급 차이를 고려해서 적당히 봐줄 생각이었는데, 지금은 그런 생각이 전혀 없었다.

조나단이 확실하게 선물을 해주었기 때문인지 있을 것은 다 있었다. 헤드기어, 마우스피스와 글러브를 모두 착용했다.

'권투라… 재밌겠는데.'

건우는 이미 무술의 형태에서 자유로운 경지였다. 권투를 배워본 적이 없었지만 걱정할 부분은 전혀 아니었다.

조나단도 이번에는 진지하게 룰을 설명했다.

"가벼운 내기이니만큼 1라운드만 합니다. 중간에 과열되면 중단할 겁니다. 중단된 시점에서는 비디오 판독을 통해 판정승을 가립니다. 서로 적당히 해주세요!"

나름 체계적인 룰이었다. 로크 존슨의 눈에는 투지가 일렁였다. 건우는 그 모습을 보고 좋은 선수라고 생각했다.

"시작!"

로크 존슨이 프로다운 솜씨로 먼저 건우를 압박해 왔다. 건우는 로크 존슨의 폼을 바라보며 가볍게 따라했다.

휙! 휙!

주먹이 허공을 가르는 소리가 들려왔다. 로크 존슨의 공세는 맹렬했지만 건우는 쉽게 피해냈다. 한동안 로크 존슨을 파악하며 적당히 맞춰주었다. 그래도 격투기 선수였는데 이번만큼은 로크 존슨의 자존심을 세워주고 싶었다. 물론 질 생각은 없었다. 건우는 로크 존슨의 공격을 흘리거나 피하며 적당히 맞춰주었다. 나름 대련 같아 즐거워졌다.

"그만!"

조나단이 중지시키자 건우는 손을 내렸다. 로크 존슨은 후련한 듯 건우를 바라보았다. 무승부로 마무리되었지만 로크 존슨은 자신이 이길 수 없다는 것을 깨닫고 있었다.

예상대로 다음 종목을 건우가 이기자 승부가 마무리되었다.

"건우 씨의 승리입니다."

조나단이 판정을 내렸다. 크리스틴 잭슨 감독은 주머니에서 주섬주섬 지폐를 꺼내 조나단에게 건넸다. 결과에 따라 조나단이 건우를 형님이라 불러야 했다. 건우는 나름 의욕적으로 임했지만 다시 생각해 보니 좀 아닌 것 같았다.

"재미있었습니다. 그냥 없었던 일로 하지요."

"아닙니다, 형님. 전 내뱉은 말은 반드시 지킵니다."

로크 존슨이 그렇게 말했다. 건우가 괜찮다고 말했지만 로크 존슨은 단호하게 고개를 저었다. 그는 한번 내뱉은 말을 반드시 지키는 남자였다.

자신보다 나이가 많고, 일반인이 감당할 수 없는 위압감을 지닌 동생이 만들어지는 순간이었다.

그렇게 작은 이벤트가 일단락되었다. 건우가 내기에서 이긴 후 로크 존슨의 태도는 더 정중해졌다. 존경심마저 찾아볼 수 있었다. 그렇지만 오히려 훨씬 친해진 느낌이었다.

다시 작업실로 돌아와 가볍게 술을 한잔했다. 이제 모두와 가까워져 분위기는 좋았고 술은 굉장히 맛있었다.

"그냥 록이라고 부르세요."

로크 존슨을 록이라 부르기로 했다. 조금 부담스럽기는 했지만 거절할 수는 없었다. 록의 자존심이 걸린 문제였다. 건우가 편하게 대하기 시작하자 록은 씨익 웃으면서 서슴없이 다가왔다. 호쾌한 친구라 건우의 성격에도 잘 맞았다.

"아, 형님, 그럼 안 되지. 술은 이걸로 마셔."

"이거 비싸 보이는데?"

"하핫! 감독님 거니까 상관없어."

록이 비싸 보이는 술병을 들고 그렇게 말했다. 비싼 술을 많이 먹어본 건우는 술병을 보자 단번에 고가의 술임을 알아볼 수 있었다.

옆에서 존 리더스와 이야기를 하고 있던 잭슨 감독이 술병을 보고는 피식 웃었다.

"그거 건우 주려고 숨겨놓은 건데 어떻게 찾아냈어?"

"그럼 같이 먹죠."

잭슨 감독의 말에 건우가 그렇게 말했다.

록이 술을 개봉하고는 따라주었다. 좋은 술이라 그런지 향부터 달랐다.

다시 이야기는 작품 쪽으로 향했다. 자세한 이야기들이 나오는 것으로 보아 이미 어느 정도는 구체화된 기획 같았다. 초안이고 대폭 수정 중이기는 하지만 각본도 나와 있으니 아마 크리스틴 잭슨 감독이 제작하는 첫 영화가 될 것이다.

건우는 상당히 기대가 되었다. 완전히 그의 색으로 탄생하는 영화를 기대하지 않을 수가 없었다.

건우는 각본을 집중하여 들여다보기 시작했다.

처절한 복수 이야기였다. 전직 특수 요원이 대규모 갱단과의 사투를 벌이는 내용이었는데, 주인공은 이래도 될까 싶을 정도로 모조리 다 죽여 버렸다. 그것도 온갖 정성을 다해 최대한 고통스럽게 죽였다. 보통 액션 영화의 경우 복수에 어느 정도 선이 있지만, 폭주 기관차처럼 다 밀어버리고 있었다. 그러면서도 분위기가 너무 무겁게 가지 않게 마련해 놓은 장치들이 눈에 띄었다.

'음, 괜찮군. 매력 있어.'

건우는 주인공이 상당히 매력적인 캐릭터라고 생각했다. 이야기 자체도 좋았다. 제대로만 나오면 관객들은 제대로 된 통쾌함을 느낄 수 있을 것이다.

'감독님의 기존 영화와는 스타일이 다른데?'

무엇보다 지금까지 보여주었던 크리스틴 잭슨 감독의 영화들과는 느낌이 달랐다. 본인이 제작을 하기에 가능한 것인지도 몰랐다.

역시 관건은 액션신일 것 같았다. 처음부터 클라이맥스까지 이어지는 액션을 어떻게 연출해 내느냐에 따라 영화의 완성도가 달라질 것이 분명했다. 조나단이 있으니 큰 걱정은 없겠지만 주인공을 맡은 배우는 상당한 고난도의 훈련이 필요해 보였다. 스턴트맨을 쓰는 것도 한계가 있었다.

'록이 주인공으로는 어울리지 않는 것 같군.'

각본을 보면 록의 이미지와는 잘 매치가 되지 않았다. 각본에서의 주인공은 날카롭고 냉정한 이미지인데, 록은 묵직한 탱크 같은 느낌이었다. 건우는 턱을 쓰다듬며 각본을 내려놓았다. 건우는 모두가 자신을 바라보고 있음을 알아차렸다.

잠시 침묵이 가라앉았다.

크리스틴 잭슨 감독이 뜨거운 눈으로 건우를 바라보았다.

"어때?"

"매력 있네요. 잘될 것 같아요."

"그렇지? 요즘 같이 판타지나 히어로물 일색인 시장에 신선한 충격이 될 거야. 할리우드가 깜짝 놀랄걸?"

크리스틴 잭슨 감독의 어조에는 확신이 깃들어 있었다.

'골든 시크릿'이 엄청난 흥행을 거두고 나서 판타지 영화가 상당히 많이 쏟아져 나왔다. 그리고 늘 그랬듯이 히어로 영화가 강세를 보이고 있었다. 만화에서만 볼 수 있었던 히어로가 생생히 살아 움직이는 광경은 감동일 것이다. 미국을 넘어 전 세계에서 먹히는 콘텐츠였다. 또한 전 연령을 공략할 수 있다는 점도 흥행 요인 중 하나였다. 게다가 그 흥행은 장난감이나 다른 상품들로 이어지니 황금 알을 낳는 거나 다름없었다.

그러다 보니 대형 배급사들은 히어로물의 판권을 사들이고 마구 제작해서 내보내고 있었다. 양대 코믹스의 영웅들이 영화계에서도 경쟁하고 있는 모습은 새롭기는 했다. 그러나 범람하는 판타지와 히어로물에 대중들은 조금씩 지쳐가고 있었다. 그럼에도 불구하고 꾸준히 흥행이 되니 할리우드에서는 지금 이 순간에도 같은 장르의 영화들이 계속해서 제작되고 있었다.

크리스틴 잭슨 감독의 눈빛은 더욱 뜨거워졌다.

고개를 돌아보니 조나단과 록 역시 이글거리는 눈빛으로 건우를 바라보고 있었다. 존 리더스도 어울리지 않게 그러했다.

건우는 피식 웃었다. 왜 저렇게 자신을 바라보는지 알 수 있었기 때문이다.

아주 명백하고 노골적인 의도를 읽을 수 있었다.

'음......'

잠시 고민해 보았다. 어차피 기획 단계에서 본격적인 제작까지는 시간이 꽤 걸릴 것이다. 배급 문제와 투자, 그리고 여러 가지 사안을 해결하는 데 적지 않은 시간이 걸릴 것이기 때문이다. 물론 작은 규모로 제작한다면 더 빨라지겠지만 그래도 며칠 안에 뚝딱 이루어질 수는 없었다.

'어쩔까?'

확실히 괜찮았다. 좋은 작품이 될 확률이 무척이나 높았다. 각본에서 흐르는 아우라를 볼 때 크리스틴 잭슨 감독이 엄청난 정성을 쏟은 것 같았다. 그리고 존 리더스도 마찬가지였다.

"리더도 참여하나요?"

"응, 물론이지. 내가 잘 가르쳐 볼 생각이야. 네가 추천해 줬잖아? 그렇지? 그래서 내가 이렇게 신경을 아주 잘 써주고 있는 거지. 그걸 알아야 해. 원래는 나에게 배우려면 아주 까다롭고 아주 돈이 많이 들고 아주아주……."

"알겠어요. 그만해요."

슬슬 차기작을 생각해 볼 시기이기는 했다. 그게 크리스틴 잭슨 감독이 제작, 감독하는 작품이라면 고민할 필요도 없었다. 그리고 찬란한 재능을 지니고 있는 존 리더스, 그러니까 애칭으로 리더의 성장도 기대가 되고 말이다.

"한번 해보죠."

"정말? 오케이!"

건우가 그렇게 말하자 크리스틴 잭슨 감독이 환호하며 소리쳤다. 다른 이들도 마찬가지였다. 애초부터 건우를 염두에 두고 각본을 쓴 것 같았다.

각본도 괜찮았지만 무엇보다 끌리는 것은 따로 있었다. 건우 로서도 기존 이미지를 벗어나는 새로운 도전이었다. 지금까지 해왔던 배역과는 거리가 있었기 때문이다. 물론, 지금까지 그랬 듯이 잘해낼 자신이 있었다.

'배역 연구는 심도 있게 해야겠지.'

'골든 시크릿' 때보다도 훨씬 진일보된 연기를 선보일 수 있을 것이다. 건우가 잠시 그런 고민을 하고 있을 때 주변은 그야말로 축제 분위기였다. 록이 또 어디서 가지고 왔는지 샴페인을 터뜨 렸다.

"형님이 있으니 대박 날 거야!"

"으악, 이걸 왜 저한테……."

"흐흐흐."

록과 리더는 샴페인 범벅이 되었다. 조나단도 흐뭇한 표정이 었다. 크리스틴 잭슨 감독은 그들과 방방 뛰다가 무언가 중요한 말을 하지 않을 걸 깨닫고는 다시 진정했다.

"아! 미안. 조건에 대해 이야기를 좀 나눠봐야지. 친분은 친분 이고 돈은 돈이잖아?"

분위기가 다시 가라앉았다. 그럴 수밖에 없었다. 건우의 출연 료는 할리우드 최고라고 봐도 무방했다. 지금 건우의 몸값은 '골든 시크릿을 찍을 때와 비교도 할 수 없었다. 그 말인즉 제작비가 어마어마하게 뛴다는 이야기였다. 물론 대형 투자─배급사를 끼면 수월하겠지만 그렇게 된다면 그들의 입김에서 벗어나기는 힘들 것이다. 건우도 곤란하기는 했다. 적은 돈을 받아도 큰 상관은 없었지만 UAA가 껴 있으니 그럴 수도 없었다. 적어도 납득이 될 만한 조건이 되어야 했다. 이런 부분에서는 건우조차 자유로울 수 없었다.

"출연료는 현재 기준에 맞춰줄 수는 없지만 대신 지분을 많이 맞춰줄게."

"지분이요?"

"개런티와 별개로 흥행 수익에서 가져가는 거야. 보통 톱스타들을 영입할 때 그렇게 많이 하지."

크리스틴 잭슨 감독은 개런티 이외에 수익의 20% 이상 분배해 줄 것을 약속했다. 물론 이는 최소 조건, 초기 협상이었고 나중에 본격적으로 계획이 구체화되면 UAA와 줄다리기를 통해 조절해야 했다. 20%이상 받는 배우들을 집계한 클럽이 있었는데, 모두 세계가 인정한 스타들이었다.

출연이 성사된다면 건우가 그들에게 전혀 밀리지 않는다는 증거로 남게 될 것이다.

구미가 당기는 조건이기는 했다. 건우는 자신이 출연하면 무조건 흥행할 거라는 확신이 있었다. 단지 이름값 때문만이 아니라 자신의 연기를 보면 그럴 수밖에 없을 것이다. 게다가 연기만큼이나 자신이 있는 액션 분야였다.

"나중에 따로 상의해 봐야 하겠지만 일단 긍정적으로 생각해 볼게요."

"그래, 고맙다. 근데, 너 너무 쿨한 거 아냐?"

"뭐, 재미있는 작업이라면 저도 좋거든요. 감독님도 편해서 좋구요."

크리스틴 잭슨 감독은 건우에게 미안해졌다. 건우가 출연하는 것만으로도 투자는 이미 확보한 것과 다름없었다. 미국에 온 것만으로도 헬기가 뜨는 스타였다. 이야기가 마무리되자 다시 축제 분위기로 돌아왔다.

"감독님, 음악 부분에 저도 참여시켜 주실 수 있나요?"

"응? 물론이지. 아, 그렇지. 너 엄청난 뮤지션이었지? 영화 음악이랑 기존 음악은 좀 다른데… 음, 뭐, 배우면 되겠지. 좋아! 이것저것 다 알려주마."

크리스틴 잭슨 감독은 가볍게 승낙했다. 건우가 공부해 보고 싶은 분야이기도 했다. 크리스틴 잭슨 감독은 건우를 영입했다고 해도 이제부터가 시작이니 목표치가 그리 높지는 않았다. 하지만 건우는 아니었다. 무엇을 하든 최고가 되어야 한다고 생각했다. 그리고 그렇게 만들 능력이 있었다.

크리스틴 잭슨 감독은 건우와 어깨동무를 했다.

"일단 오늘은 즐기자! 너 내일 한국 가지?"

"네, 내일 밤 비행기예요."

"그럼 계속 마셔도 상관없겠네."

록이 구석에서 엄청나게 큰 맥주잔을 들고 왔다. 건우를 씨익 웃으면서 바라보았다. 록은 표정이 참 풍부했다. 눈썹이 치켜 올라가는 모습은 익살스러웠다. 배우를 하는 데 아주 큰 장점이었다.

저런 끼를 격투기를 하면서 어떻게 감췄는지 의문이었다.

"헤이, 형님, 술로 한번 붙자."

뭐로든 이겨보고 싶은 것 같았다. 도수 높은 술들이 테이블 위에 세워졌다. 건우는 고개를 저으면서 웃었다.

"후회할 텐데."

"난 단 한 번도 취해본 적이 없어. 인디언의 피가 흐르거든!"

건우의 말에 록이 호기롭게 말했다. 건우는 록과 적당히 어울려 주었다. 굳이 내력을 돌리지 않아도 건우를 술로 당해낼 사람은 이 세상에 존재하지 않았다.

"으, 으억……."

단 한 번도 취한 적이 없다던 록은 난생처음으로 취해 뻗어버렸다. 건우가 깔끔하게 술병을 비우며 자리에서 일어나자 조나단이 고개를 절레 저었다.

"저 친구 뭐 하나 이길 때까지 저럴 것 같은데요. 조금 피곤하시겠군요."

"그게 무엇이든 쉽게 져줄 생각은 없어요."

조나단의 말에 건우는 그렇게 말하며 웃을 뿐이었다.

록은 자존심을 버릴 정도로 연기에 진지했다. 그런 록과 어울리는 것도 꽤 괜찮은 일이라 생각했다.

"으, 우욱… 내, 내일 수, 수영 대결… 을……."

록이 건우를 바라보며 힘들게 말했다. 리더는 거의 죽을 것 같은 록을 신기하게 바라보았다. 록은 강철로 만든 것 같은 남자였는데, 이렇게 맥을 못 추니 신기한 것이다.

'UAA와 이야기도 나눠야 하니 하루 정도 더 있어야겠군. 일단 석준이 형에게 이야기를 하고……'

차기작은 UAA가 가장 기다리는 소식이었다. 마이클도 은근슬쩍 그런 말을 해오기까지 했다.

아무튼, 차기작은 '골든 시크릿' 때보다도 훨씬 즐겁게 작업할 수 있을 것 같았다. 그것만으로도 차기작을 고른 이유는 충분했다.

건우는 좋은 예감에 휩싸여 부드럽게 웃을 수 있었다.

UAA와 이야기를 끝낸 후 한국으로 돌아왔다. UAA에서 크리스틴 잭슨 감독의 유니크 스튜디오와 이야기를 진행 중이었다. 그렇게 몇 번 접촉했을 뿐인데 벌써 대문짝만 한 기사가 났다.

<이건우와 크리스틴 잭슨, 다시 만난다!>
<환상의 조합, 차기작의 정체는?>
<유니크 스튜디오 '아직 기획 단계일 뿐'>
<긴장하는 할리우드!>

덕분에 크리스틴 잭슨 감독은 상당히 바빠졌다. 군침을 흘리고 있는 투자·배급사들이 많아 손쉬운 길을 갈 수도 있었지만, 건우는 그에게 만들고 싶은 영화를 만들자고 말했다. 덕분에 영화 규모 자체는 그렇게 커지지 않을 것이다.

크리스틴 잭슨 감독이 직접 제작하는 첫 작품이니만큼 흥행은 물론이고 작품성까지 잡아야 했다. 생각보다 일이 빠르게 진행되고 있는지 배우 섭외가 활발하게 이루어지고 있다고 한다.

건우는 한국으로 돌아온 뒤 일단 그림에 집중했다. 건우의 작업 속도는 워낙 빨라서 이미 쌓인 비축분이 어마어마했다. 영화 촬영에 들어가기 전까지 대부분 다 그려놓을 생각이었다.

에드스타는 플랫폼 사이트를 오픈하며 대대적으로 마케팅을 펼쳤고 사전에 협의된 대로 성실 연재를 약속했다. 물론 진우전 생록 같은 경우에는 공짜가 아니라 광고 여러 개를 보거나 유료 결제를 해야 했지만 그게 문제가 아니었다. 대부분 '아무튼 닥치고 내 돈을 가져가!'라는 반응뿐이었다.

그동안 독자들은 돈이 없어서 못 본 것이 아니었다. 연재 속도가 극악이었기 때문에 못 본 것이었다. 그들은 가격이 비싸다고 하더라도 얼마든지 돈을 지불할 의사가 있었다.

간바리상: 드디어 정식 연재 확정! 게다가 일본어 서비스까지! 감사합니다. 진우 화백님!

금자: 중국에서도 화백님을 응원합니다. 근데 VPN을 켜야 접속할 수 있어요. 해결 좀……

제발연재좀: 에드갓스타! 요즘 서버 상태도 좋고 갓임.

수소맨: 왜 이렇게 저렴함? 좀 더 돈 받아야 할 듯.

—Re: 허브맛: ㅇㅈ. 난 유료 결제하고 광고 10개도 더 볼 수 있을 듯.

이진수: 와… 최근 화, 청년 진우 개멋짐. 포스에 지릴 뻔ㅋㅋ. 해외 사람들도 감탄사밖에 안씀ㅋㅋ.

—Re: 소피아: 건느님 닮았네. 건우, 진우… 화백님이 노린 듯.

—Re: 집밥은개밥: 나도 그 생각함.ㅋ 약간 거친 느낌의 건느님임ㅋㅋ.

조은차: 이거 만약 영화화되면 무조건 이건우 캐스팅해야 함.

—Re: 김하나: 못 함ㅋㅋ. 이건우 몸값이 얼만 줄 아냐? 차라리 미국에서 제작하면 가능성이 있겠다.

건우의 투자 이후 서버 상태도 확 좋아져 더 이상 불만이 나오지 않았다. 가입자 숫자도 비약적으로 늘어 이제는 다른 SNS와 함께 에드스타 블로그 하나쯤 열어놓을 정도였다. 게다가 대대적으로 돈을 들여 스트리밍 방송 플랫폼도 개국하여 관심이 뜨거웠다. 에드스타는 서서히 문화 콘텐츠를 주도하는 주류로 자리 잡아가고 있었다.

폭발적인 성장은 이미 예견된 것과 다름없었다.

건우는 밤낮을 가리지 않고 작업에 몰두했다. 삶을 돌아보는 일은 괴롭기도 했고 즐겁기도 했다. 그러나 분명히 의미가 있었다. 후회가 남았던 선택을 돌아보니 현재의 삶을 위한 좋은 지침이 되었다.

'너무 작업 속도가 빠른가?'

연재 관리는 에드스타로 넘겼다. 정기적으로 연재 분량을 보내주었는데, 너무나 많은 양에 회의까지 들어갔다고 한다. 앤드류 페이지는 건우의 연재분을 읽고 울먹이면서 전화까지 했다. 연재 주기는 일주일에 한 번으로 정해졌다.

연재 시간은 한국 시간으로 토요일 저녁 6시 5분이었다.

에드스타는 현재 각종 광고 제의와 몰려드는 투자 세례에 행복의 비명을 지르고 있다고 한다. 아직 초기 단계였는데 벌써부터 대박의 조짐이 보이고 있었다. 인원을 확충하고 회사를 이전하는 등 좋은 행보를 이어가고 있었다.

상당히 많은 돈을 투자한 건우도 엄청난 이득을 보고 있었지만 건우는 별다른 관심이 없었다. UAA에서 칼 같이 관리해 주니 조금 심심할 지경이었다.

'그건 그렇고 여전히 화제가 되는구만.'

자신의 일이니 확인하지 않을 수 없었다. 리그 오브 히어로 때문이었다. 석준은 LOH 팀을 인수하게 되었는데, GW Blade로 이름 지었다.

팀 이름에 YS를 붙이는 대신 GW를 붙였다.

사전에 건우의 동의를 받은 것이었다. 자금은 건우와 YS에서 후원하지만 총괄은 GW의 승엽이 맡기로 했다. 극장 확장을 위해서 사놓은 건물이 팀 건물로 재탄생되었다.

석준은 이것을 시작으로 연예계뿐만 아니라 다른 문화 사업에까지 경계를 넓히겠다는 포부가 있었다. 갑작스러운 시작이었지만 건우의 행보와 맞춰가고 있었다.

석준은 기자와의 인터뷰에서 말실수인 척하면서 건우에 대해 슬쩍 흘렸는데, 그게 여전히 커뮤니티를 뜨겁게 달구고 있었다.

다이버 검색어까지 올라왔다.

1. 이건우

2. 이건우 LOH

…(중략)…

6. 이건우 LOH 실력

7. 빛건우

휴식기임에도 불구하고 조용한 날이 없는 건우였다.

ㅡ하늘에 떠 있는 건 태양이 아니다. 이건우다.

ㅡ그저 빛건우.

빛건우라는 별명이 하나 더 늘어나게 되었다.

수많은 짤방이 생성되어 활발하게 돌아다녔다. 원래 남성 팬들도 많았지만 그보다 더욱 많이 늘어나는 계기가 되었다. 연예인들은 이건우의 이름을 언급하는 것조차 조심스러워했다. 건우가 너무나 완벽한, 신성불가침의 영역이 되어버린 탓이었다.

건우는 거의 모든 활동을 중단하고 수행 겸 작업에 집중했다. 일이 손에 잡히지 않으면 질릴 만큼 늘어질 수 있었고, 어떤 날은 아무것도 하지 않으며 그냥 가만히 누워만 있었다. 성인이 되고 처음으로 아무런 근심 없이 푹 쉴 수 있었다. 그런 게으름이 오히려 건우에게 많은 의욕을 부여해 주었다.

홍대에 있는 GW 드림홀은 홍대 공연 문화의 중심이 되었다. 건우에게 돌아오는 이득은 거의 없었지만, 많은 이들에게 공연 장소를 제공하고 공연 문화를 보다 더 건강하게 살찌울 수 있으니 아주 큰 의미가 있는 일이었다.

시간이 빠르게 지나 겨울이 되자 드디어 차기작 영화의 계획이 구체화되었다. 유니크 스튜디오는 제작비도 확보했고 배급사도 확정했다. 라인 브라더스 픽처스가 끈질기게 달라붙었지만 크리스틴 잭슨 감독은 피식 웃으면서 거절했다고 한다. 당초 예상보다 규모가 더 커졌지만 그렇다고 해도 '골든 시크릿'과는 비교할 수 없는 수준이었다.

'바로 스케줄이 나올 줄이야.'

아직 배역이 다 정해지지는 않았지만 건우의 스케줄은 이미 계획되어 있었다. 올 연말부터 시작해서 내년 초까지 사격술 훈련을 받고, 그와 관련된 전문 훈련을 소화하기로 결정되었다.

훈련은 조나단과 연줄이 있는 '팀 포스 컨설팅'이라는 곳에서 담당하기로 되어 있었는데, 전직 네이비씰로 이루어진 그야말로 베테랑 중에 베테랑이었다. 할리우드 배우들을 혹독하게 수련시키기로 악명이 자자했다.

네이비씰 실전 훈련과 거의 비슷한 수준으로 이루어졌기에 많은 할리우드 배우들이 치를 떤다고 한다. 팀 포스 컨설팅이라는 이름을 듣고 계약을 취소하려고 하는 배우들도 생길 정도였다.

'게다가…….'

거기에서 그치지 않고 실제 네이비씰에서 훈련받는 이야기도 나왔지만 건우는 미국 시민권자가 아니기 때문에 여러모로 검토해 보고 있는 중이었다. 아무래도 미국 국방부의 승인이 필요한 사항이었다.

월드스타이고 나발이고 영화를 위해 가차 없이 굴려 버리겠다는 강렬한 의지가 느껴졌다. 영화를 위해서니 건우는 UAA와의 조율을 통해 결국 수락할 수밖에 없었다.

주인공이 전직 네이비씰 출신이었기에, 배역 연구를 위해서도 필요한 부분이었다. 간접 체험으로는 경험할 수 없는 부분이니 말이다. 게다가 건우를 위해 크리스틴 잭슨 감독이 수익적인 측면에서 상당 부분 양보했으니 최선을 다해야 했다.

건우도 흥미가 있기는 했다.

'힘들지는 않겠지만 재입대하는 기분인데……'

팀 포스 컨설팅에서 자체적으로 운영하는 훈련소가 있다고 한다. 스케줄 표를 확인한 건우는 마치 재입대를 통보받은 느낌을 받았다. 차기작을 선택한 것에 대해 살짝 후회스러운 기분이 들기도 했다. 하지만 기분만 그럴 뿐이지 지옥의 훈련이든 뭐든 아주 가볍게 소화할 수 있을 것이다.

아무튼 또 긴 출장을 가야 했다. 촬영에 걸리는 시간까지 합치면 최소한 1년은 넘게 미국에 머물러야 했다. 스케줄에 따라 2년이 넘어갈지도 몰랐다.

'떠나기 전에 TV에 얼굴을 비추긴 해야겠지.'

한국에 있으면서 오히려 한국 팬들에 무심한 면이 있었다. 이런저런 일을 하기는 했지만 정작 TV에 얼굴을 자주 비추지는 않았다. 그리고 영화 촬영 전에 조금 특별한 경험을 해보고 싶기는 했다. 영화가 끝날 때쯤이면 20대가 거의 마무리될 터이니, 어쩌면 20대의 마지막 TV 출연이 될지도 몰랐다.

물론, 20대가 넘어가서 30대가 된다고 하더라도 건우에게서 큰 변화를 찾아보기는 힘들 것이다. 중년이 된다고 해도 지금 모습에서 큰 변화는 없을 테니 말이다.

건우는 YS에 조용히 연락했다. YS에서는 기다리고 있었다는 듯 바로 건우가 출연할 만한 프로그램들을 간추려서 보내주었다. 모두 출연료가 상당했지만 건우에게는 크게 와닿지 않았다. 당장 차기작으로 받는 개런티가 워낙 컸기 때문이다. 그것조차 미국 언론에서 '이건우의 의리'라고 표현될 만큼 건우의 몸값에 비해 훨씬 적은 금액이었다.

'어디에 나가볼까? 너무 진지하거나 복잡한 건 싫은데.'

건우는 침대 위에서 노트북을 바라보며 생각에 빠졌다. 워낙 시대가 빠르게 바뀌다 보니 새로운 프로그램이 많았다. 작업에 몰두하느라 TV를 거의 보지 않아 모르는 것들투성이었다.

"뭐 봐?"

건우가 고민하고 있을 때 침대 옆에서 목소리가 들려왔다. 진희가 베개를 끌어안으면서 건우를 바라보고 있었다. 진희는 영화 촬영이 끝난 후, 건우의 별장에서 머무르는 중이었다.

그녀가 출연한 영화는 최근에 개봉했다. 영화 홍보 덕분에 조금 바쁘긴 했지만 영화 촬영 때보다는 훨씬 여유로웠다.

건우의 예상대로 순조롭게 흥행을 하고 있는 중이었다. 진희는 연기에 대한 찬사를 받고 있었는데, 건우도 흐뭇하게 웃으면서 기사를 읽은 적이 있었다. 주변의 시선 때문에 극장에 가서 보지 못한 것이 아쉽기는 했다.

건우가 진희에게 손을 뻗자 그녀가 건우의 옆에 바짝 기댔다.

"예능 나가려고?"

"조금 있으면 미국 가잖아. 가기 전에 얼굴을 비추긴 해야 할 것 같아서……."

"응, 좋은 생각 같아."

진희가 예능 쪽은 훨씬 잘 알았다. 최근에도 영화 홍보를 위해 예능에 출연한 적이 있었기 때문이다. 이제는 국내 최고 미녀 배우라고 불리고 있는 진희여서 그런지 꽤 시끌벅적한 반응이 나오기도 했었다.

건우도 그녀가 출연한 예능만큼은 챙겨보고 있었다.

"이건 어때? 요즘 제일 인기 많아. 진짜 재미있어."

"이름이… 섬섬옥수수? 특이하네."

"응. 동진 선배가 출연하고 있어."

진희는 자세하게 설명해 주었다.

섬섬옥수에서 따온 이름이었다. 본래 섬섬옥수라는 사자성어는 가늘고 옥처럼 아름다운 손이라는 뜻이었다. 여성의 아름다운 손을 나타내는 표현이었는데, 이 프로그램의 뜻은 완전히 달랐다. 섬은 진짜 섬을 뜻했다. 그리고 옥수수 역시 진짜 옥수수를 뜻했다.

외따로 떨어진 섬에서 자급자족에 가까운 생활을 하면서 밥을 챙겨먹는 것이 주 내용이었다. 무상으로 제공되는 것은 약간의 쌀과 계란, 그리고 옥수수뿐이었다. 구할 수 없는 식량이나 돈을 받기 위해서는 그럴싸한 메뉴를 만들어서 제작진에게 바친 다음, 감정을 통해 돈을 준다고 한다. 이야기만 들어보면 거의 생계형 다큐였다.

건우는 바로 인터넷에서 정보를 찾아보았다. 인기가 대단해서인지 검색하자마자 많은 기사들을 볼 수 있었다.

'동진이 형……'

최근에도 꾸준히 동진과는 연락을 했다. 가끔 술도 같이 먹곤 하는데, 주로 말하는 주제는 연애와 결혼이었다. 동진이 형도 결혼을 진지하게 생각 중이기는 한데, 만나고 있는 여자가 없는 모양이었다.

아무튼 건우를 제외하고는 가장 잘생겼다고 불리는 동진이 고정으로 출연해 엄청난 고생을 하고 있었다. 제대로 된 식사는 하루에 겨우 한 끼 정도였다. 그리고 외지이다 보니 추운 골방에서 버텨내야만 했다.

동진과 같이 출연하는 배우도 있었는데, 진희와 같은 영화에 얼굴을 비쳤던 신인 배우였다. 깔끔하고 훈훈한 인상으로 많은 팬들을 확보했다고 하는데, 지금은 그야말로 개고생 중이었다. 재미있는 점은 섬섬옥수수가 그 젊은 배우의 첫 예능이라는 점이었다.

"조금 볼래?"

진희가 노트북으로 무언가를 보여주었다. 다이버 in TV에 올라온, 동진이 개고생하는 장면을 편집한 클립 영상이었다. 게스트도 방문해서 함께하고 있었는데, 늘 갖은 고생을 하고 돌아가는 모양이었다.

건우는 동영상을 보고 어이가 없어졌다.

"이런 프로그램에 왜 나가서⋯ 저런 고생을⋯⋯."

"그래도 이미지가 엄청 좋아졌어. 훈훈하지만 덜렁거리는 옆집 삼촌 같은 이미지가 되었거든."

"그건 좋은 걸까?"

"다양한 모습을 보여주는 건 좋지. 그동안 너무 차도남 이미지만 두르고 있었잖아? 원래 엄청 이상한 오빠인데."

"음⋯⋯."

클립 영상의 내용은 처참했다.

통발을 사용해 겨우 잡은 물고기를 떨어뜨리는 바람에 이성을 잃고 바다에 그대로 뛰어들었다. 겨우 올라와서는 넋을 잃고 바다를 바라보는 장면은 짠하다는 마음을 절로 불러일으켰다. 게다가 겨우 공수한 식재료를 요리할 줄 몰라 대충 구워 먹는 모습은 굳건한 건우의 정신마저 흔들고 말았다.

워낙 비주얼이 되는 배우들이다 보니 그 모습마저 인간적으로 느껴져서, 종편 채널이었지만 최고의 인기를 끌고 있었다.

'동진이 형이 어쩌다가 저렇게⋯⋯.'

굉장히 멋진 형이었는데, 역시 환경이 사람을 만드는 모양이었다. 저 지경이 될 때까지 놔둔 PD는 악마란 말인가? 건우는

PD의 이름을 확인하기 위해 검색해 보았다.

"나 감독님이네?"

"응. 종편으로 옮긴 뒤, 하는 프로그램마다 대박 치고 있어. 동진 선배는 아예 나 감독님 라인에 탄 것 같아."

건우는 진희의 말에 고개를 끄덕였다.

"나 감독님이니까 저렇군."

뛰는 녀석들을 제작했고 그 이후에 여러 프로그램을 거치며 명실상부한 대한민국 최고의 예능 PD가 된 인물이었다. 기획력, 섭외력이 타의 추종을 불허해서 개인 팬클럽까지 있을 정도였다. 건우와도 안면이 있었다.

나 PD가 제작한 프로그램이니 동진이 저런 개고생을 하는 것이 이해가 되었다. 뒤에서 봐주거나 하는 조작 같은 건 전혀 없을 것이다. 그야말로 야생에 던져놓고 관찰 카메라로 찍는 것과 다름이 없었다.

그만큼 나 PD의 파워는 강했다.

"가서 동진이 형 좀 챙겨줘야겠다."

"재미있겠네."

건우는 빠르게 결정했다. 제시해 온 출연료도 나쁘지 않았고 무엇보다 안면이 있는 사람들이 하는 프로그램이라는 것이 컸다. 게다가 섬에서 생활하는 거니, 사람들의 시선을 신경 쓸 필요도 없을 것이다.

오랜만에 여행을 가는 기분도 느낄 수 있을 것 같았다.

*　　　　　*　　　　　*

건우가 예능 출연을 결정하자 얼마 뒤에 바로 스케줄이 잡혔다. 본디 이번 촬영에서는 게스트 섭외를 하지 않으려 했지만 건우가 출연을 희망하니 당연히 비상이 걸렸다.

건우의 예능 출연은 극비였다. 나 PD는 스태프들의 입단속을 철저히 해서 촬영 전까지는 비밀을 지킬 수 있었다. 매번 섬섬옥수수의 게스트에 대해 기사를 쓰던 기자들도 건우의 출연에 대해서는 전혀 알아차리지 못했다. YS에서 공식적인 발표를 통해 건우가 다음 작품 준비에 들어갔다고 했기 때문이다.

건우는 새벽부터 차량을 타고 목포로 향했다. 목포에서 제작진과 합류한 뒤, 섬으로 들어갈 예정이었다. 승엽은 건우의 극장을 책임지고 있었기 때문에 새로운 매니저가 건우를 목포까지 데려다 주었다.

목포까지 가는 차 안에서 왠지 모르게 승엽이 그리워지기는 했다.

'도착했군. 그러고 보니 남쪽은 이번이 두 번째네.'

건우는 줄곧 수도권에서만 있었는데, 아주 오래전에 남쪽에 내려간 적이 있었다. 군대 후반기 교육 때문이었다. 그때 이후로는 처음이었다.

"안녕하세요? 건우 씨."

"네, PD님. 안녕하세요?"

"어후, 이거 늘 뵐 때마다 눈이 부셔서 원. 남자인 제가 다 설레네요. 아! 일단 안으로 들어가지요. 여기에 있으면 눈에 확 띕니다."

나 PD와 반갑게 인사를 나눴다. 얼마 전에 봤을 때보다 약간 살이 빠진 것 같았는데 인상은 여전히 좋아 보였다. 날씨가 춥다 보니 스태프들은 모두 두꺼운 패딩 차림이었다. 마치 노숙이라도 한 것 같은 분위기가 흘렀다.

'너무 차려입었나?'

그에 비해 건우는 화보에서 막 튀어나온 것 같은 세련된 느낌이었다. 추위를 타지 않기에 옷이 조금 얇은 감이 있기는 했다.

카페에 들어가니 카메라와 스태프들이 잔뜩 보였다.

건우가 나타나자 작가들이 술렁였다. 대한민국 대표 미남 배우 중 한 명인 동진을 매일 보고 있음에도 절로 감탄이 나온 것이다.

2등을 보다가 1등을 보는 느낌이었는데, 그 격차는 대단했다. 동진과는 아예 비교 자체를 불허하고 있었다.

바로 촬영이 시작되었다.

"건우 씨, 혹독한 겨울나기의 주인공이 되신 걸 축하합니다."

"감사합니다."

"저희 프로그램 보신 적 있으신가요?"

건우는 고개를 끄덕였다.

"동진이 형이 엄청 고생하는 건 봤습니다. 마음이 짠하더라구요."

"건우 씨도 생존을 위해 이번 촬영 동안 함께하셔야 합니다. 사전 회의 때 이야기를 나눈 것과 같이 특별 대우 같은 건 없습니다. 정말 마음이 아프네요. 혹시 옥수수 좋아하시나요?"

"아⋯ 그다지 좋아하지는 않습니다."

"좋아하셔야 할 겁니다. 지겹게 드실 거거든요."

나 PD는 은근히 약 올리는 듯한 억양이었다.

이번에 사전 회의를 마치고 같이 친목을 다지기 위해서 술 한 잔을 했기 때문에 나 PD는 예전보다 조금 더 편하게 건우를 대했다.

건우로서도 그게 편했다.

건우는 그런 나 PD의 도발에 은은한 미소를 그렸다. 약간 가소로운 마음도 있었지만 티는 내지 않았다.

건우는 웃으면서 그의 도발 하나하나를 마음속에 새겨두고 있었다.

"재미있겠네요."

"그럼 소지품 검사를 하겠습니다."

"그런 것도 하나요?"

"생필품과 옷을 제외한 모든 것들은 촬영이 끝나고 돌려 드리겠습니다."

건우가 가지고 온 캐리어를 그 자리에서 바로 열어보았다. 안에는 간단한 옷가지와 함께 각종 조미료들이 들어 있었다. 아주잘 정리되어 있었는데, 종류가 무척이나 많았다. 심상치 않은 조미료의 등장에 나 PD가 건우를 바라보았다.

"이것도 압수입니다. 섬에서 직접 구매하시거나 만들어서 사용하시면 됩니다."

"그렇군요."

조금 아쉽기는 했지만 상관은 없었다. 기본적인 것들은 섬에있는 집에 있다고 한다. 나 PD는 훌륭한 조건이라고 하는데 건우는 신용이 가지 않았다.

나 PD는 동요가 없는 건우의 모습에 비릿한 웃음을 머금었다.

"건우 씨, 너무 여유로우신데요."

"아, 섬에 가서 뭘 할지 생각 중이었어요."

"기대하겠습니다."

나 PD는 진심으로 건우가 고생하면서 좋은 그림을 만들어주길 바랐다. 그가 전 세계에서 손꼽히는 월드스타이기는 하지만 프로그램을 위해서는 어쩔 수 없었다.

저 멋짐이 고생으로 망가지는 순간 시청률이 쭉쭉 오를 것이다!

'분명 대박을 칠 거야!'

나 PD는 확신했다. 그의 계획 속에서 건우의 고생은 이미 확정되어 있었다.

모든 게스트들이 그러했다. 처음에는 무엇이든 할 수 있을 것같이 여유를 부리다가 큰 고통을 맛보았다. 그럴수록 시청률이 수직 상승 했다. 물론, 건우가 출연한 것만으로도 역대 최고 시청률은 확정되었다고 봐도 무방했지만 말이다.

나 PD는 뽑아낼 수 있는 모든 것들을 뽑아내고 싶었다.

"그럼 잠시 대기하다가 이동하겠습니다."

배가 도착하자 건우는 마스크와 선글라스를 쓰고 배에 올랐다. 나 PD는 건우가 반입하는 물건이 없는지 철저하게 전담 마크까지 하면서 감시했다.

집요하게까지 느껴지는 그의 시선에 건우는 피식 웃었다. 그의 태도가 묘하게 건우의 승부욕을 자극했다. 록과의 내기를 했을 때도 이 정도는 아니었다.

'제대로 해봐야겠다.'

프로그램의 취지에 조금 어긋날 수도 있겠지만 그것은 그것대로 그림이 될 것이다. 무엇보다 나 PD의 상상과 기대를 깨주고 싶었다. 건우는 섬에서 아예 힐링을 하고 올 작정이었다.

배가 출발했다.

섬과 바다.

건우에게는 꽤 좋은 기억이 있는 장소였다.

*   *   *

또다시 섬 생활의 시작이었다. 그 빌어먹을 옥수수는 이제 더 이상 보기 싫었다. 예전에는 꽤 좋아했지만 지금은 아니었다. 보기만 해도 던져 버리고 싶은 욕구가 치솟았다.

동진은 깊은 숨을 내쉬며 섬에 발을 디뎠다. 섬은 운치가 좋았다. 아름다운 전경과 한적한 느낌이 너무나 잘 어울렸다. 한 폭의 그림과도 같았다. 그렇지만 그 아름다움은 멀리서 봤을 때만 의미가 있었다.

곧 고단한 촬영이 시작되었다. 카메라는 계속해서 동진을 찍고 있었다.

"동진이 형, 오늘은 더 춥네요."

"그러게. 눈도 내린다더라"

동진의 옆에 있던 사내가 캐리어를 바닥에 내려놓으며 그렇게 말했다. 입김이 가득 뿜어져 나왔다. 동진은 그를 보며 참 고생이 많다고 생각했다. 얼마 전에 첫 영화를 찍고 흥행 배우 대열에 합류해서 이제 좋은 일만 가득할 텐데 여기서 자신과 함께 고생하고 있었다.

"성균아. 오늘은 꼭 뭐라도 해먹자."

"네, 꼭."

"그리고 옥수수는 모두 불태워 버리자."

"모두 없애 버리죠."

성균은 강력한 의지를 담아 고개를 끄덕였다.

제작진 측에 빌린 돈이 빚이 되어 쌓여 있었다. 섬 밖으로 나가면 수천 번, 수만 번은 더 갚을 수도 있는 작은 빚이었지만 이곳에서는 대단히 컸다. 그나마 다행인 것은 쌀이 조금이나마 남아 있다는 점이었다. 제작진에게 외상으로 빌린 라면 두 봉지도 남아 있었다. 옥수수는 많았지만 보기도 싫었다.

냉장고에 기본적인 야채와 양념이 있었지만 둘의 요리 실력은 극악이었다. 그나마 저번에 왔던 여자 게스트 덕분에 잘 챙겨먹은 것이 위안이라면 위안이었다.

"가면 일단 밥부터 하자."

"늘 하던 대로 계란볶음밥을 할까요? 양이 부족하니까… 옥수수도 찌고……."

"옥수수… 크흠, 그래. 그리고 장작 패고… 뭐라도 좀 잡아서 돈 좀 벌자. 이러다가 진짜 골병들지도 몰라. 이 프로그램 언제 망하냐?"

"형, 감독님이 시즌2까지 하자고 하던데……."

"미친……. 난 안 할 거야. 이번이 끝이야!"

동진과 성균은 절망적인 이야기들을 나누면서 섬 중간쯤에 위치한 집에 도착했다.

그나마 난방은 되어서 얼어 죽지는 않을 환경이었다. 그러나 보수할 곳이 너무나 많았다. 일단 기울어진 문과 얼마 전에 쓰러진 화덕이 가장 눈에 띄었다. 보일러도 말썽이었다. 정상적인 곳을 찾기 힘들 지경이었다.

뭐부터 시작해야 할까?

아니, 지금은 아무것도 시작하지 않는 것이 좋았다. 가장 급한 건 역시 먹고 사는 것이었다.

집에 도착해서 짐을 풀고 마당에 쌓인 눈을 치웠다.

"통발 넣으러 가자."

"형, 우리 통발 없잖아요."

"응?"

동진이 성균을 바라보았다. 성균은 한숨을 푹 쉬면서 고개를 설레 저었다.

"저번에 게스트 왔을 때 김치찌개 해먹었잖아요. 그때 압류당했어요. 빚값으로……."

"아… 맞다. 망했네. 그게 유일한 밥줄이었는데……."

동진은 그제서야 기억났는지 침울한 표정으로 고개를 끄덕였다. 이 빌어먹을 프로그램은 매번 이렇게 흘러갔다. 그냥 이렇게 쭉 고생하는 걸 편집해서 내보내는데, 신기하게도 시청률이 계속 잘나왔다.

동진은 참 기이한 일이라고 생각했다. 프로그램이 잘되는 건 정말 좋은 일이지만, 솔직히 속으로 망했으면 좋겠다고 생각한 적이 더 많았다.

"형, 피자 먹여준다면서요."

"시끄러! 피자는 개뿔. 우리한테 지금 계란도 사치야."

"윽… 김치랑 대충 먹어요. 흑흑……."

성균이 바닥에 주저앉으며 그렇게 말했다. 성균은 리액션이 좋았다. 기본적으로 싹싹하고 예의도 바른 편이었다. 훈훈한 외모와 함께 사랑받는 요인 중 하나였다.

동진은 한숨을 내쉬었다. 빚을 져가며 제작진에게 사 놓은 밀가루가 있기는 했다. 근데 아무런 소용이 없었다.

"안 되겠다. 협상이라도 해봐야지. 근데, 나 PD는 어디 갔냐?"

"응? 그러게요. 아! 감독님 아직 도착 안 하신 거 보면 게스트가 오나 본데요?"

"누굴까?"

동진은 마루에 앉아 곰곰이 생각해 보았다. 빗자루를 들고 있던 성균도 고민에 빠졌다.

"저번에 남자 왔으니까 이번에는 여자일 것 같은데."

"아! 그럼 혹시 진희 누나 아닐까요?"

"진희?"

성균이 고개를 끄덕였다. 무언가 집히는 구석이 있는 모양이었다.

"제가 섬섬옥수 이야기 꺼내니까 묘하게 화제를 돌려서요. 그 누나, 거짓말 엄청 못 하잖아요."

"그렇긴 하지. 진희 오면 좋지. 애가 참 착해."

"근데 오면 개고생이니 비추천인데요. 저희 프로그램… 여자 연예인이 기피하는 프로그램 1위예요. 지금."

"아, 그래서 요즘 남탕이구만. 그래도 우리는 최선을 다했어."

동진은 납득했다. 저번에 아이돌이 하나 왔었을 때 서울로 돌아가자마자 몸살에 걸렸다고 한다. 정말 자비라고는 조금도 느낄 수 없는 그런 프로그램이었다. 시청률이 잘 나오지만 게스트 섭외가 잘 안 되는 이유가 있었다.

동진이 냉장고에 남은 재료를 확인하고 성균은 밥을 짓고 있을 때였다. 누군가 오는 소리가 들렸다. 이제는 발소리만 들어도 게스트를 따라 스태프들이 이동하고 있는 것을 알 수 있었다. 구석에 있던 스태프들이 웅성거렸다. 나지막한 탄성과 환호성이 들려왔다.

반응 자체가 심상치 않았다.

"어, 어?! 혀, 형! 대박!"

밥을 짓던 성균의 놀라면서 그대로 멈춰 버렸다. 그러다가 호들갑을 떨며 동진을 불렀다. 냉장고를 살피던 동진은 고개를 돌렸다.

"뭐야, 누군데 그래?"

동진은 하던 일을 멈추고 자리에서 일어났다. 동진도 눈이 동그랗게 떠졌다. 그러다가 피식하고 웃음을 터뜨렸다.

화보에서 막 나온 것 같은 모습으로 걸어오고 있는 게스트가 보였기 때문이다.

이곳의 상황과 어울리지 않게 너무 빛나 보여서 절로 웃음이 나왔다.

진짜 더럽게도 잘생긴 놈이었다.

"야, 네가 여기 왜 와?"

게스트, 이건우가 밝은 미소를 지으면서 마당으로 걸어왔다. 동진은 바로 자리에서 일어나 건우에게 다가갔다. 동진은 유난히 반가워했다.

"어휴, 고생이 많으시네요."

"말도 마라. 근데, 월드스타가 여기에 뭐 하려고 왔어. 너도 큰일 났다, 이제."

"형 좀 챙겨 드리려고 왔죠."

건우가 시원한 미소를 지으면서 말하자 동진은 고개를 설레내저었다. 누추함과는 전혀 어울리지 않는 건우가 이곳에 있는 게 신기하게 느껴졌다. 저번 달에 만났음에도 말이다.

동진은 어색하게 서 있는 성균을 발견했다.

"아! 성균아, 누군지 알지?"

"다, 당연하죠. 건느님인데… 어후, 만나 뵙게 되어 영광입니다, 선배님. 한성균이라고 합니다!"

"반가워요."

건우가 웃으면서 악수를 청하자 성균은 영광이라는 듯 허리까지 숙이면서 건우의 손을 잡았다. 그 모습에 동진이 어이가 없는지 성균의 옆구리를 쳤다.

"이놈 봐라. 날 처음 봤을 때와는 다른데?"

"아… 뭐, 그렇습니다. 건느님과 형을 어떻게 비교해요?"

"와, 섭섭하네."

동진의 말에 성균이 능글맞게 웃었다.

"아! 선배님, 짐 옮겨 드리겠습니다."

"괜찮은데……."

"으차!"

성균이 건우의 짐을 들고 빠르게 방으로 옮겼다.

"아무튼 잘 왔다. 편하게 고생하다 가라."

"그럴게요."

동진의 말에 건우는 웃으면서 대답했다. 동진은 건우가 고생할 것이 눈에 보이는지 안쓰러운 눈으로 그를 바라보았지만 건우는 여전히 여유 있는 미소만 보여줄 뿐이었다.

동진이 고개를 돌려 나 PD 쪽을 바라보았다. 나 PD가 마주 보더니 사악한 웃음을 보여주었다.

'사람들이 저걸 보면 안티 팬이 천만 명은 생길 것 같은데.'

나 PD에게는 다 프로그램 잘되자고 한다는 명분이 있었다. 악의가 있는 것은 아니었지만 그래도 미워 보이는 것은 어쩔 수 없었다.

동진에게 옥수수 공포증을 선사해 준 PD였기 때문이다.

약간 차갑게 느껴지는 방에서 짐을 푼 건우는 편한 차림으로 갈아입었다. 가벼운 후드티와 트레이닝 바지였는데 뭘 입어도 잘 어울렸다. 건우가 방 밖으로 나오자 불을 피우고 있는 성균이 보였다. 기침을 해가며 불을 피우는 모습이 짠하게 느껴졌다.

저 친구는 왜 여기서 저러고 있을까?

'22살이라 했던가?'

건우와도 나이 차이가 꽤 되었다. 젊은 나이에 흥행 배우 대열에 합류한 걸 보면 대단하게 느껴졌다. 운도 노력을 한 사람만이 잡을 수 있는 것이니 말이다.

주변 카메라가 그런 성균을 찍고 있었다. 딱히 대본이 있는 것도 아니었고 나 PD도 가끔씩 카메라 밖에서 질문을 하는 형식으로 프로그램의 연출을 이끌었다.

그것 외에는 제작진의 특별한 개입 없이 그냥 자유롭게 출연자들을 방목하고 그걸 관찰하듯 찍었다.

'이런 방목형 예능은 처음이네.'

처음이기는 하지만 어려울 것은 없는 것 같았다.

카메라가 없는 것이라고 생각하고 편하게 지내면 될 것 같았다.

"밥하려고요?"

"네, 선배님! 아! 말씀 낮추세요."

젊은 배우에게 선배 소리를 들으니 기분이 묘했다. 벌써 자신이 이런 소리를 들을 정도로 시간이 지났나 하는 생각이 들었다.

"그냥 너도 형이라 불러."

"정말요? 알겠습니다!"

해맑아 보이는 성균의 웃음에 건우는 피식 웃고는 본격적으로 주변을 살펴보았다.

'해야 할 게 상당히 많군.'

일단 밥부터 해결해야 했다. 그래도 게스트를 먹이기 위해 이리저리 냉장고를 뒤적거리는 동진의 모습이 보였다.

건우는 고개를 끄덕이고 바로 입을 떼었다.

"일단 밥부터 하자."

"네! 형, 요리할 줄 아세요?"

"뭐, 조금?"

건우는 동진이 있는 냉장고 쪽으로 다가갔다.

"재료가 뭐 좀 있나요?"

"응, 있긴 한데… 아! 너 요리 좀 하지?"

"네, 근데 요리 잘 만들면 돈도 벌 수 있다면서요?"

동진이 고개를 끄덕였다.

"할 수 있어. 근데… 심사해 주시는 분이 꽤 유명한 분이야."

동진의 말을 들어보니 한식 경력만 반세기가 넘는 전직 요리사가 이 섬마을의 이장이라고 한다. 그걸 알고 나 PD가 이곳에 온 건지는 모르지만 어쨌든 매번 돈을 벌기 위해 요리를 할 때마다 혹독한 악평을 들었다. 그래도 돈을 천 원 정도는 주니 그걸로 연명하는 중이었다.

건우는 냉장고를 빠르게 스캔했다.

'별거 없지만… 기초적인 건 있군.'

그야말로 기초적인 재료였다. 유난히 많은 옥수수가 눈에 띄었지만 건우는 가볍게 무시했다. 당장 한 끼 정도는 어떻게든 될 것 같았다. 쌀이 부족하다는 것이 문제였다.

"가볍게 국수로 하죠."

"어? 가능해? 면도 없는데."

"재료가 있던데요."

방치된 재료가 있었다. 고기가 없는 건 아쉬웠지만 능력을 쓰면 나름 괜찮게 살릴 수 있을 것 같았다.

"야! 성균아! 건우가 국수를 한대!"

"억?! 정말요? 오오오!"

"나 감독! 우리 건우가 국수 만든다!"

동진이 그렇게 떠들었다.

"네? 국수요?"

나 PD도 강한 관심을 보이며 다가왔다. 하지만 빈약한 재료를 보고 해볼 테면 해보라는 듯 웃었다. 나 PD는 건우가 요리를 대단히 잘한다는 것을 알고 있었지만 저만큼이나 빈약한 재료로 무엇을 할 수 있을지 의문이었다. 아무리 요리를 잘해도, 없는 걸 만들어낼 수 없으니까 말이다.

"간단한 거니까 빨리 하죠. 아! 칼 좀……."

"여기 있습니다!"

건우가 말하기 무섭게 성균이 칼을 가지고 왔다. 동진도 건우의 말을 들으면서 보조 역할을 해주었다. 건우는 머리카락을 흘리지 않도록 두건을 둘렀다. 그 모습에서 프로의 모습이 물씬 풍겼다.

건우가 무언가 할 때마다 작가진들이 술렁였다.

야채를 다듬고, 계란을 부치는 등 재료 세팅이 순식간에 이루어졌다.

"오, 빨라… 엄청 빨라."

동진이 감격하며 건우를 바라보았다. 마당과 주방을 오가면서 요리를 하는 모습은 엄청나게 멋져 보였다. 무언가 손을 한번 댈 때면 그럴싸한 것들이 하나씩 나왔다.

　"칼질이 엄청나신데요?"

　나 PD도 감탄하면서 지켜봤다.

　건우는 면을 만들기 시작했다. 수타면이었는데, 건우는 자신이 있었다. 기운을 섞어 쓰면 재료가 무척이나 신선해지고 자연스럽게 식감이 살아났다. 그것은 면에도 통용되었다.

　탁탁!

　건우의 손이 굉장히 빠르게 움직였다. 순식간에 가느다란 면이 뽑혀져 나왔다. 무슨 기계를 보는 것 같은 손놀림이었다. 면은 마치 살아 있는 것처럼 춤을 추었다. CF로 찍어도 이보다 더 완벽할 수는 없을 것이다.

　국물을 내는 재료도 빈약했지만 인간의 한계를 벗어난 미각을 이용하여 어떻게든 간을 맞췄다.

　마당에 있는 화로 앞에서 국물을 만들었는데, 성균이 침을 꿀꺽 삼키면서 옆에 서 있었다.

　"맛 좀 볼래?"

　"네!"

　성균이 바로 그렇게 대답했다. 식탁을 준비하던 동진이 귀를 쫑긋하더니 건우 쪽을 바라보았다. 나 PD와 다른 스태프들도 마찬가지였다.

건우가 국자로 국물을 떠서 성균에게 다가갔다. 성균이 조심스럽게 국물을 마셔보았다.

흐릅!

국물을 마신 성균이 그대로 굳었다. 그러더니 바닥에 털썩 주저앉았다.

"국물이… 엄청 맛있어! 맛이… 맛이 있어."

울먹이는 목소리였다. 그 목소리에서 많은 한과 서러움이 느껴졌다. 나 PD도 맛이 궁금하다는 모습이었지만 건우는 더 이상 맛을 보여주지 않았다. 할 일이 태산이니 일단 빨리 한 끼를 해치워야 했다.

'괜찮게 나왔군.'

건우는 빠르게 국수를 완성했다. 재료가 매우 아쉽기는 했지만 건우의 손을 거치니 완벽한 밸런스를 갖춘 국수가 되었다. 건우는 남은 계란으로 계란말이도 만든 다음 빠르게 그릇에 담았다. 김이 모락모락 나는 국수와 계란말이가 완성되었다. 다른 반찬도 있었는데, 가볍게 만든 볶음김치와 야채전이었다. 그 빈약한 재료로 만든 것이라고는 믿기지 않을 퀄리티였다. 먹기 전에 해야 할 것들이 있었다. 식탁에 곱게 차려놓고 카메라로 영상을 땄다. 국수는 이인분 정도 더 만들었다. 심사를 받기 위함이었다.

건우와 동진, 그리고 성균이 식탁에 둘러앉았다. 동진은 일단 국수의 비주얼에 감탄했다. 마치 국수 전문 요리집에서 나온 것 같은 비주얼이었다.

동진이 침을 꿀꺽 삼키면서 젓가락을 들었다.

"먹자!"

"잘 먹겠습니다."

동진과 성균이 국수를 먹기 시작했다. 동진은 먼저 국수의 국물부터 맛보았다.

"크흐……."

동진의 입에서 절로 그런 소리가 나왔다. 동진은 깜짝 놀란 표정으로 건우를 바라보았다.

"국물 미쳤다. 와… 이거……."

"소주가 막 들어갈 것 같은데요. 건우 형, 대박이에요."

동진과 성균이 허겁지겁 먹기 시작했다. 성균은 면을 먹어보더니 눈이 동그랗게 떠졌다.

"으읍읍! 꿀꺽! 면이 엄청 쫄깃쫄깃해요! 이런 거 처음 먹어봐요."

"면이 정말 제대로인데? 이런 건 돈 주고도 못 사 먹어."

동진도 감탄했다. 건우가 한 반찬도 극찬이 이어졌다. 이게 과연 저 황량했던 냉장고에서 나온 재료들로 만든 것이 맞는지 보고도 믿을 수 없을 정도였다.

나 PD도 궁금한지 여분으로 만들어 놓은 국수로 다가갔다. 동진이 알아차리고는 그를 제지했다.

"그거 이장님한테 드릴 거야."

"아… 네."

동진은 처음으로 나 PD를 바라보며 흐뭇하게 웃을 수 있었다. 식사는 빠르게 끝났다. 잠시 후 마을 이장이 왔는데, 흰머리가 지긋한 노인이었다.

"또 이상한 걸 만든 것은 아닐 테지? 음식을 모독하지 말게나."

이장이 그렇게 말하며 자리에 앉았다. 이장이 국수를 가지고 온 건우를 보더니 반가워했다.

"음, 자네는 그… 이건우 아닌가?"

"네, 맞아요."

"참 곱구만. 허허. 자네가 만들었나?"

"네."

이장이 건우가 만든 국수를 보고는 젓가락을 들었다. 네티즌들은 그를 독사 이장이라 불렀다. 여자 아이돌이든, 가수든, 배우든, 누구든 간에 엄청난 혹평을 해서 그런 별명을 붙인 것이다. 사람 좋아 보이는 인상이었지만 요리에 대해서는 엄격하다고 한다.

한평생 요리를 해온 자부심이었다.

나 PD는 입맛을 다시다가 이장을 바라보며 입을 떼었다.

"이장님, 냉정한 비평 부탁드립니다."

이장은 고개를 끄덕이고는 국수를 먹기 시작했다. 잠시 멈칫하더니 고개를 끄덕이고는 계속해서 면발을 흡입했다. 건우는 그 모습을 보고 참 맛있게 드신다고 생각했다.

국물까지 모두 비운 이장은 잠시 눈을 감고 그렇게 있었다. 모두의 시선이 집중되었다. 이장은 부드러운 미소와 함께 눈을 떴다.

"음! 허허! 정말 오랜만에 먹어보는 훌륭한 국수일세. 대단한 실력이군."

나 PD는 물론 스태프들이 놀라서 술렁거렸다. 동진이 주먹을 불끈 쥐었다.

"음, 내가 이 국수를 돈을 받고 판다고 생각하면… 음……."

잠시 고민하던 이장이 다시 말을 잇기 시작했다.

"만 삼천 원!"

만 삼천 원이라는 판정이 내려졌다.

"와! 부자다!"

성균이 두 팔을 올리며 그렇게 외쳤다. 동진도 크게 웃으며 기뻐했다. 나 PD는 의외의 상황에 잠시 당황하다가 여분의 국수로 다가갔다.

맛을 보더니 바로 반응이 왔다. 그의 눈동자가 크게 떠졌다.

"후루룩!"

카메라를 등지고 계속해서 흡입했다. 도저히 멈출 수 없는 맛이었다. 스태프들도 몰려와 맛을 보더니 놀라 웅성거렸다.

"국수 전문점보다 맛있는데!"

"미쳤다."

"어우……!"

냄비 하나를 두고 스태프들이 주위를 둘러싸고 있었다. 그 모습을 보던 동진이 나 PD에게 다가갔다.

"그거 먹으면 어떡해?"

"으음?"

"다 합쳐서 사만 원 내놔."

나 PD가 입에 있는 면발을 삼키면서 눈동자를 굴렸다.

"음… 만 오천 원은 안 될까요?"

"지금 먹은 게 지금 2인분이야. 싸게 해준 거라고."

동진이 나 PD와 능숙하게 협상을 시작했다. 결국, 지금까지 진 빚을 완전히 없애고, 2만원을 즉석에서 지급하기로 합의를 했다.

동진은 빳빳한 지폐를 받았다. 성균은 동진의 손에 들린 2만 원을 보면서 눈시울을 붉혔다.

"건우 형… 크흑……."

"저녁은… 맛난 거 먹자."

둘은 감동에 빠진 상태로 건우를 바라보았다.

건우는 흐뭇한 표정으로 고개를 끄덕일 뿐이었다.

따끈한 식사를 해서 몸을 녹인 건우는 바로 다음 작업에 착수했다. 거의 쓰지 않은 공구 상자를 꺼냈다. 나무는 집 옆에 잔뜩 쌓여 있어서 자재 문제는 없었다.

설거지를 하고 있던 동진이 분주하게 움직이는 건우를 바라보았다.

"뭐 하려고?"

"좀 고치게요."

"문? 저거 고치려면 다 뜯어내야 하는데."

문뿐만 아니라 여기저기 다 고칠 생각이었다. 성균이 옆에서 보조 역할을 해주었다. 도구가 그리 좋지 않았지만 문제가 되지 않았다. 문짝을 가볍게 뜯어낸 다음 빠르게 고쳐 나갔다.

건우의 손놀림은 망설임이 없었다. 뚝딱하더니 무언가가 하나하나 변하기 시작했다.

"오… 오."

주변에서 지켜보던 스태프들의 시선이 자동으로 몰릴 수밖에 없었다. 문지방에 껴 넣을 나무를 잘라내고 부서진 부분을 교체했다.

"잘 열려요!"

다 고쳐진 문을 열어본 성균이 흥분하며 그렇게 외쳤다. 건우는 집 구석구석을 돌아다니며 고칠 수 있는 건 다 고쳤다. 집 옆에 쌓여 있는 자재들로 아예 집을 지을 기세였다. 나 PD가 황당한 눈으로 건우를 바라보았다.

"건우 씨, 아니… 왜 이렇게 일을 잘해요? 어디 건축학과라도 나오셨어요?"

"이거 진짜 돈 줘야 해."

동진이 나 PD를 보며 그렇게 말했다.

건우는 그냥 웃을 뿐이었다. 산속에서 생활할 때 나무로 직접 집을 지어 살았다. 이 정도는 아무것도 아니었다. 자재가 많이 없어 아쉬울 뿐이었다.

'전체적인 수리와 방한 대책은 이 정도면 되었나.'

건우는 이번 촬영이 끝이었지만 동진은 이 집에 계속해서 와야 했다. 기왕이면 다 고쳐주고 싶었다.

"형, 대단하네요."

성균이 진심을 담아 그렇게 말했다. 눈이 엄청나게 반짝이고 있었다. 동진이 제작진에게 돈을 주고 음식 재료를 구입했다.

"형, 뭐 좀 샀어요?"

"쌀이랑 고기 좀 구했지. 저녁은 문제없겠는데?"

"음……."

재료는 나 PD에게 구할 수밖에 없었는데, 가성비가 너무 안 나왔다. 쌀도 겨우 하루 먹을 것밖에 주지 않았다. 지금 당장 점심을 만들까 하다가 건우는 직접 고급 식재료를 구하기로 마음먹었다. 그렇게 결단을 내린 건우는 동진을 바라보았다.

"혹시 낚싯대도 있나요?"

"아니. 통발이 있었는데 팔아먹었어."

건우는 고개를 끄덕였다. 나 PD가 그걸 듣고는 다가왔다.

"낚싯대 빌려 드려요. 만 원입니다."

나 PD는 쌀과 고기를 구입하고 남은 돈이 있다는 것을 잘 알고 있었다. 동진은 쿨하게 결제를 했다. 잠시 후 나 PD가 아주 허름한 낚싯대를 들고 왔다. 툭 치면 부서질 것 같은 비주얼이었다. 동진이 황당한 표정으로 나 PD를 바라보았다.

"아니, 이건 아니지."

"무슨 문제라도? 낚싯대잖아요."

"와, 이 사기꾼. 이런 고물을 만 원이나 받아?"

동진이 발끈하며 말하자 옆에 있던 성균은 그럼 그렇지하는 표정으로 고개를 끄덕였다. 나 PD가 제대로 무언가를 해준 기억이 없었기 때문이다. 어쨌든 돈을 지불했으니 되돌릴 수 없었다. 건우는 낚싯대를 받았다.

"저희 목표 아시죠? 바로 현금으로 바꿔 드리니 정말 좋은 기회입니다."

"야, 이 사기꾼아. 5짜가 말이 되냐? 아예 고래를 잡으라 하지?"

"이렇게 정말 좋은 기회를 제공하는데 그렇게 말씀하시면 제가 섭섭하죠."

동진이 노려보자 나 PD는 씨익 웃었다.

"제 마음이 너무 아프니 미끼는 서비스로 드리고… 음, 통 크게 쓰겠습니다. 4짜 이상이면 인정해 드릴게요."

이런 어설픈 낚싯대로 4짜 이상을 낚는 건 굉장히 힘들었다. 나 PD는 건우의 반응을 기대했지만 건우는 별다른 반응 없이 낚싯대를 확인하고 있을 뿐이었다.

"감독님. 아까 보니까 목표 어종에 감성돔 50㎝ 이상이 있던데요. 그거 잡으면 뭐 주나요?"

"그 정도의 감성돔을 잡으시겠다고요?"

"네."

건우가 덤덤하게 대답했다. 누가 봐도 허세가 분명한데 이상하게도 허세로 느껴지지 않았다. 태연하게 낚싯대를 확인하면서 말하는 건우의 모습이 나 PD의 마음을 건드렸다.

"감성돔 50㎝ 이상을 잡으실 경우 삼겹살을 실컷 먹을 수 있도록 해드릴게요."

"60㎝ 이상이면요?"

"그럼……. 원하시는 거 뭐든지 해드릴게요. 그 대신 40㎝ 이상의 어종을 못 낚으면 야외 취침을 하셔야 합니다."

건우의 질문에 나 PD가 선심 쓴다는 듯이 말을 던졌다.

"뭐?"

"억?! 우리 얼어 죽어요."

동진과 성균이 반발했다.

"텐트와 침낭은 드릴게요."

이미 확정된 듯 말하는 나 PD였다. 동진은 건우를 바라보았다. 딜을 받는 것이 시청률을 위해서 더 좋은 그림일 것이다. 근데 분명 엄청 괴로울 것이다.

동진은 잠시 고민에 빠졌다가 건우를 바라보았다.

"자신 있냐?"

"해외여행 보내 드릴게요. 그리고 스포츠카 하나 뽑죠."

건우가 그렇게 말하며 씨익 웃었다. 동진은 고개를 끄덕였다.

"까짓것 한번 해보자. 얼어 죽기밖에 더하겠냐."

"그래요! 건느님이라면 뭐든지 할 수 있을 것 같아요!"

모두의 텐션이 올라갔다.

나 PD는 왜인지 불안해졌지만 주어진 상황을 냉정하게 분석했다. 몇 번을 다시 생각해 봐도 가능성이 없다는 결론이 내려졌다.

건우는 낚싯대 파악을 마쳤다. 확실히 부실하긴 하지만 자신이 사용한다면 그 어떤 강철보다도 단단할 것이다. 신검합일의 경지에 이른 무공을 응용한다면, 이 정도 난관은 아무것도 아니었기에, 건우는 낚싯대를 거의 손 쓰듯이 쓸 수 있었다.

'낚시는 꽤 했었지.'

호수에서 영물을 낚은 적도 있는 건우였다. 큰 내단을 지니고 있는 놈이었는데 삼백 년을 살아온 놈이었다. 잡고 나서 방생해 주니 매일 물고기를 가져다 바친 기특한 놈이기도 했다.

'스승님은 낚시로 이무기를 잡은 적이 있다고 말씀하시곤 했지.'

자신의 스승님이기는 하지만 믿음이 가지는 않았다.

아무튼, 건우는 스승에게 낚시를 처음 배웠다. 그것은 내력을 컨트롤하는 수행의 일환이기도 했다. 손끝에 감각을 집중하면 물속이 훤히 들여다보였다. 보통 미끼 없이 낚시를 했다. 바늘을 내력으로 조종하면서 물고기를 잡는 것이다.

아마 전생의 경지를 초월한 지금은 그때보다 훨씬 더 많은 것을 감지하고 더 자유롭게 바늘을 움직일 수 있을 것이다.

"바로 준비해서 가죠."

어느덧 점심시간이 가까워졌다. 점심은 낚시를 하면서 라면을 끓여 먹기로 했다. 라면 두 봉지가 있었는데, 물고기를 잡아서 부족한 부분을 채워 넣기로 정했다. 동진은 그게 가능할지 의문이었지만 어쨌든 건우의 의견을 최대한 따라주었다.

허름한 낚싯대 3대와 미끼, 가스버너, 라면 2봉지, 그리고 큰 양동이를 챙겨서 바다로 향했다.

어선 선장에게 협조를 받아 바다로 나갈 수 있었다. 동진과 성균도 물고기를 낚으러 바다로 나가는 건 처음이었다. 주로 바위에서 갑각류를 잡는 편이었다고 한다.

선장은 낚싯대를 보더니 고개를 설레 저었다.

"그걸로 뭘 잡으려고?"

"감성돔이요. 6짜 이상 낚을 거예요."

"얼씨구?"

건우의 말에 선장은 턱도 없다는 듯한 반응이었다. 나 PD도 같이 올랐는데, 지금 포기하면 어느 정도 감안해 주겠다고 약을 올렸다.

동진이 발끈했다.

"조용히 해라! 이 악마야!"

"감독님! 저희는 포기하지 않습니다!"

성균의 눈빛이 이글거렸다.

"아니, 여러분들을 위해서라니까요? 아, 전 모르겠습니다. 그럼 약속대로 하지요."

나 PD는 웃음을 머금고 그렇게 동진과 성균의 신경을 건드렸다.

건우는 바다를 바라보았다. 탁 트인 바다를 보니 마음이 시원해졌다. 인지도가 너무 높아 집에만 있어야 했는데, 이렇게 나오니 굉장히 좋았다. 진희와도 같이 오고 싶었다.

'돈을 벌어서 무인도라도 구입해 볼까?'

현실적으로 어디까지 가능할지는 잘 몰랐지만 가능할 것 같기는 했다. 초호화 생활은 건우에게 좀처럼 맞지 않았다. 차라리 이 섬섬옥수수 같은 환경에서 지내는 게 오히려 마음 편한 부분도 있었다.

곧 배가 주변에 바위가 많이 보이는 낚시 포인트에 도착했다.

"아! 건우 형, 낚시해 보신 적 있죠?"

"음, 글쎄."

애매하게 대답한 건우였다.

모두가 낚시 초보들이었다. 건우도 현생에서 낚시를 하는 건 처음이었다.

"네? 형, 동진이 형이랑 저랑 다 처음이에요. 그동안 통발로 조금씩 잡기는 했는데… 나오는 건 대부분 게뿐이었고, 그나마 하나 잡았던 먹을 만한 물고기는 놓쳐 버리고……."

성균이 시무룩해졌다.

기이하게 운이 안 따르는지 아니면, 무슨 저주라도 받은 것인지 제대로 된 물고기를 잡은 적이 극히 드문 동진과 성균이었다. 저번에 방생 사이즈보다 조금 더 큰 물고기가 통발에 걸렸을 때 엄청 기뻐했었다. 동진과 성균의 어설픈 모습에 나 PD가 흐뭇한 웃음을 머금고 있었다.

건우는 그 모습을 보고 속으로 사악하게 웃었다.

'그럼 제대로 해볼까?'

당연히 내력까지 쓸 생각이었다. 그렇지 않고서는 목표를 이루는 건 불가능했다. 건우는 기운이 없어 보이는 성균을 바라보았다.

"성균아. 혹시 회 좋아하니?"

"네! 없어서 못 먹죠."

"그래? 그럼 오늘 점심 조금만 먹어라."

건우가 그렇게 말하자 성균이 감동해서 눈빛을 반짝였다.

"동진이 형, 건우 형 엄청 멋있어요!"

"야! 조용히 하고 낚시나 해."

동진이 피식 웃으면서 그렇게 말했다. 약간 까칠한 말투였는데, 그게 매력이 있었다. 낚싯대를 잡은 동진은 비장해 보였다. 제일 연장자로서 동생들을 먹이겠다는 책임감이 엿보였다.

건우는 여유롭게 낚싯대를 잡았다. 나름 멋지게 바다에 던졌다. 건우에게 있어서 미끼나 물때가 중요한 것은 아니었다.

'일단 적당한 크기부터 해볼까? 점심부터 먹어야 하니.'

건우는 낚싯대에 모든 신경을 집중했다. 정확히 말하면 낚시 바늘에 집중한 것이다. 건우의 막대한 내력이 움직이며 낚시 바늘에 향했다. 낚시 바늘을 자유롭게 조종하는 건 건우에게 있어서 무척이나 쉬운 일이었다.

'음……'

집중하자 주변에 있는 물고기들이 느껴졌다.

낚시 바늘은 바위조차 뚫을 수 있을 정도로 기운을 머금었다. 달아오른 바늘로 인해 기포가 살짝 생길 정도였다. 물고기가 위기를 느끼고 도망치는 것은 당연한 일이었지만 건우는 목표를 놓치지 않았다.

마치 먹이를 노리는 뱀과도 같은 움직임이었다.

'이놈으로 하자.'

바늘이 의지를 지닌 것처럼 움직이더니 순식간에 물고기의 입을 꿰뚫었다.

"어!? 건우 형 잡았나 봐요!"

"진짜? 벌써? 이건 거의 넣자마자 잡은 건데."

낚싯대가 부서질 것 같이 휘어졌다. 내력으로 보호하고 있어 전혀 문제가 되지 않았다. 나 PD와 스태프들이 깜짝 놀라며 건우 쪽으로 다가왔다.

건우는 적당히 힘을 겨루는 척하다가 끌어 올렸다. 지상으로 올라온 물고기를 보자 모두가 놀랐다.

"억! 엄청 커요!"

성균이 다급히 퍼덕이는 물고기를 잡았다. 동진도 깜짝 놀라 낚싯대를 바닥에 놓고 달려왔다. 나 PD는 어안이 벙벙한 표정이었다.

동진이 물고기를 보더니 단번에 무슨 물고기인지 알아보았다.

"오! 이거 참돔이네."

"와! 참돔이다! 대박!"

스태프들이 참돔의 출연에 웅성거렸다. 성균이 흥분하면서 건우를 바라보았다.

"와! 저, 참돔 살아 있는 건 처음 봐요. 건우 형! 사진 찍어요!"

성균이 옆에서 보채자 건우는 피식 웃고는 참돔을 들고 사진을 찍었다. 나 PD가 자를 들고 다가왔다. 그의 표정은 놀라움으로 물들어 있었다.

동진이 모처럼 환하게 웃으며 나 PD를 바라보았다.

"이거 딱 봐도 4짜 이상이다. 그럼 이제 밖에서 안 자도 되는 거지? 약속이니까."

"아직 아닙니다. 재봐야 알죠."

나 PD는 그렇게 말하면서 참돔의 크기를 측정했다. 44㎝였다. 도저히 트집을 잡을 수가 없는 크기였다.

"흐음, 인정해 드리겠습니다."

"아싸!"

성균이 두 팔을 들어 올리며 기뻐했다. 이제 잡든 잡지 않든 위험부담이 없었다. 오늘 한 끼는 이걸로 해결할 수 있을 것이다. 그러나 건우는 여기서 멈추고 싶지 않았다. 양동이를 큰 걸로 가져온 데는 이유가 있었다.

정말 잡을지는 몰랐지만 야외 취침이 걸린 조건은 나 PD의 기준에서 후한 감이 있었다. 건우가 덤덤하게 다시 낚싯대를 잡자 나 PD의 얼굴에 불안감이 떠올랐다. 그러나 아직까지는 우연이라고 치부하면서 애써 자신을 위로했다.

"좋아! 오늘은 회랑 매운탕이다!"

"동진이 형, 우리도 잡죠!"

동진과 성균도 의욕이 치솟았다.

건우가 잡는 걸 보았으니 잡을 수 있다는 확신이 생긴 것이다. 건우는 그런 둘을 보며 살짝 웃었다. 늘 고생만 했는데 오늘만큼은 아주 제대로 된 것들을 먹이고 싶었다.

'낚시도 꽤 재미있네.'

건우의 낚시는 일반인들이 하는 낚시와는 달리 기다림이 없었다. 그냥 대충 견적을 보다가 골라 낚으면 되는 것이다. 낚싯대 하나만 있으면 어디 가서 굶어 죽지 않을 자신이 있었다.

건우는 낚싯대로 날아가는 새도 잡을 자신이 있었다.

첫 물고기를 시작으로 서서히 가속을 붙였다. 물고기가 연이어 딸려 올라오자 동진과 성균은 신이 났다.

"와! 건우 형이 또 잡았어요!"

"우리는 물고기나 주워 담자."

동진과 성균은 아예 낚싯대를 바닥에 내려놓고 건우의 옆에 있었다.

"이거 다 돈으로 환산하면 얼마일까요?"

"스테이크를 썰 수도 있겠는데?"

재료로 쓰지 않는 건 나 PD에게 팔 수 있었다. 제작진에게 사지 않을 거부권은 없었다. 최소 40㎝ 이상의 다양한 물고기들이 연이어 올라오자 나 PD는 망연자실해졌다.

점점 더 물고기의 크기가 커져갔다.

옆에서 지켜보던 선장도 놀라움을 감추지 못했다. 그의 수십 년 바다 인생에서도 보기 드문 광경이었기 때문이다.

선장은 고개를 끄덕였다.

"오늘은 되는 날이구만. 저런 날도 있는 법이지. 허허!"

선장의 말을 듣고 있던 나 PD는 다급해졌다. 지금 양동이에 있는 것만 구입해도 꽤 많은 돈을 지불해야 했다. 시가에 절반 가격으로 하기로 했지만 그것조차 엄청 많았다.

"아, 저 건우 씨! 점심 먹어가면서 하세요!"

"음, 그렇죠."

"하, 하하! 저, 저희가 매운탕 재료 드릴게요."

나 PD의 그런 모습에 동진이 피식 웃었다.

"아니, 갑자기 왜 이렇게 친절해?"

"무슨 말씀을 그리 서운하게 하세요. 저는 언제나 친절했는데요. 하하하! 아! 물 필요하세요? 냄비도 드릴게요!"

나 PD가 오랜만에 비굴한 표정을 지으면서 이것저것 무상으로 준비해 주었다. 시청률을 의식하는 연출이기는 하지만 어쨌든, 태세 전환이 아주 빨랐다.

나 PD는 친절하게 여러 가지를 준비해 준 다음 선장에게 슬쩍 다가갔다.

"선장님, 아무리 되는 날이라도 감성돔 60㎝ 이상은 무리겠죠?"

"음, 원래 되는 날은 다 되는 법일세. 허허허!"

"아……."

건우는 잠시 낚시를 멈추고 잡은 물고기를 회 뜬 뒤 라면을 끓였다. 비싼 물고기를 아낌없이 넣었다. 완전 사치 그 자체였다. 건우가 요리하니 맛이 없을 리가 없었다.

"오, 녹는다, 녹아!"

"흑흑… 이런 날이 올 줄이야… 건우 형……. 고정으로 나오면 안 돼요?"

나 PD도 은근히 옆에 와서 이것저것 주워 먹었다. 역시 감탄하면서 먹을 수밖에 없었다. 스태프들이 군침을 삼키는 모습에 건우는 젓가락을 내리고 자리에서 일어났다.

"감독님, 재료 더 없나요? 스태프분들 것까지 해드릴게요."

"오! 정말요?"

건우는 스태프들이 먹을 걸 따로 만들어주었다. 프로그램 안에서 출연진과 제작진은 대결 구도에 있기는 하지만 프로그램을 위해 고생하고 있는 것은 같았다.

건우가 아낌없이 재료를 썼지만 동진과 성균은 아까워하지 않았다. 그런 점을 잘 알고 있었기 때문이다.

"건우야, 그거 돈 받아야 하는 거 아니냐?"

물론 동진이 조금 투덜거리기는 했다. 아무튼 모두가 배불리 먹었다. 건우는 다시 낚싯대를 잡았다. 이제 겨우 점심시간이 지났을 뿐이었다. 건우가 낚싯대를 다시 잡자 나 PD의 동공이 흔들렸다.

"어우, 건우 씨, 커피 드시면서 조금 쉬세요."

"이제 몇 시간 안 남았잖아요. 감성돔 큰 걸로 잡아야죠."

"하, 하하! 건우 씨 제가 제안을 해드릴 게 있는데……."

나 PD의 말에 건우는 환하게 웃었다.

"나중에 듣겠습니다. 일단 미션은 미션이니까요."

"그, 그렇죠."

건우가 상큼한 미소를 지으면서 그렇게 말해오니 나 PD는 할 말이 없었다. 건우는 다시 낚시를 시작했다. 지금까지 적당히 조절해서 잡았다면 이번에는 제대로 본 실력을 내볼 생각이었다.

일단 감성돔 6짜부터 낚아야 했다. 감성돔이 어떻게 생겼는지는 잘 몰랐다. 일단 사이즈가 큰 물고기 위주로 다양하게 잡다 보면 언젠가 나오지 않을까 싶었다.

너무 빠르게 잡으면 이상함을 느낄 수 있으니 적당히 시간 조절을 해야 했다.

스윽!

건우의 바늘은 자비가 없었다. 이제는 큰 것만 노렸다. 주변이 홍분으로 물들었다. 나 PD를 제외하고 모든 스태프들도 그러했다.

"엄청 크다! 대박!"

성균이 홍분할 수밖에 없었다. 딱 봐도 엄청나게 커다란 물고기가 올라왔다. 신기한 점은 올라올 때마다 어종이 달라진다는 점이었다. 양동이가 다양한 어종으로 차오르기 시작했다. 거의 쓸어 담는 수준이었다.

"아주 어복이 타고났어. 허허허."

나 PD는 이제는 반쯤 포기했고 선장은 엄지를 치켜들었다.

양동이 안에 있는 물고기값이 정확히 계산이 되지 않았다. 나 PD는 스태프들과 회의에 들어갔다. 계획에 전혀 없던 일이니 빠르게 대책을 마련해야만 했다.

그렇게 제작진이 분주할 때였다.

건우는 바닷속을 훑다가 처음 보는 물고기를 발견했다.

'이거구나!'

건우는 감이 딱 왔다. 물고기는 지금까지 잡았던 것 중에 제일 컸다. 놓아줄 수 없었다. 물고기가 가까이 다가오기 무섭게 바늘이 마치 암기처럼 물고기를 향해 쏘아졌다. 그리고는 순식간에 물고기를 낚아챘다.

물고기는 반응조차 하지 못하고 낚여 버렸다.

"또 왔어요!"

성균의 외침에 회의를 하고 있던 제작진들의 시선이 일제히 건우에게 향했다. 지금까지의 분위기와는 조금 달랐다. 동진과 성균이 흥미진진한 눈으로 지켜보았다.

나 PD는 심상치 않은 분위기를 감지했다. 그런 예감은 대부분 빗나간 적이 없었다. 물고기가 바다 표면을 박차며 육지로 올라왔다.

동진은 육지에 올라온 물고기를 본 순간 흥분하며 소리치기 시작했다.

"가, 감성돔!"

딱 봐도 엄청 컸다. 대충 봐도 6짜는 되어보였다. 건우는 묵직한 물고기를 손으로 들었다. 카메라가 그 모습을 담았다. 망연자실한 표정인 나 PD가 측정을 위해 다가왔다.

모두 나 PD의 입에 모든 신경이 집중되었다.

"6, 64cm입니다."

나 PD가 그렇게 말한 순간 동진과 성균은 환호를 내지르며 서로 껴안았다. 그러다가 둘은 건우에게 달려와 건우를 같이 껴안았다. 그에 비해 제작진에서는 탄식 어린 소리들이 튀어나왔다.

"이거 어떡하냐?"

"저거 진짜 잡히는 거였어? 여기서?"

"말도 안 돼!"

작가들은 어안이 벙벙한 표정이었다. 나 PD는 바닥에 주저앉아서 축제 분위기가 된 건우 쪽을 바라볼 뿐이었다. 무슨 약속을 했는지 머릿속에 떠올랐다.

선심 쓰는 척 해달라는 거 다 해준다고 약속했었다. 그야말로 비상 사태였다. 그동안 당하기만 한 저들이 요구할 것이 무엇인지 너무나 두려웠다.

"동진이 형! 저희 헬기타고 집에 가요!"

"그래! 스포츠카도 3대 사자."

"오오! 집도 살까요?"

동진과 성균의 대화가 들려오자 나 PD는 웃을 수가 없었다. 재미있는 그림이 되기는 했지만 실질적인 위험으로 다가오고 있었다.

건우는 선장 쪽을 바라보았다.

"선장님! 혹시 아이스박스 큰 거 빌려주실 수 있나요?"

선장이 흔쾌히 고개를 끄덕였다. 대용량 아이스박스를 가지고 왔다. 아이스박스에 담긴 물고기들을 보니 마음이 풍족해졌다.

"감독님 하나 더 잡으면 뭐 없나요?"

"아… 저기……."

"맞다. 원하는 거 다 들어주신다고 했으니까 딱히 더 잡을 필요는 없겠네요."

건우는 그렇게 말하면서도 낚싯대를 다시 잡았다. 나 PD가 바로 무릎을 꿇었다.

"죄송합니다. 제가 실언했습니다."

"음? 왜 그러세요? 누가 보면 제가 나쁜 놈인 줄 알겠네."

건우는 씨익 웃으면서 나 PD를 향해 그렇게 말했다. 그러다가 웃음을 지웠다.

"그냥 약속만 지키시면 되요."

"아, 아하하……."

"그게 별로 어려운 일은 아니잖아요. 그렇죠?"

건우의 약간 음산하게까지 느껴지는 말에 나 PD는 식은땀을 흘렸다.

"저기… 제안이 하나, 아니, 들어주십사 하는 청이 있습니다."

"아! 잠시만요! 또 물었네요."

건우가 낚시에 집중하기 시작했다. 또 비명이 터져 나왔다. 또 비슷한 크기의 감성돔이 나왔기 때문이다. 성균이 감성돔을 두 손으로 잡고는 활짝 웃었다.

"축제구나!"

섬에서 맞이하는 첫 번째 축제였다.

건우가 말한 대로 회는 배터지게 먹을 수 있을 것이다.

두 손 가득히 무언가를 들고 집으로 향하는 길은 분명 행복했다. 건우 일행은 커다란 대용량 아이스박스를 들고 개선장군처럼 걸으면서 집으로 돌아왔다. 동진은 오는 내내 무얼 요구할지 크게 떠들면서 제작진을 압박했다.

"요트 하나 있으면 괜찮을 것 같은데."

"저는 소소하게 그냥 바이크 정도?"

"야, 그건 너무 작다. 차 한 대 뽑자. 여기에서 드라이브 한번 해봐야지."

둘은 진짜 요구할 기세였다. 건우는 그 대화를 들으며 그동안 그들이 얼마만큼의 고생을 하며 한을 쌓아왔는지 알 수 있었다.

아이스박스는 나 PD와 스태프들이 옮겼다. 건우가 든다고 했는데, 나 PD는 한사코 거절했다. 집에 도착하자 나 PD는 땀을 닦으면서 출연진들을 바라보았다.

"호, 혹시 한우 드시고 싶으신 분? 저희가 특별히 한우를 공수해 왔는데요. 아주 비싼 한우랍니다. 저기요? 잠깐 제 말 좀 들어주시면……."

동진과 성균은 나 PD의 말을 들은 척도 하지 않았다. 건우도 마찬가지였다. 싱싱한 물고기를 요리할 생각에 머릿속이 바빴다.

"동진이형, 회랑 구이, 그리고 매운탕을 해먹죠. 쌀도 있으니까 괜찮을 것 같아요."

"그거 좋겠다. 뭐 도와줄 건 없어?"

"아! 물고기 손질하는 법 가르쳐 드릴게요."

건우와 동진은 바빴다. 성균도 얼굴에 웃음을 가득 머금으며 불을 피웠다. 나 PD가 은근슬쩍 건우의 옆으로 다가왔다.

"저기 제가 도와드릴 건 없나요?"

간절한 눈으로 건우를 바라보았다.

"전혀 없어요. 감독님 말씀대로 고생이 심할 걸 각오했거든요."

"아, 뭐, 그래도 고생을 나누면 반이 되지 않습니까?"

"그렇긴 하죠. 아! 저희 재료가 좀 부족한데."

"바로 가지고 오겠습니다!"

나 PD는 부족한 재료들을 바로바로 공수해 왔다.

"이런 날도 오네. 고맙다. 건우야."

"운이 좋았죠. 남은 물고기는 일단 냉동 보관 하고 음, 일부는 한우랑 교환할까요?"

"그것도 좋지. 성균아! 오늘 메뉴에 소고기도 추가다!"

동진의 말에 성균이 감동하며 눈시울을 붉혔다.

저녁 메뉴는 너무나도 푸짐했다. 건우는 어느 레스토랑에서도 맛볼 수 없는 수준의 요리를 내놓았다. 단순한 탕에 불과했지만 한번 맛보면 도저히 중독되어서 빠져나갈 수 없을 수준이었다.

양을 꽤 많이 했기 때문에 나 PD를 포함한 스태프들이 밥통을 아예 가져가서 퍼먹기 시작했다. 한번 숟가락을 드니 도저히 멈출 수가 없었다.

마약보다 더한 중독성이었다. 먹으면 먹을수록 계속 먹고 싶어졌고 기이하게도 더 맛있어졌다.

쫄깃한 물고기의 식감이 혓바닥에서 춤을 추고, 얼큰한 국물이 입 전체에 스며들며 순식간에 사라졌다. 마치 소용돌이치는 바다의 물결 속에 순식간에 빨려 들어가는 듯한 환상적인 맛이었다.

자제하려고 했지만 어느새 다시 숟가락을 들게 되었다.

"우걱우걱!"

"스읍~ 하!"

"꿀꺽!"

나 PD와 스태프들은 거의 이성을 잃은 듯한 모습이었다. 마치 한 달은 굶은 사람들을 보는 것 같았다.

그런 반응은 스태프들뿐만이 아니었다.

동진과 성균은 천국을 경험해서 그런지 성불하기 직전이었다. 마치 부처와 같은 미소를 짓고 있는 동진의 뒤에서 후광이 비치는 것만 같았다. 성균은 득도한 노승처럼 인자한 표정이 되었다.

멀리서 보면 굉장히 흐물흐물해 보였다.

건우도 오랜만에 아주 만족스러운 식사를 했다. 이렇게 좋은 재료가 눈앞에 있으니 도저히 최선을 다하지 않을 수 없었다. 모두의 모습을 본 순간 건우는 아차 싶었다.

'너무 열심히 했나?'

너무 힘을 준 것 같았다.

순식간에 몰입해서 내력을 팍팍 쓰면서 했기 때문에 이 세상의 요리가 아닌 것처럼 잘되었다. 맛뿐만 아니라 비주얼도 완벽했기에 만족스럽기는 했다.

결국, 모든 요리가 깨끗하게 비워졌다. 요란스러운 저녁 식사가 끝나고 뒷정리를 해야 했다. 동진이 설거지를 하려고 하자 나 PD가 달려왔다.

나 PD의 입가에는 비굴한 미소가 걸려 있었다.

"아! 방에 들어가서 푹 쉬세요. 제가 설거지할게요."

나 PD가 그렇게 말하며 설거지를 시작했다. 물은 당연히 무척이나 차가웠다. 고무장갑도 없어서 고통을 참아가며 설거지를 해야 했다. 손이 얼어붙는 감각에 신음 소리를 내뱉는 모습은 굉장히 불쌍해 보였다.

"으, 으억?! 큭, 차가워!"

"그냥 손이 없는 거다 하고 생각하면 괜찮아."

나 PD가 힘겹게 설거지를 하는 모습에 동진은 그렇게 말하며 인생은 정말 모르는 거라고 생각했다. 건우는 그 와중에 내일

먹을 것들을 정리해서 냉장고에 넣고 있었다.

모든 일이 끝나고 마지막으로 해야 할 일이 남아 있었다.

바로 오늘 하루의 일을 결산하는 자리였다. 예전과는 달리 동진의 얼굴에는 거만함이 감돌았다. 성균도 마찬가지였다. 당연한 말이었지만 갑은 동진 쪽이었다. 그냥 갑도 아니라 절대갑, 슈퍼갑이었다.

둘의 의기양양한 모습을 보니 건우도 웃음이 나왔다.

'옛날에는 진짜 쏟아질 것처럼 많았는데...'

건우는 마루에 앉아 하늘을 올려다보았다. 별이 참 많았다. 그러나 아주 오래 전에 보았을 때보다는 손색이 있었다. 그때는 정말 별이 쏟아질 것처럼 보였다.

건우를 중심으로 양옆에 동진과 성균도 자리했다. 셋이 그냥 앉아 있는 것만으로도 대단한 그림이 되었다. 독보적으로 잘난 건우와는 비교할 수는 없었지만, 그래도 훈훈함이 묻어났다.

'시간이 참 빨리 가네.'

별로 한 것도 없는 것 같은데 벌써 10시였다. 촬영이라는 것을 잊고 정신없이 몰두한 것 같았다. 카메라와 스태프들이 있었지만, 그래도 뭔가 시선에서 자유로워진 느낌이었다. 정말 오랜만에 즐겁게 바빴다고 생각한 건우였다.

나 PD가 비굴한 미소를 지으면서 다가왔다. 동진은 다리를 꼬면서 나 PD를 바라보았다.

"맥주 좀 없어?"

"있습죠. 말린 오징어도 가져다 드릴까요?"

"아니다. 그냥 조금 참았다가 내일 양주 먹지, 뭐. 아주 비싼 걸로."

"하, 하하하! 정말 농담도 잘하시네요."

나 PD가 웃으면서 그렇게 말했다. 그렇게 말하면서도 자세는 점점 낮아졌다. 동진이 웃을수록 나 PD는 점점 낮아졌다.

본격적인 협상에 들어갔다. 건우는 한 발짝 물러나서 사태를 관망했다. 동진과 성균은 아주 거만한 표정을 지으면서 거드름을 피웠다.

나 PD의 표정은 다급해졌다.

"그, 그러지 마시고 제 이야기 좀 들어주셨으면 합니다."

"내가 왜? 성균아? 어떻게 생각해?"

"안 돼요. 돌아가요. 안 바꿔줘요. 원하는 거 다 살래요."

나 PD가 아예 무릎을 꿇었다.

"그러지 마시고 한 번만……."

출연진이나 제작진 모두 웃으면서 그 모습을 바라보았는데, 전혀 불편하게 느껴지지 않았다. 오히려 지금까지 기세등등하고 갑의 위치에 있던 나 PD의 추락이 재미있다는 표정이었다. 나 PD도 그걸 알기에 비굴하게 나올 수 있는 것이다.

동진은 당한 게 많아 이 기회를 날려 버리고 싶지 않았다. 그러나 현실적인 한도 내에서 타협은 해야 하긴 했다. 프로그램을 위해서 말이다. 너무 많은 것을 누리면 섬섬옥수수 본연의 재미가 사라질 것이다.

동진이 씨익 웃으면서 입을 떼었다.

"그럼 한번 들어보죠."

"하, 하하! 감사합니다. 그럼 저희 제작진이 대한민국의 대표미남 배우이신 김동진 님과 충무로의 떠오르는 대세스타 한성균 님, 그리고 두말할 것도 없이 세계가 인정한 월드스타 이건우 님에게 협상안을 바치겠습니다. 부디 마음 푸시고 잘 들어주시길 바라옵니다."

"으음, 세 치 혀가 참으로 잘난 자이로다. 오냐, 말해보거라."

동진은 연기 톤으로 나 PD의 말에 대답했다. 마치 왕이라도 된 것 같은, 완벽한 사극 톤이었다. 성균이 그걸 듣더니 재빨리 쓰고 있던 모자를 벗어 익선관을 만들었다. 익선관은 임금이 상복으로 갖추어 정무를 볼 때 쓰던 관을 뜻했다. 즉, 사극에서 자주 보이는 임금의 모자였는데, 꽤 그럴듯했다.

나 PD가 그걸 보더니 갑자기 오체투지를 했다.

"전하! 소신이 미천하여 이루 말할 수 없는 망언을 했사옵니다. 제작비를 생각하시어 부디 하해와 같은 마음으로 통촉하여 주시옵소서!"

"듣기 싫소! 짐이 섬섬옥수수를 위해 온갖 고생을 했거늘!

어디 날로 먹겠다는 망발을 하고 있는 게요! 여봐라! 게 누구 없느냐!"

동진이 부르자 성균이 동진의 앞에 무릎을 꿇었다. 그 모습은 진짜 신하 같았다.

"부르셨사옵니까? 전하!"

"저놈을 몹시 쳐라! 내 오늘 피를 봐야겠구나!"

성균이 벌떡 일어나며 나 PD를 바라보자 나 PD는 뒤에 있는 제작진들을 향해 손짓했다. 간절함이 느껴지는 손짓이었다.

하나둘씩 나 PD의 옆에 나오더니 바닥에 엎드렸다.

"토, 통촉하여 주시옵소서!"

"전하!"

제작진도 한마음 한뜻이 되었다. 동진은 그 모습을 보면서 흡족한 미소를 지었다. 성균도 마찬가지였다. 10년 묵은 체증이 쑥 내려간 것 같은 기분이었다.

나 PD는 건우를 간절한 눈으로 바라보았다. 건우는 통쾌하게 갚아줬으니 이후의 일에 대해서는 딱히 생각이 없었다. 그냥 동진이 당분간 편하게 지낼 수 있으면 그걸로 충분했다.

동진이 근엄한 표정으로 건우를 바라보았다.

"대장군의 생각은 어떠하오?"

건우도 어울려 주어야 했다. 사극을 해본 경험이 있어 그리 어려운 일은 아니었다. 어쨌든 연기였기에 건우는 몰입을 하기 시작했다.

"전하! 저들의 죄가 가볍지 않은 것은 명백한 사실이옵니다. 허나, 섬섬옥수수를 개국하는 데 막대한 공을 세운 공신이니 그 공을 생각해 죄를 삭감해 주는 것이 마땅하다고 사료되옵니다."

"흐음… 좋은 생각이 있소?"

"아뢰옵기 황송하오나 저 죄인이 직접 수라상을 바치게 하고 모든 제작진들이 야외 취침을 하여 죄를 뉘우치게 하는 것은 어떠하신지요."

"음, 계속해 보시오."

동진이 만족하며 고개를 끄덕였다.

"또한, 마차와 어선 그리고 10만 전을 징수함이 적당하다고 사료되옵니다."

"음, 명안이로다!"

건우가 생각한 재미를 해치지 않는 선에서 적당한 딜이었다. 생활 반경이 넓어지면 더욱 많은 재미를 얻을 수 있고 10만 원으로 살아가는 데 필요한 것들을 구매할 수 있을 것이다.

동진이 나 PD를 바라보았다. 나 PD는 나름 괜찮은 조건이라고 생각하며 겨우 안심할 수 있었다.

동진이 모자를 벗으며 씨익 웃었다.

"어때?"

"제공해 드리는 건 저희도 어떻게든 할 수 있는 수준인 것 같습니다. 근데, 벌칙 두 가지에 대해서 자세히 설명 좀 해주실 수 있나요?"

나 PD를 포함한 모두의 시선이 건우에게 몰렸다. 건우가 제안한 벌칙이었기 때문이다. 건우는 친절하게 설명해 주었다.

"오늘 제작진 모두 야외에서 주무시면 됩니다. 그리고 내일 하루 종일 감독님께서 세끼를 모두 직접 해주세요. 출연진이 했던 것과 똑같이요. 당연히 가지고 오신 식재료는 쓰지 마시고요."

"네?"

"동진이 형이 메뉴를 알려 드릴 겁니다."

"자, 잠시만요!"

나 PD가 다급한 표정이 되었다. 뒤를 돌아보니 모든 스태프들이 엄청난 기세로 나 PD를 노려보고 있었다. 나 PD는 침을 꿀꺽 삼켰다.

"크, 크흠… 치, 침낭 많이 챙겨왔지?"

나 PD가 그렇게 말하자 스태프들의 분위기가 급속도로 싸늘해졌다. 추운 날씨가 더욱 춥게 느껴지게 만드는 눈초리다.

반면 건우와 동진 그리고 성균은 아주 맛있게 맥주를 마셨다. 날씨는 추웠지만 맥주는 그야말로 꿀맛이었다.

열심히 침낭을 옮기는 나 PD의 모습을 감상하며 먹는 맥주였기 때문이다.

동진은 내일 아침 메뉴를 생각해 보았다.

"나 PD! 내일 아침은 아메리카노랑 에그 베네딕트로 해줘."

"네? 에그 베네딕트요? 그, 그걸 여기서 어떻게 해요?"

"에이, 안 되는 게 어디 있어? 뭐든지 하면 돼. 시도하지 않고 포기하지 마."

"크흑……"

동진이 한 말은 나 PD가 자주 동진에게 했던 말이었다.

나 PD는 항명할 수 없었다. 아주 많이 양보해 준 것을 잘 알고 있었기 때문이다.

나 PD의 등은 유난히 초라해 보였다.

동진은 아주 만족한 표정이었다.

"건우야, 너 고정으로 매주 나오면 안 되겠니?"

"저도 하고 싶은데, 아쉽네요."

고정 출연을 생각해 보고 싶을 정도로 재미가 있었다. 만약 차기작 스케줄이 없었다면 진지하게 생각해 봤을지도 몰랐다. 하지만 건우의 출연은 내일 오전까지였다. 내일 점심에 이 섬을 떠나야 했다.

스태프들이 분주하게 텐트를 치기 시작했다. 원래 스태프들은 본래 근처 마을 회관에서 모여서 따듯하게 잤는데, 안타깝지만 오늘은 모두 밖에서 자야 했다. 날씨가 꽤 춥기 때문에 혹한기 훈련을 하는 느낌을 받을 것이다.

그래도 동진이 자비롭게 텐트를 허용해 준 것이 다행이라면 다행이었다.

방에 들어가 이불을 깔고 셋이 나란히 누웠다. 나 PD에게서 뜯어낸 전기장판 덕분에 아주 쾌적하게 잠을 잘 수 있을 것 같았다.

"건우 형, 아카데미상 받을 때 어땠어요?"

"좋았지."

"저라면 기절했을 것 같아요. 와……."

"막상 받으면 덤덤해지더라."

"그래요? 전 상상도 할 수 없을 것 같아요."

성균이 궁금한 게 많았는지 이것저것 물어보았다. 건우는 모두 성실히 답변해 주었다. 그러다 동진이 코를 골고 자기 시작하자 성균도 서서히 잠에 빠졌다.

'오늘은 푹 자볼까.'

건우도 피식 웃고는 잠을 청했다. 따듯한 분위기 속에서 깊게 잠이 들 수 있었다.

다음 날.

마당에는 신음 소리가 가득했다. 스태프들이 내뿜는 신음 소리였다. 마치 좀비의 그것과도 닮아 있었다.

"그어어어……."

"추, 추워어어!"

"어, 어어어……."

밤새 폭설이 내렸다.

갑자기 내린 눈 때문에 텐트가 반쯤 파묻혔다. 차라리 이글루라고 부르는 게 맞을 것 같은 텐트도 있었다. 텐트가 무너져 내려 밤새 한숨도 못 잔 스태프들도 꽤 있었다. 조금 불편했던 마을 회관이 너무나 그리워지는 순간이었다.

나 PD와 몇몇 스태프들은 건우가 차린 음식을 배부르게 먹었지만 대부분이 그렇지 못했다.

저녁도 먹어야 했는데, 모든 식재료가 봉인당해 버렸다. 모두 마을 회관에 보관해 놓고 있던 것이다. 그 덕분에 스태프들은 덜덜 떨면서 그나마 많이 쌓여 있는 옥수수를 먹어야 했다.

아침도 마찬가지였다. 허기진 배를 움켜잡으며 살기 위해 움직였다.

"감독님! 이거, 불이 안 붙어요!"

"옥수수가 모자라요!"

"이거 누가 구웠어?"

"땔감 좀……!"

"옥수수가 얼었어요!"

아침은 그야말로 난장판이었다. 전쟁통을 방불케 했다. 고작 하루였지만 모두의 얼굴에는 피로가 가득했다.

하필이면 기록적인 한파와 폭설이 한꺼번에 몰려와 스태프들을 괴롭혔다. 구석에서 옥수수를 먹는 촬영감독의 모습은 그야말로 애잔 그 자체였다.

"으, 으으……."

나 PD는 신음을 흘리며 간신히 일어났다. 텐트 밖을 나와 보니 세상이 달라졌다. 마치 북극에라도 온 것처럼 세상이 하얗게 변해 있었다.

스태프들의 신음 소리와 고통 어린 목소리, 피난통 같은 장면이 보이자 정신이 멍해졌다.

'아…….'

아주 차가운 칼바람이 불자 잠시 육체를 이탈했던 정신이 겨우 돌아왔다.

어쨌든 전체적인 그림인 굉장히 좋았다. 이런 것들도 시청률에 일조를 할 것이다. 그렇게 생각하고 있지만 몸이 힘든 것은 어쩔 수 없었다.

"아, 아메리카노… 에그 베네딕트……."

오늘 하루는 충실한 요리사가 되어야 했다. 커피는 숨겨놓은 커피 믹스로 어떻게든 하더라도 에그 베네딕트가 문제였다. 냉장고를 열어보니 그래도 식재료는 꽤 있었다. 물고기값 대신 나 PD가 굽신굽신거리며 가져다 바친 것들이었다.

스마트폰으로 검색해 봐도 뭐가 뭔지 잘 눈에 들어오지 않았다. 정신이 혼미해지고 있었다.

"나 PD! 아침은 아직이야?"

"하, 하하! 조금만 기다려 주세요!"

창문을 살짝 열고 말하는 동진의 목소리에 나 PD는 겨우 정신을 붙잡으면서 그렇게 말했다. 도와줄 스태프들이 없나 주변을 돌아봤지만 모두 나 PD의 그런 시선을 외면했다. 옥수수를 뜯고 있다가 갑자기 촬영 준비에 분주한 모습이 되었다.

'뭐가 뭔지…….'

일단 부엌에 들어가서 재료를 꺼내기는 했다.

스마트폰으로 요리 방법을 수차례 보았지만 시도할 엄두가 나지 않았다. 요리라는 걸 해본 지 20년 정도가 지난 그였다. 사실 에그 베네딕트는 제법 간단한 요리라고 부를 수 있었다. 그러나 나 PD에게는 너무나 어려웠다. 그에게는 요리의 이름마저도 너무 어려워 보일 뿐이었다.

나 PD는 패닉 상태에 빠져 버렸다.

"잘되어가세요?"

그때 구원의 목소리가 들려왔다.

바로 건우의 목소리였다. 그 목소리가 유난히 다정하게 들렸다.

나 PD가 뒤를 돌아보았다. 아침임에도 불구하고 어떠한 후광이 비치는 듯한 모습이었다. 아직 씻지 않았음에도 마치 미용실에서 풀 세팅을 한 것 같아 보였다. 흠을 찾아내려고 해도 도저히 찾을 수가 없을 정도였다.

건우는 나 PD가 해놓은 것들을 바라보았다. 요리 재료를 꺼내놓았는데, 무척이나 혼잡해 보였다. 아침을 하다가 점심에 먹어야 할지도 몰랐다.

나 PD의 간절한 눈빛을 외면할 수 없었다.

"도와드릴게요."

"가, 감사합니다!"

다행히 어제 저녁에 물고기를 팔면서 각종 재료를 공수했다. 이번 촬영까지는 그럭저럭 풍족하게 먹을 수 있을 것이다. 매번 이러면 재미가 없으니 다음 촬영부터는 예전과 똑같아지겠지만 말이다.

건우가 요리 도구를 잡으니 바로 모든 카메라가 따라붙었다. 가벼운 손놀림에도 감탄사가 나왔다. 나 PD는 건우의 옆에서 아주 충실하게 보조를 해주었다.

"감독님, 땔감이 없는데요."

"아, 하하! 잠시만요!"

나 PD가 도끼를 잡았다. 옆에 쌓여 있는 나무들을 들고 와서 장작을 패기 시작했다. 나무가 얼어붙고 눅눅해져서 잘되지 않았다. 게다가 나 PD의 근력은 무척이나 허약했다. 해본 적도 없어 요령도 없었다.

장작이 쪼개질 확률은 극히 적었다.

"으억!"

도끼가 바닥을 때리자 나 PD가 신음을 터뜨렸다. 동진이나 성균이 장작을 팰 때면 옆에서 깐죽거리곤 했었다. 그 생각이 머릿속에 스쳐 지나갔다. 가만히 지켜보던 건우가 옆으로 다가왔다.

"감독님, 쉬고 계세요. 제가 할게요."

"아… 네."

건우는 도끼를 잡았다.

'기왕이면 많이 패놓아야겠다.'

건우에게 있어서는 너무나 쉬운 일이었다. 나무가 아닌 돌덩어리라도 가볍게 쪼갤 수 있었기 때문이다. 약간의 기를 도끼에 두르고 가볍게 내려쳤다.

서걱!

마치 종이가 잘리듯이 너무나도 가볍게 잘려 나갔다. 건우는 빠른 속도로 충분한 양의 장작을 팼다. 옆에서 보고 있던 나 PD는 잠시 말을 잊었다.

"엄청 잘하시네요."

"예전에 조금 해봤습니다. 아! 빨리 아침을 하죠. 감독님은 장작 좀 옮겨주세요."

"알겠습니다!"

건우가 할 일을 주자 나 PD는 빠르게 장작을 옮겼다. 일단 뭐라도 해야지 동진에게 생색낼 수 있었기 때문이다. 그의 눈물겨운 투쟁은 모두 카메라에 잡히고 있었다.

에그 베네딕트를 만드는 건 처음이었지만 문제될 것은 없었다. 건우는 대충 인터넷에서 훑어보고 독자적인 방법을 고안해 만들기 시작했다. 형태가 비슷하기는 했지만 맛은 더 뛰어날 것이다. 양을 넉넉하게 잡고 만드는데 동진과 성균이 다가왔다.

둘은 오랜만에 푹 잔 듯 개운한 표정이었다.

"나 PD는 뭐 하고 네가 만들어?"

"건우 형, 죄송해요. 제가 도와드렸어야 하는데."

건우는 고개를 저었다.

"감독님이 도와주셔서 금방 했어."

"맞습니다! 팔이 떨어지는 줄 알았어요!"

나 PD는 건우의 말에 격렬히 반응하며 소리쳤다. 성균이 건우가 플레이팅을 한 요리를 보고는 깜짝 놀라며 건우를 바라보았다.

"와, 레스토랑 요리인 줄 알았어요!"

"이젠 놀랍지도 않다. 너 가고 나면 우린 이제 어떡하냐?"

동진은 건우가 가고 난 다음의 일을 걱정하고 있었다. 벌써부터 다시금 찾아오는 고생이 눈앞에 아른거렸다.

아침은 늘 그렇듯 극찬이 이어졌다. 마을 이장도 식사 때가 되면 계속 찾아왔는데, 아예 제작진 쪽에 테이블을 하나 만들었다.

아침 식사를 마치자 할 일이 없어졌다. 본래 식재료 공수를 위해 일찍 돌아다녀야 했지만 냉장고에 충분히 있었다. 할 게 없으면 뭐라도 해야 했다. 그냥 쉬는 걸 보여주는 것도 나쁘지 않지만 하도 고생을 한 것이 습관이 되어서 이제는 잠시라도 한 적하면 무언가 불안했다.

성균이 제작진 측에 있던 공 하나를 발견했다. 제작진의 짐에는 별게 다 있었는데 야외 취침을 하면서 흘러나온 것이다.

"형, 족구 한판 할래요?"

그 소리를 들은 작가진들이 분주하게 움직이기 시작했다. 기본 방침은 출연진 방임주의였지만 작가들이 괜히 있는 것이 아니었다. 출연진들이 좀 더 잘할 수 있게 보조하는 역할이었다. 성균은 나름 족구에 자신 있는 모양이었다. 동진도 흥미를 가지고 마당으로 나왔다.

"여러분! 그냥 하시면 재미가 없지 않습니까? 제안이 있습니다."

나 PD가 이때가 기회라는 듯 바로 제안을 해왔다.

야외 취침을 걸고 한판 하자는 것이었다. 동진은 성균과 건우를 바라보았다. 성균은 하고 싶은 눈치였고 건우는 아무래도 상관없었다. 어차피 건우는 점심이 지나고 이 섬을 나갈 것이기 때문이었다.

동진이 제안을 곱씹어보았다.

"음, 그럼 우리가 이기면 오늘 하루 또 전 스태프들이 야외 취침을 한다는 거네?"

"네, 맞습니다. 대신 저희가 이긴다면 저번에 했던 조건 중 일부를 양보해 주세요."

"좀 약한데⋯⋯."

"그럼 저희가 진다면 저희 제작진 모두 바다에 시원하게 입수 한번 하겠습니다."

스태프들이 웅성거렸다. 사전에 그 이야기는 없었기 때문이다.

"재미있겠는데?"

동진은 깊게 생각할 필요도 없이 바로 제안을 받아들였다. 제작진이 입수하는 모습을 상상해 보니 대단히 통쾌할 것 같았기 때문이다.

나 PD가 스태프들 쪽으로 돌아왔다.

"감독님! 아니, 그렇게 마음대로 하시면⋯⋯."

"어우, 이 날씨에 입수하라고?"

"괜찮아. 우리한테는 찬성이랑 요한이가 있잖아. 그리고 막내 FD가 선출이고."

스태프들의 아우성에 나 PD가 그렇게 대답했다.

확실히 설득력이 있었다.

찬성과 요한은 전국 직장인 족구 대회에서 3위를 한 팀의 주

전 멤버였다. 게다가 막내는 축구 선수 출신이어서 족구를 끝내주게 잘했다. 아마추어 선수권에서는 먹히고도 남을 라인업이었다. 그런 사실을 동진과 성균은 모르고 있었다. 나 PD가 직접 뛰는 줄 알고 있었다.

어디서 구해왔는지 마당에 네트까지 설치되었다. 눈으로 라인을 만드니 그럴듯한 경기장이 만들어졌다. 성균과 동진은 나름 운동을 즐겨 해서 족구 정도는 일반인들보다 잘할 자신이 있었다.

"건우 형, 족구 잘해요?"

"군대에서 조금 해봤는데."

"그래요?"

건우가 그렇게 말하기는 했지만 성균은 건우라면 뭐든지 잘할 것 같다는 느낌을 받았다.

"그럼 선수 입장이 있겠습니다. 제작진팀, 입장해 주세요."

유니폼까지 장착한 제작진팀이 입장했다. 체격부터 심상치 않았다. 아직까지 여유가 있는 동진을 보고 나 PD가 씨익 웃었다.

"저희 제작진팀 선수를 소개를 하겠습니다. 촬영팀의 이찬성 씨와 김요한 씨는 직장인 족구팀 블루윙에 소속된 주전 멤버입니다. 얼마 전에 전국 대회에서 3위를 기록했죠. 그리고 아시죠? 우리 막내는 선수 출신인 거."

"와, 진짜 졸렬하네. 그렇게 나올 거야?"

"이거 취소해요! 말도 안 돼!"

동진과 성균이 반발했다.

나 PD는 아주 만족스러운 웃음을 그릴 뿐이었다.

이제 와서 물릴 수는 없었다. 하는 수 없이 동진과 성균, 그리고 가만히 서 있던 건우가 경기장 위로 올라왔다.

상대가 막강했지만 동진은 승부욕에 불타올랐다. 건우는 자신만만한 제작진팀의 표정을 보면서 고개를 끄덕였다.

'족구는 군대 갔다 오고 나서 처음이네.'

눈 온 풍경과 족구가 합쳐지니 절로 예전 생각이 났다.

"제가 뒤에서 수비할게요."

"괜찮겠어?"

"네. 걱정 마세요. 공격만 잘 해주세요."

건우는 맨 뒤에 섰다. 자신 근처에 오는 모든 공을 다 받아낼 작정이었다. 건우에게 있어서 굉장히 쉬운 일이었다.

"단판 15점 내기입니다! 선공권은 양보해 드릴게요."

나 PD가 경기 시작을 알렸다. 모두가 흥미진진하게 상황을 바라보았다. 건우는 서브를 하기 위해 공을 잡았다.

'살짝 흘려볼까?'

라인 끝에 서서 잠시 공을 바라보다가 그대로 공을 차며 네트를 넘겼다. 공이 좋은 곡선을 그리며 나아가다가 바닥에 닿았다. 경력이 많은 요한이 공이 튕겨 나올 지점을 예상하며 발을 뻗었는데, 공이 갑자기 전혀 엉뚱한 방향으로 튕겨 나갔다.

"억?!"

당황해서 최대한 다리를 벌려 공을 차려 했지만 소용없었다.

"나이스!"

"잘했어."

제작진팀은 황당하다는 듯이 공을 바라보았다.

"아, 운이 좋았네요. 돌에 맞았나 봐요."

건우가 그렇게 말하자 제작진팀은 납득하며 고개를 끄덕였다.

나 PD는 건우의 웃는 모습을 보며 불안감을 느꼈다. 낚시 때와 똑같이 스멀스멀 올라오는 불안감 때문에 몸을 부르르 떨었다.

'에이, 설마……'

이번에는 그럴 리 없다고 생각했다. 아마추어의 최고 수준인 라인업이었다. 객관적으로 판단해 보면 절대 질 리가 없었다. 그래서 그렇게 과감한 배팅을 할 수 있었던 것이다.

만에 하나 지게 된다면 또 오늘과 같이 벌벌 떨면서 밤을 지내야 했다. 아침에 일기예보를 찾아보니 오늘 밤은 또다시 역대 최저 기온을 갈아치울 것이라고 한다.

'게다가 입수까지 한다면……'

스태프들이 자신을 죽일지도 몰랐다. 지금 이 날씨에 바다에 들어간다면 무척이나 고통스러울 것이다. 나 PD는 침을 꿀꺽 삼키면서 경기장을 바라보았다. 간절한 마음으로 제작진팀을 응원하기 시작했다.

경기가 계속되었다. 건우는 노골적으로 서브로만 득점하지는 않았다.

타앙!

"저, 저걸 막아?"

다만 철벽같은 수비를 보여줄 뿐이었다. 엄청난 속도로 튕겨져 나오는 공을 가볍게 받아내며 동진 쪽으로 보냈다. 누가 봐도 이건 받아낼 수 없는 공이었다. 그러나 건우는 어떠한 표정 변화 없이, 아니, 오히려 편안한 표정으로 받아냈다.

스태프들이 감탄 섞인 비명을 지를 정도였다.

"나이스!"

동진이 소리치고는 바로 공격했다. 동진의 공격은 날카롭기는 했으나 제작진팀이 충분히 받을 수 있는 수준이었다. 제작진팀에서 회심의 공격이 이어졌다. 날카로운 각도로 공을 차자 네트를 지나면서 낮게 깔려서 들어오는데 성균은 받을 생각도 하지 못했다.

통!

어느새 달려온 건우가 공을 띄웠다.

"오오!"

"너무 잘하잖아!"

스태프들이 술렁였다. 건우의 수비 공간은 한정되어 있는 것이 아니었다. 모든 곳이 수비 범위였다.

"좋아!"

동진이 계속 공격했다. 건우가 계속해서 받아내니 제작진팀에서는 힘이 풀렸다. 건우팀의 어설픈 공격도 계속하다 보면 언젠가 먹히게 마련이었다.

계속되는 공방 속의 승리자는 건우팀이었다.

"좋았어!"

"형! 나이스!"

동진과 성균이 신이 났다. 무슨 공격을 받건 대부분 받아내니 그럴 수밖에 없었다. 건우는 인간의 힘으로 불가능한 것을 제외하고는 전부 다 받아내고 있었다.

동진과 성균이 신이 날수록 제작진의 표정은 어두워졌다. 건우는 나 PD를 바라보았다.

"감독님, 지금 점수가 어떻게 되죠?"

"크, 크음, 14 대 7입니다."

한 점만 따면 끝나는 상황이었다. 제작진팀이 한 득점은 대부분 동진과 성균의 실수였다. 건우가 놓친 것은 거의 없었다.

제작진팀은 도저히 믿을 수 없는 현실에 어안이 벙벙한 듯 보였다.

"형! 제가 뒤에 설게요!"

성균이 건우와 위치를 바꿨다. 마지막이 될 확률이 높은 마지막 서브가 시작되었다. 성균이 공을 받아내고 동진 쪽으로 공이 다가왔다. 동진이 건우 쪽으로 공을 토스했다.

건우의 몸이 공중에 뜨는가 싶더니 그대로 공을 강하게 찼다. 건우의 몸이 한 바퀴 회전하면서 바닥에 가볍게 착지했다.

공의 위력은 어마어마했다.

터엉!

제작진팀을 받아낼 생각을 하지 못하고 공을 멍하니 바라보았다. 공이 바닥에 꽂히더니 그대로 튕겨 담장 너머로 사라졌다.

건우와 동진, 성균이 나 PD를 바라보았다. 나 PD는 입을 벌리며 멍하니 서 있다가 시선을 받고는 간신히 판정을 내리기 시작했다.

"추, 출연진팀 승리!"

동진과 성균이 굉장히 좋아했다. 반면 나 PD의 얼굴에는 절망이 감돌았다. 스태프들도 마찬가지였다. 일등 공신은 역시 건우였다. 건우가 없었더라면 압도적인 스코어로 패배했을 것이다.

"형, 진짜 못 하는 게 뭐에요?"

성균은 건우를 존경을 넘어 거의 숭배까지 하게 되었다. 그의 눈에 비치는 건우는 못 하는 걸 도저히 찾을 수 없는, 그야말로 만능이었다. 너무나 잘나서 인간미가 없을 것 같았지만 그렇지 않았다. 오히려 인간적인 면모도 보여 더 따르고 싶었다.

내기는 내기였다. 이미 취소할 수 없을 정도로 내기가 진행되었다.

건우는 모두와 함께 해변가로 갔다.

카메라를 제외한 모든 스태프들이 해변가를 바라보면서 착잡한 표정이 되었다.

"감독님을 붙잡아!"

"으아아아!"

나 PD가 스태프들의 손에 붙잡히더니 그대로 들려져서 바다로 직행했다. 동진과 성균이 그 모습을 무척이나 흐뭇하게 바라보았다.

"이런 날이 계속되었으면 좋겠네. 건우야, 다음에도 나와라."

"건우 형, 고정으로 계속 출연해 주세요! 제발요!"

동진과 성균은 건우를 떠나보내는 것이 너무나 아쉬웠다. 간만에 아주 행복한 하루를 보냈기 때문이다. 이런 날이 계속된다면 아무런 걱정이 없을 것 같았다.

"으아아악! 추워!"

"쿨럭쿨럭!"

바닷가는 난장판이었다. 나 PD가 스태프들의 손에 붙들려 바다 아래로 가라앉았다가 올라왔다를 반복했다. 스태프들의 손길에는 감정이 가득 담겨 있었다.

입수가 마치고 나온 스태프들 모두는 엄청난 추위에 덜덜 떨었다. 건우는 잠시 바라보다가 준비되어 있는 수건을 들고 가서 스태프들에게 나눠주었다. 스태프들은 고마운 눈빛으로 건우를 바라보았다. 따지고 보면 이 사건의 원흉이나 마찬가지였는데 말이다. 그런 소동이 끝나자 건우는 바로 짐을 쌌다.

건우의 출연이 마무리된 것이다. 건우가 탄 배가 떠날 때까지 동진과 성균은 끊임없이 손을 흔들어주었다.

"형! 또 와요!"

"서울에서 술 한잔하자!"

건우도 그들을 향해 손을 흔들었다.

가끔 이런 예능도 나쁘지 않을 것 같았다. 예능도 예전과는 다른 방향으로 변해가고 있다는 생각이 들었다. 예능 출연에 대해 선입견을 가지고 있었지만 이번 출연으로 많이 희석된 것 같았다.

'재미있었네.'

무엇보다 재미있었다.

촬영이라는 것이 생각나지 않을 정도로 재미있게 시간을 보낼 수 있었다. 촬영을 나갔다가 제대로 힐링을 하고 온 건우였다. 기회가 된다면 다시 한번 나오고 싶었다.

*　　　　*　　　　*

섬섬옥수수!

스타 PD로 통하는 나은성 PD가 야심차게 준비한 예능 프로 그램이었다. 나 PD의 이름값에 걸맞게 공중파 예능의 인기를 가 볍게 뛰어넘고 최고의 인기 예능 프로그램으로서 자리 잡았다.

그 중심에는 동진이 있었다. 대한민국 대표 미남 배우 중 한 명인 동진이 망가지는 모습은 친근함을 느끼게 해주었다. 영화 나 드라마에만 출연했을 때보다 이미지가 훨씬 좋아졌다. 섬섬 옥수수 출연 이후 배우가 아닌 예능인으로서 제2의 전성기를 맞이했다는 평가가 나오고 있었다. 섬섬옥수수의 이미지로 다 수의 CF에도 출연하여 요즘은 국민 삼촌으로까지 불리고 있었 다.

민혜는 섬섬옥수수의 애청자였다. 유일하게 본방 사수를 하 는 예능은 섬섬옥수수밖에 없었다.

오늘도 그녀는 본방 사수를 하고 있었다. 요즘 잘나가는 아이 돌인 D피닉스가 게스트로 나왔는데, 팬은 아니었지만 나름 재 미있게 볼 수 있었다.

'김동진은 진짜 잘생겼네.'

아이돌 중에서도 잘생긴 축에 속하는 D피닉스가 동진의 옆 에 서면 너무나 밋밋해 보였다. 이리저리 망가져도 멋졌기에 더 매력 있는 동진이었다. 그래서 섬섬옥수수는 아이돌의 무덤이 라는 말까지 나오고 있었다. 동진과 비교되는 굴욕짤이 매번 생성되었기 때문이다. 그나마 성균은 동진의 옆에 서 있어도 나름 괜찮았다.

결국 D피닉스도 개고생만 하다가 돌아갔다. 밥을 먹기 위해서 이 추운 날 입수를 하는 모습은 너무나 짠했다. 동진이 그것을 아련한 눈빛으로 바라볼 때 너무나도 슬픈 음악이 흘렀다. 그것이 이번 화의 하이라이트였다.

[D피닉스 씨, 다음에도 나와주셨으면 합니다. 언제든지 환영할게요.]

[저, 절대 안 옵니다! 하하! 빨리 집에 가고 싶네요.]

나 PD의 목소리와 함께 질겁하는 D피닉스의 모습이 보였다. 고생이 심했는지 10년은 늙은 모습이었다. 민혜가 보기에도 나 PD는 악마 그 자체였다. 실제로 프로그램 내에서 CG를 입혀 그를 악마로 표현하기까지 했다.

"아, 끝났다."

끝이 났는데 채널을 돌리지 않았다. 다음 편의 예고편이 나왔기 때문이다. 진정한 애청자라면 예고편은 빠뜨리지 않고 봐줘야 했다.

"음?"

그런데 무언가 평소의 예고편과는 달랐다. 보통은 기대할 만한 장면이 짧게 편집되어 나왔지만 갑자기 화면이 어두워졌다. 거기다가 예전과는 다르게 성우까지 썼다.

[그가 온다!]

힘 있는 성우의 목소리가 들렸다. 큼지막한 자막이 검은 화면 위에 떠올랐다.

[이 시대가 낳은 최고의 스타!]

다시 한번 자막이 나오더니 누군가가 걸어오는 모습이 보였다. 처음에는 흐릿해서 누구인지 알아볼 수 없었다. 화면이 누군가의 다리에서부터 천천히 위로 올라갔다.

민혜는 기분이 나빴다.

감히 건방지게 최고의 스타 수식어를 붙여준 게스트가 누구인지 궁금했다. 그런 수식어를 붙일 수 있는 존재는 세상에 딱 한 분밖에 없었기 때문이다.

그러나 그분이 예능에 나올 확률은 굉장히 적었다. 모든 활동을 중단했다가 얼마 전에 차기작 준비에 들어갔기 때문이다. 게다가 그분께서 섬섬옥수수에 출연한다는 말이 나왔다면 몇 주 전부터 난리가 났을 것이다.

기사가 안 뜰 리가 없었다. 그분이 잠시 들렀던 곳도 기사로 나오는 세상이었다. 그분은 모두가 예상했듯이 건느님, 또는 빛 건우라 불리는 이건우였다.

'누구지?'

민혜는 집중해서 화면을 바라보았다. 흐렸던 화면이 드디어 깨끗해졌다. 문을 열고 들어오는 사내가 보였다. 약간은 유치한 듯한 배경음이 들려왔고 사내의 얼굴이 화면에 나타났다.

"꺄아아아악!"

민혜가 얼굴을 확인하자마자 벌떡 일어나며 비명을 질렀다. 발을 계속 구를 수밖에 없었다.

"시끄러! 이년아!"

민혜의 어머니가 방문을 벌컥 열고 나오면서 그렇게 외쳤다. 그러나 민혜의 흥분은 전혀 가시지 않았다.

당연했다.

"어, 엄마! 건느님!"

"뭐? 어머머!"

다름 아닌 이건우가 나왔기 때문이다.

민혜의 어머니가 달려오더니 민혜와 나란히 서서 하염없이 TV를 바라보았다. 민혜의 어머니도 건우의 팬이었다. 웃으면서 바다를 바라보고 있는 건우의 모습을 마지막으로 예고편이 끝났다.

"미쳤어!"

"저거 언제 하니?"

"다음 주 목요일이요!"

민혜는 빨리 스마트폰을 들었다. 단톡방이 난리도 아니었다.

지민: 꺄아아아앙ㅠㅠ. 미쳤다ㅋㅋㅋ.

민혜: 밝음? 심장마비 걸리는 줄.

김혜연: 건느님… 영롱하시다.

세미: 빛 그 자체. [사진 첨부: 빛 그 자체 건우]

세미가 후광에 휩싸인 건우의 사진을 올렸다. 빛보다 영롱한 모습이었다. 빛은 이건우라고 불리는 것을 영광으로 알아야 할 것이라고 그들은 생각했다.

민혜는 잠시 사진을 감상하다가 다이버에 들어갔다.

1. 이건우

2. 이건우 섬섬옥수수

3. 섬섬옥수수

4. 이건우 출연

다이버 검색어는 당연히 이건우에 관한 것으로 가득 찼다. 기사도 실시간으로 올라오고 있었다. 그리고 대형 커뮤니티는 그야말로 폭발했다.

여러 잡음이 많은 대형 커뮤니티가 있었는데, 여러 게시판 중 유일하게 성역 취급 받는 곳이 있었다. 바로 이건우 갤러리였다.

제목: 나 PD 섭외력 무엇?

ㅠㅠ. 평생 여한이 없다.

동진 님과 건느님의 투샷을 또 볼 수 있다니…….

게다가 건느님의 내추럴한 모습도 볼 수 있다니!

다음 주까지 어떻게 기다림?

진짜 설렌다.

융융: 건느님 고생하시면 어떡함?

이칠십사: 나 PD 수억 안티 생길 듯ㅋㅋㅋ.

융융: 목숨 걸고 잘 찍어야 할 텐데.

감자: 예고편 보는데 건느님 혼자 영화 찍음ㅋㅋ.

나 PD의 섭외력을 찬양하는 이들이 많았다. 이 소식은 한국뿐만 아니라 전 세계로 퍼져 나갔다. 대대적으로 기사까지 나면서 전 세계 팬들의 마음을 설레게 했다.

미국에서는 벌써부터 한국어 능력자를 섭외해 실시간으로 번역해 송출하는 것을 준비 중이었다. 극장을 빌리려고 준비 중인 팬들까지 있었다. 심지어 한국행 비행기 표를 끊고 인증하는 팬들도 나타났다.

요즘 미국에서 가장 핫한 배우 중 하나인 빅토리아가 그러했다. 그녀는 미국의 국민 여동생으로 불렸는데 건우의 광팬이었다. 무언가 건우와 관련된 행사가 있을 때면 빠지지 않고 출몰

해서 사진이 찍히곤 했다.

성공한 덕후 대표 중 한 명이었다. 기다림 속에서 시간이 지나갔다. 민혜는 강의도 귀에 제대로 들어오지 않았다. 인터넷에 들락날락거리면서 건우의 소식을 보기 바빴다.

민혜는 SNS를 확인해 보았다.

빅토리아 그린

예고편 보고 바로 한국행 비행기 끊었어요. 아주 쾌적한 환경에서 최고의 화질로 시청할 거예요! 꼭 생방송으로 볼 거예요 여러분! 저는 서울로 갑니다! 건느님 영접하러 갑니다!

[사진 첨부: 서울행 비행기 티켓]

#서울행#건느님영접하러#건우찬양#섬섬옥수수

민혜는 바로 좋아요를 눌러주었다.

건우의 팬사이트도 난리였다. 일본의 팬들은 비행기 단체 예약까지 완료해서 인증했다. 아무래도 한국과 가깝기 때문에 단체 예약이 많았다. 다른 나라의 팬들이 그걸 부러워했다. 중국이나 일본의 일부에서도 한국 방송을 볼 수 있었지만 일부러 한국으로 오는 이들도 많았다.

덕분에 기사까지 났다.

<제목: 이건우의 출연이 만든 단체 한국행!>

세계적인 스타인 이건우의 섬섬옥수수 출연이 화제이다. 지난 목요일 예고편으로 알린 그의 출연은 한국뿐만 아니라 세계를 들썩이게 했다. 화제가 된 미튜브에 올라온 공식 예고편이 벌써 조회 수 2억을 돌파했고 지금도 계속해서 가파르게 올라가고 있는 중이다.

미국 할리우드 스타인 빅토리아 베어스(21세)는 자신의 SNS에 한국행을 예고하는 글을 올렸고, 미국, 중국, 일본을 비롯한 많은 국가의 팬들이 단체 한국행을 택했다.

이건우의 인기를 실감할 수 있는 대목이다.

엘라 호텔에서는 섬섬옥수수 이건우 편 방영 날짜에 맞춰 단체 방문객들이 편안한 시청을 할 수 있도록 준비를 할 예정이라고 한다.

한편, 네티즌들은 '과연 월드스타 이건우', '빛건우 찬양해', '본방 사수' 등 긍정적인 반응을 보이고 있다.

OLBC의 섬섬옥수수 이건우 편은 목요일 저녁 9시 45분에 방송될 예정이다.

박미애 기자 packme_a@weektv.co.kr

사진=OLBC '섬섬옥수수' 예고편 캡처.

방송되기까지의 일주일은 그야말로 이건우에 관한 기사만 쏟아져 나왔다. 그만큼 이건우와 섬섬옥수수의 조합은 생소했다. 섬섬옥수수는 게스트를 고생시키기로 유명한 예능 프로그램이었다. 세계에서 제일 인기가 많다고 해도 무방한 이건우가 고생하는 모습은 도저히 상상이 되지 않았다. 많은 네티즌들이 이색다른 조합을 궁금해했고 민혜 역시 마찬가지였다.

드디어 긴 기다림 끝에 목요일 저녁이 되었다.

민혜는 깨끗하게 씻고, 새로 산 옷으로 갈아입었다. 마치 기업에 면접이라도 가는 것 같은 차림이었는데, 지켜보던 민혜의 아버지는 황당한 표정이 되었다. 딸이 늦은 밤에 저러고 있으니 황당할 수밖에 없었다. 지금까지 본 모습 중에 가장 깔끔하고 예쁜 모습이었다. 밖에라도 나간다면 이해를 하겠는데 TV 앞에 공손한 자세로 그렇게 서 있었다.

"너 또 뭐 하냐?"

"의관을 정제하고 건느님을 영접하려 하고 있어요."

"…그래. 열심히 해라."

이런 적이 한두 번이 아니었기에 민혜의 아버지는 이해는 가지 않지만 겨우 납득은 했다.

그렇게 한 시간 동안 저러고 있었다. 딸이 심히 걱정되었지만 저렇게 열정을 불태우는 모습을 보니 도저히 말릴 수가 없었다.

공부와는 인연이 없던 딸이 갑자기 이건우에게 어울리는 팬이 된다면서 공부를 시작했을 때 처음으로 황당함을 느꼈고, 서울에서 알아주는 대학교에 합격했을 때는 그냥 무엇을 보여주든 받아들이기로 마음먹었다.

게다가 돈 많이 벌어서 건우님의 생활에 일조하겠다며 취직을 위해 화려한 스펙을 쌓고 있었다. 어쨌든 긍정적인 방향으로 변화하고 있는 딸이었다.

"수, 수고해라."

그녀의 아버지는 차마 뉴스 좀 보겠다고 말을 하지 못하고 방으로 들어갔다. 알아서 귀마개를 챙겨가는 노련함을 엿볼 수 있었다. 민혜는 두근두근한 마음으로 TV 앞에서 하염없이 기다렸다. SNS에서는 민혜와 같은 팬들이 인증샷을 남겼다. 심지어 어떤 남성 팬은 정말로 격식을 갖추어서 도포를 입고 갓을 쓰고는 TV 앞에 공손히 서 있었다. 대단한 정성이었다.

광고가 유난히 길게 느껴졌다.

민혜는 미동도 없이 TV를 응시하며 그렇게 섬섬옥수가 시작되기를 기다렸다.

'시작한다!'

드디어 시계가 9시 45분을 가리키고 섬섬옥수가 시작되었다. 본래 동진과 성균이 섬에 내리는 것으로 시작되었지만 이번에는 달랐다. 어느 카페에서 시작되었다.

분주한 스태프들을 비추었고, 나 PD의 모습도 잡혔다.

[지금 거의 다 오셨답니다!]

[그래?]

스태프와 나 PD의 목소리가 들렸다. 화면이 바뀌며 카페 앞에 멈춘 차량이 보였다. 차량의 문이 열리고 건우의 모습이 드러났다.

"억! 꺄아악! 흐어엉……. 너무 좋아. 어엉, 하핫!"

비명을 지르다가 울다가, 갑자기 방방 뛰며 크게 웃었다. 과일을 깎아 온 그녀의 어머니가 그녀를 보며 한숨을 내쉬었다.

"울든가 웃든가 한 가지만 해라. 정신 나갔니?"

"으엉엉엉! 흐윽, 너무, 너무… 잘생겼어."

"얼씨구?"

민혜는 아예 목 놓아 울기 시작했다. 그녀의 어머니는 딸이 이런 적이 한두 번이 아니었기에 고개를 설레 저으면서 넘어갔다. 그녀의 아버지와 마찬가지로 이미 적응한 지 오래였다.

"거참, 뉘 집 자식인지 정말 잘났네."

"꺄아악!"

"시끄러, 이년아! TV 좀 보자."

민혜는 소파에 있는 방석을 부여잡고는 어쩔 줄 몰라 했다. 건우의 웃는 모습은 너무나도 환상적이었다. 건우는 매일매일이 전성기였다.

섬에 내려서 출연진들과 만나는 장면이 나왔다. 건우와 동진,

성균이 나란히 있는 모습은 흡사 영화의 한 장면 같았다.

"으어어억! 엄마, 엄마! 김동진이 평범해 보여! 꺄악!"

"그러네."

대한민국의 대표적인 미남 배우인 동진이 건우의 옆에서는 밋밋해 보였다. 그래도 어느 정도 어울리는 것이 다행이었다. 성균은 조금 훈훈한 느낌의 일반인처럼 보였다.

건우가 진지한 표정으로 요리를 하기 시작했다. 엄청난 요리 실력을 선보이자 민혜는 기절할 지경이었다. 요리를 하는 모습이 너무 섹시했다. 그리고 여기저기 분주하게 움직이며 집을 고치는 모습은 성실 그 자체였다.

나 PD가 사악한 제안을 하는 모습에 민혜의 표정이 일그러졌다. 대놓고 건우를 고생시키겠다는 의도가 보였기 때문이다.

"와……. 너무한다."

"어머, 저러면 안 되지."

나 PD의 그런 모습은 하루 이틀이 아니니 이해할 만하지만 상대가 건우라서 더욱더 비호감으로 다가왔다.

"으응? 낚시?"

민혜의 아버지가 잠시 물을 마시러 나왔다가 건우가 낚싯대를 잡는 것을 보고는 흥미를 가졌다.

그는 낚시 마니아였다. 주말마다 낚시를 가는 터라 아내의 따가운 눈총을 받기도 했다. 낚시에 들인 비용도 상당했다.

"저걸로 뭘 잡아?"

"잡을 수 있을 거예요. 건느님이니까. 잘생겼으니까 물고기가 엄청 몰릴 거예요. 완전 인기인이니까!"

"어휴, 아무리 잘생겨도 물고기는 못 알아본단다."

"아닐걸요? 물고기도 알아볼걸요? 그럴걸요?"

"쯧쯧… 민혜야. 세상에 상식이라는 것이 왜 있겠니."

딸의 맹목적인 믿음에 그녀의 아버지는 고개를 설레 저었다. 저 부실한 낚싯대를 가지고 무얼 잡나 싶었다. 자세히 보니 바다 낚싯대도 아닌 것 같았다. 딱 봐도 금방이라도 부서질 것 같은 싸구려였다.

그녀의 아버지는 모처럼 소파에 앉았다.

낚시를 가볍게 보는 딸이 실망하는 모습을 꼭 보고 싶었다. 그리고 개인적으로 낚시를 하는 모습을 보고 싶기도 했다. 저번 주에는 낚시를 하러 가지 못했기 때문이다.

'볼 것도 없군.'

성균과 동진이 낚시를 시작했다. 딱 봐도 초보자의 몸놀림이었다. 그러나 건우의 화면이 잡히는 순간 그는 고개를 끄덕였다. 많이 해본 것 같은 폼이 났기 때문이다.

"못 잡으면 야외 취침이라는데……."

"그럼 밖에서 자겠네."

"불쌍해서 어떡해요. 흐흐으윽. 건느님… 흐어어엉."

간만에 셋이 TV를 보며 이야기를 나누었다. 그때였다. 민혜의 아버지는 크게 놀랐다. 건우가 커다란 물고기를 바로 잡았기 때문이다.

"억! 저, 저게……?"

"꺄아아악! 대박!"

그 이후로부터 엄청난 광경이 시작되었다. 건우가 낚싯대를 넣었다 하면 대물이 계속해서 낚여 올라왔다. 그의 낚시 인생에서 처음 보는 광경이었다. 도저히 믿을 수가 없었다. 저 정도라면 조작할 수도 없는 수준이었다.

"육짜 감성돔? 어허……"

나중에 가서는 육짜 감성돔이 연이어 올라왔다. 민혜의 아버지는 벌어진 입을 다물지 못했다. 민혜와 그녀의 어머니는 그냥 좋아할 뿐이었다. 그의 핸드폰이 울렸다. 확인해 보니 섬섬옥수수에 나온 저 포인트로 낚시하러 가자는 친구들의 문자였다.

"허허… 엄청 잡았네."

감탄할 수밖에 없었다.

커다란 아이스박스가 가득 찰 정도였다. 그것도 모두 알짜배기들로만 가득했다. 그는 손이 근질근질했다. 민혜의 어머니가 그의 핸드폰을 슬쩍 보았다.

"여보, 혹시 저기 가려고 그래요?"

"아… 응."

"음, 그럼 저도 가요."

"엉? 괘, 괜찮겠어?"

그가 반색하며 물었다.

"나도 갈래!"

"어, 어? 그, 그래. 허허허!"

민혜의 말에 그는 방긋 웃었다. 처음으로 온 가족이 낚시를 하러 가게 생겼다. 그것은 그의 작은 소망이기도 했다.

낚시 이후 비굴해진 나 PD의 모습에 절로 웃음이 터져 나왔다. 다이버 검색어에도 '나은성 PD', '나은성 PD 굴욕' 등의 검색어가 올라가고 있었다.

건우가 차린 저녁 밥상은 그야말로 진수성찬이었다. 저녁을 먹었음에도 배가 고파졌다.

'라면 좀 끓여 먹을까?'

그는 진지하게 고민했다. 민혜는 그냥 건우를 보는 게 좋은지 비명을 지르다가 그대로 얼음처럼 굳어 있다가 다시 비명 지르기를 반복했다.

건우가 동진의 옆에 누워서 잠에 빠져드는 모습을 보고는 눈물을 뚝뚝 흘렸다. 그녀의 부모님은 역시 그러려니 하면서 신경조차 쓰지 않았다.

'너무 좋아……'

민혜는 감동의 도가니에 빠져 있었다. 하나하나가 모두 다 명

장면이었다. 물론 건우가 나온 장면을 말하는 것이었다.

그렇게 다음 주를 예고하면서 끝이 났다. 건우가 출연한 편은 두 편으로 나누어져서 방송될 예정이었다. 민혜는 다음 주 예고 편을 보고도 너무 아쉬워서 TV 앞에 잠시 머물러 있었다.

'다음 주까지 또 어떻게 버티지?'

그런 생각만 들었다. 너무 좋지만 그런 생각을 하자 힘이 쭉 빠졌다. 이 슬픔을 달래는 길은 건우를 다시 보는 일뿐이었다. 민혜는 바로 건우가 출연한 영상들을 다시 돌려보기 시작했다.

다음 날 그녀는 강의에서 아주 깊은 숙면을 취했다.

"야, 괜찮아? 어디 아퍼?"

그녀의 옆자리에 앉은 친구가 물었다.

"응."

"어디?"

"마음이 아프네. 건느님을 보지 못해서……."

"…그래."

친구는 이해한다는 듯 그녀의 등을 토닥여 주었다.

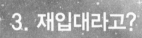

3. 재입대라고?

섬섬옥수수 이건우 편이 모두 방영되었다. 시청률은 당연히 역대 최고를 기록했고 많은 해프닝을 만들어냈다. 섬섬옥수수 이건우 편이 첫 방영되고 난 후, 섬섬옥수수의 촬영지에는 엄청나게 많은 관광객들이 몰렸다고 한다. 70% 이상이 해외 관광객이었는데, 미국과 유럽, 중국, 일본 등 그 국적이 아주 다양했다.

한적한 섬마을이 방문객들로 붐비니 마을에 활력이 샘솟았다. 방문객을 위한 시설이 없다는 것이 아쉬웠지만 그래도 마을 이장은 오랜만에 온 손님들을 따듯하게 맞이해 주었다.

인증샷도 SNS에 아주 많이 올라왔다.

빅토리아도 역시 섬에 도착해서 여러 사진을 남겼다.

빅토리아 그린

건느님이 앉았던 바위에요! 그리고 건느님과 같이 계셨던 선장님! 친절하게 가이드를 해주셨어요. 너무나 아름다운 곳이에요!

[사진 첨부: 바위에서!]

텐트도 챙겨왔어요. 하루 머물다 갈 거예요! 그날처럼 눈이 왔으면 좋겠네요.

#섬섬옥수수#건느님#건느님의향기

할리우드에서 알아주는 스타가 섬에서 텐트를 치고 일박을 한다는데 화제가 안 되면 이상했다. 그러나 건우의 팬들 사이에서는 당연하다는 듯한 반응이었다. 그녀에 대한 반응보다는 성지순례를 할 곳이 새롭게 추가되어서 기쁘다는 의견이 대다수였다.

건우는 그 사실을 진희를 통해 들었다. 그것이 기분 좋기보다는 진희가 질투하는 모습을 보이는 것이 마음에 들었다.

아무튼, 건우가 차기작 때문에 미국에 간다고 하니 진희는 기운이 없어 보였다. 그래도 티를 내지 않으려 노력하면서 짐을 챙겨주었다.

"시간 나면 미국에 올래?"

"그래도 돼? 그래도 기자들이······."

"들켜도 괜찮아."

건우는 대수롭지 않게 말했다. 진희가 그 모습에 감동한 눈치였다.

건우는 오히려 열애설이 나는 게 더 좋을 것 같다고 생각했다. 이제는 눈치를 보지 않고 자유롭게 행동하고 싶었다. 이렇게 별장 안에 있는 것도 행복하지만 그녀와 좀 더 많은 곳을 가보고 싶었다.

'진희에게 피해가 가기는 하겠지.'

지금까지는 진희를 위해서 숨기고 있었다.

건우의 인기가 너무 많다 보니 그녀가 상처 입을 수도 있다는 생각이 들었기 때문이다. 진희는 이제 모든 활동이 끝났고 은퇴까지 염두에 두고 있었기에 건우는 그렇게 말할 수 있었다.

건우는 그녀를 바라보며 웃었다.

"우리에게만 신경 쓰자."

"으, 응. 그러자."

가장 중요한 것은 진희의 행복이라고 생각했다. 건우는 그것을 지켜줄 자신이 있었다. 마교의 총공격에서도 흔들리지 않던 건우였다.

건우는 진희와 같이 짐을 싸다가 문득 에드스타가 떠올랐다.

'그러고 보니……'

건우는 에드스타를 확인했다. 주마다 연재를 하니 스토리의 진행이 꽤 되었을 것 같았다. 에드스타에게 맡긴 이후로 건우가 신경 쓸 것은 별로 없었다. 듣기로는 건우가 보내준 연재분은 에드스타 내부에서도 최고로 삼엄한 보안 폴더에 들어 있다고 한다. 폴더에 접속하기 위해서는 홍채, 지문 인식 그리고 안면 인식을 하고 암호까지 입력해야 했다. 유출 보험까지 들어놓았다는 소리를 들었다.

그만큼 보안에 신경을 쓰고 있었다.

모든 이들이 진우전생록은 지금까지 나왔던 모든 만화 중에서 최고라고 말하고 있었다. 유명한 작품을 연재하고 있던 일본의 작가들조차 찬양과 칭송하기에 급급했다. 오로지 인터넷으로만 연재가 되었는데, 그 판매량은 가히 압도적이었다.

만화를 즐겨보는 사람들은 물론이고 관심이 없던 사람들까지 빨아들이는 흡입력을 가지고 있었다. 우연이라도 한번 보게 되면 중독되어 버리니 매출은 말할 것도 없었다. 베일에 싸여 있는 진우 작가의 정체를 밝히기 위해 여러 사람들이 노력하는 중이라고 한다.

'꽤 거대해졌네.'

에드스타에서 런칭한 플랫폼은 상당히 거대했다.

많은 수의 작품이 올라와 있었고, 방문자들의 숫자도 엄청나게 많았다. 동영상 플랫폼은 미튜브와 비등한 크기로 커져갔는데, 미튜브에는 없는 많은 장점들이 있었다.

에드스타는 급속도로 덩치가 커져가고 있었는데, 너무 성장이 빨라 두려움을 불러일으킬 정도였다.

건우는 크게 신경을 쓰고 있지 않았지만 에드스타가 커지면 건우의 돈도 많아지니 좋은 소식이 들려오기를 바랄 뿐이었다.

건우는 오랜만에 블로그에 들어가 보았다. 에드스타의 플랫폼과 자연스럽게 연결되어 있어 방문객 숫자가 자동으로 집계되었다. 조회 수도 알아볼 수 있었는데, 회당 조회 수가 억대를 돌파했다. 유료 구매와 광고 시청 후 조회 수를 모두 합친 결과였다.

'음… 엄청나네.'

건우의 기존 예상을 아득히 뛰어넘는 인기였다. 매번 배경음악을 넣는 것은 아니지만 중요한 에피소드마다 배경음악을 넣었는데 아주 큰 시너지를 발휘했다. 감정의 공명이 시각적으로, 청각적으로 모두 발현되어 엄청난 체험 효과를 만들어내고 있었다.

독자들은 마치 실제로 만화 안에 들어가서 주인공이 된 듯한, 또는 그 안에서 지켜보는 듯한 느낌을 강하게 받았다. 거의 최면 수준이었다. 그러니 흥분을 하지 않을 수가 없었다.

실제로 미국의 전문가들은 이 현상을 보고 '예술이 이루어낸 뇌 반응 현상'이라고까지 말하며 뇌 과학 분야의 논문을 만들고 있다고 한다.

'여기까지 연재되었네.'

건우가 수행을 마치고 세상에 나오고 나서의 이야기였다. 많은 무인과 만났고 많은 명사와 만났다. 거기서 나눈 대화는 모두 금쪽같은 것들이었다. 사파 소속의 한 방파와 치열한 혈전을 벌이는 부분까지 연재가 되었다.

건우는 여기서 석준을 만났다. 의협심으로 불타올라 사파와의 싸움에 임한 석준이었다. 그를 구한 것이 바로 건우였다. 단지 스쳐 지나가며 술잔을 한번 기울였을 뿐인데 그는 그를 목숨을 걸고 구했다. 그것을 인연이라고 생각했기 때문이다.

이미 허락을 맡았기에 석준의 모습은 석준과 꽤 비슷했다. 리온이 자기도 넣어달라고 아우성이었지만 이미 목이 없어졌다고 말할 수는 없었다.

사파와의 사투를 최대한 리얼하게 그렸다. 실제로 무공초식을 그림으로 녹여냈고 치열했던 공방을 사실적으로 묘사했다. 이 결전은 건우가 세상에 이름을 알리게 된 계기였다.

아마 독자들은 여러 감정을 느낄 것이다.

흥분, 분노, 싸움이 주는 허무함, 그리고 의리.

독자들은 건우가 느꼈던 모든 감정을 간접적으로 체험할 수 있었다.

댓글도 엄청나게 달렸다. 플랫폼에서 제공하는 별점은 만점이었다. 미국에서 제일 유명한 영화 평론가, 그리고 만화 전문 리뷰어들까지 나서서 리뷰를 해주었다.

—금세기 최고의 걸작! 영상을 뛰어넘은 작품. 영화에서 느낄 수 없던 감동과 전율을 느꼈다. 인류 차원에서 길이길이 보존해야 할 작품.

—세상에서 가장 위대한 예술가와 동시대를 살아가는 것이 영광일 뿐.

—단점이 누구나 알 수 있을 정도로 명확하게 존재한다. 그것은 다음 화가 없다는 것이다. 그것 외에는 완전무결한 대작이다.

리뷰가 너무 오글거렸다. 자신을 너무 띄워주는 것 같았다. 그래도 칭찬이니 기분이 좋기는 했다.

댓글도 악플이 거의 없는 찬양 글로 이루어져 있었다. 특히 최근에 연재된 편에서는 그런 기색이 더욱 많았다.

"반응이 장난 아니야. 거의 종교처럼 변해가고 있어."

"그래?"

"응. 근데 이해할 수 있을 것 같아. 나도 보면서 엄청 신기했는 걸?"

진희도 모니터링을 하고 있었는데, 요즘 댓글을 보면 칭찬 일색이었다. 악플이라도 달리면 심하게 몰매를 맞았다. 진우전생록은 이미 하나의 문화가 되어 있었고, 동양 판타지를 새롭게 정립한 교과서로 불리고 있었다.

'영화화가 된다면…….'

만약 영화화가 된다면 건우는 유니크 스튜디오에 맡기는 것이 좋을 것 같다고 생각했다. 리더와 이야기를 하면서 든 생각이었다. 리더의 연출 방식과 상당히 잘 어울리는 측면이 있었다.

건우는 짐을 확인했다. 내일 바로 출발이었다. 진희가 건우의 등에 달라붙었다. 떨어지고 싶지 않은 마음이 온기로 전해졌다. 괜히 차기작을 계약했나 하는 생각이 들었다.

"시간이 너무 빨리 가는 것 같아."

"그러게."

힘없는 진희의 말에 건우는 씁쓸하게 웃으면서 대답했다. 진희와 하루 종일 붙어 있었지만 유난히 짧은 날이라 느껴졌다.

*　　　　　*　　　　　*

다음 날, 건우는 미국으로 향했다.

우선 유니크 스튜디오에서 배급사의 관계자들과 미팅을 가지고 배우들과 함께 간단한 모임을 가질 계획이었다. 첫 만남이니

원활한 촬영을 위해 친분을 다지기 위해서였다.

건우와 록을 제외한 다른 배우들은 모두 오디션을 통해 뽑았는데, 의외로 리더의 평가가 날카로웠다고 한다. 크리스틴 잭슨 감독이 리더의 평가에 엄청 흡족해했다고 하는데, 건우에게 오디션 영상을 보내준 적이 있었다. 건우의 의견도 참고하기 위해서였다.

오디션이 끝나고 리더가 크리스틴 잭슨 감독과 서류를 보며 오디션 내용을 평가하는 영상이었다.

[엘론 양은 표정 연기가 너무 과합니다. 자칫 인물이 유치하게 느껴질 수 있는 위험이 있어요. 아무래도 조금 부족한 것 같네요.]

[토마스 씨는 배역에 대한 이해가 부족한 것 같습니다. 영국식 억양을 빼면 괜찮을 것 같은데, 잘 표현하실 수 있을지 궁금하네요.]

리더라고 생각하지 못할 정도로 차가운 어조였다. 크리스틴 잭슨의 밑에서 잘 배운 것 같았다. 록의 강제로 시작한 멘탈 단련도 그 빛을 발하고 있었다. 처음 만났을 때보다 훨씬 사내다운 눈빛이 되어 있었다.

'감독님이 리더를 키우기로 작정하셨군.'

크리스틴 잭슨은 이번 영화의 제작자 겸 감독이었다. 리더에게 일부분 맡기기는 하지만 총괄은 그가 했다. 프로듀서라고 불리는 게 맞았다. 이번 영화를 통해 리더는 많은 것을 배우고 성장할 것이다.

공항에 도착하니 늘 보던 광경이 펼쳐졌다.

이번 미국 방문은 최대한 소문을 내지 않았지만 공항에는 역시 많은 사람들이 마중 나와 있었다.

공항 보안 요원들을 따라 이동하니 마이클과 함께 반가운 얼굴이 보였다.

"건우 씨, 오랜만입니다."

"정말 오랜만이네요. 잘 지내셨나요?"

"물론이죠."

'골든 시크릿'을 찍을 때 건우와 함께했던 매니저였다. 미국에 있을 동안 그가 다시 건우의 매니저를 맡기로 했다. 건우로서는 반가운 일이었다. 그는 정말 훌륭한 매니저였고 좋은 사람이었다. 마이클도 둘의 모습을 보며 흐뭇하게 웃었다.

"오늘부터 다시 위대한 여정이 시작되는군요. 감히 예언하건대, 이번 작품은 건우 씨에게 부와 명예를 다시 한번 안겨줄 작품이 될 것입니다. 개인적으로는 마음에 쏙 듭니다."

"그렇습니까?"

"네, 전 세계가 건우 씨의 새로운 모습을 찬양하게 될 겁니다."

마이클이 개인적으로 그렇게 평가해 왔다.

매니저가 차를 몰기 시작했다. 늘 그렇듯 경호원들이 차를 따라왔다. 영화 촬영이 시작되면 경호원들을 줄일 생각이었다. 지금은 워낙 많은 시선이 집중되어 있어 어쩔 수 없었다. 과거, 영국의 테러 사건도 있었으니 말이다.

마이클은 중간에 내리고 매니저와 함께 유니크 스튜디오로 이동했다.

유니크 스튜디오의 모습이 보였다. 그럴듯한 간판도 달려 있었다. 스튜디오 앞에는 크리스틴 잭슨이 마중 나와 있었는데, 차에서 내린 건우가 웃으면서 인사를 건넸다.

"안녕하세요?"

"오, 먼 길 오느라 고생했어. 공항에서 바로 온 거야?"

"네, 감독님."

"하하, 감독님은 무슨. 그냥 친구 대하듯이 해줘. 내 친구들은 나를 잭이라 부르지. 크리스틴은 너무 여자 같은 이름이잖아?"

크리스틴 잭슨이 환한 미소를 그리며 말했다. 저번에도 그런 말을 했지만 입에 잘 붙지 않았다. 계속 감독님으로 불렀기 때문이다. 크리스틴 잭슨은 건우와의 거리감을 좁히고 싶어 했다. 건우는 사적으로는 그냥 잭이라 부르기로 했다. 나이 차이가 꽤 나지만 미국이라서 좀 더 편한 느낌이었다.

"그러죠. 잭."

"좋아. 한결 듣기 좋네! 자, 들어가자고!"

잭의 안내로 유니크 스튜디오 안으로 들어갔다. 배급사 관계자들이 건우를 기다리고 있었는데, 그들의 태도는 굉장히 정중했다. 그들 모두는 건우와 관계를 잘 다져놓는 것이 미래에 큰 도움이 된다고 생각하고 있었다. 건우에게 잘 보이려고 노력하는 것이 눈에 보일 정도였다.

건우는 잠시 그들과 이야기를 나누고 배우들을 만나기 위해 미팅 룸으로 향했다. 다른 배우들은 일찌감치 와서 기다리고 있다고 한다. 크게 유명하지는 않다고는 하나 그래도 할리우드 물을 먹을 대로 먹은 배우들이 자신을 기다리고 있다고 하니, 새삼 출세한 것이 실감이 되었다.

'그 자존심 높은 배우들이 말이지.'

건우는 이 영화의 중심이었고 가장 중요한 존재였다. 건우가 없었다면 이 영화는 성립되지 않았다. 투자자, 배급사와 크리스틴 잭슨, 그리고 배우들을 포함한 모두가 그 사실을 아주 잘 알고 있었다.

향후 같이 훈련을 소화해야 하는 비중 있는 배역들만 모였는데, 모두 어디선가 이름을 들어본 적이 있는 이들이었다.

잭을 따라 미팅 룸 안으로 들어갔다. 미팅 룸 안은 침묵이 흘렀다. 어떤 살벌한 기세까지 읽을 수 있었다.

'음?'

록이 인상을 쓰며 홀로 앉아 있었고 반대편에 있는 배우가 그

살벌한 눈빛을 여유롭게 받아내고 있었다. 그리고 다른 배우들이 표정을 굳히며 앉아 있었다.

건우와 잭이 들어오니 모두 자리에서 일어났다.

"형님. 왔나?"

"오랜만이네. 오, 전보다 힘이 더 좋아져 보이는데?"

"하하! 운동 좀 했어. 이제는 안 져."

"꼭 그랬으면 좋겠네."

건우와 록이 반갑게 악수를 나눴다.

그런 록이 못마땅한지 다른 배우들의 표정이 좋지 않았다. 잭은 분위기를 감지하고는 씁쓸한 미소를 지었다.

이곳에 모인 배우들은 알아주는 스타까지는 아니지만 그래도 얼굴이 어느 정도 알려진 이들이었다. 이름값은 전혀 고려하지 않고 연기력과 배역 이해도를 보고 뽑은 것이라 모두 자존심이 꽤 높았다.

하나로 융화되는 데 적지 않은 시간이 걸릴 것 같았다. 그래도 잭은 건우가 있으니 큰 걱정은 하지 않았다. 건우를 중심으로 똘똘 뭉칠 것이 눈에 보였기 때문이다.

배우들 외에도 리더와 조나단, 그리고 주요 촬영 스태프들까지 모두 자리해 있었다. 공식적으로 처음 만나는 자리였다.

건우가 준비된 자리에 앉았다. 서로 기세 싸움이 대단했다. 건우는 그게 무조건 나쁘다고 생각은 하지 않았다.

'처음부터 잘 굴러가는 것이 이상한 거지.'

어느 곳이나 마찬가지겠지만 특히 할리우드는 주연과 조연의 차이가 무척이나 컸다. '골든 시크릿' 때도 그랬지만 주연 위주로 돌아갔기 때문에 조연은 그날 하루 종일 대기하거나, 주연의 사정에 따라서 그날 촬영이 없을 수도 있었다. 이곳에 있는 모두가 주조연급이었고 어느 정도 비중이 있는 이들이었다. 이런 기세 싸움도 모두 자기 자신에 대한 자부심에서 나오는 것이었다.

그래도 건우에게는 모두 강한 호감을 보이고 있었다.

"반갑습니다. 이렇게 한자리에 모이니 든든하네요."

잭의 인사말을 시작으로 본격적인 미팅이 시작되었다. 따로 순서가 있거나 격식이 있는 자리는 아니었다. 제작자, 그리고 감독으로서 공식 일정을 발표하고 서로 친목을 다지는 자리였다. 잭은 이런 경험이 많았기에 진행이 대단히 능숙했다.

가벼운 자기소개가 시작되었다.

"반갑습니다. 존 리 페인의 배역을 맡은 이건우입니다. 잘 부탁드립니다."

건우의 간단한 소개에 모두 호응해 주었다. 건우는 다른 이들의 소개를 들었다.

건우와 로크 존슨을 포함해 비중이 있는 배역은 다섯이었다. 건우는 말 그대로 주인공 존 리 페인 역할을 맡았다.

존 리 페인, 35세.

그는 네이비씰 출신의 군인이었다. 누구도 대적할 수 없다는 평가를 받은 정예 중 정예였는데, 미국 최고의 첩보기관 BG에 스카웃되어 5년간 엄청난 업적을 남겨 전설이 되었다.

은퇴 이후, 아내와 만나 평화롭게 살았다. 존 리 페인 인생에서 가장 행복했던 시간이었다.

하지만 행복은 잠시뿐이었다. 정치권과 연결되어 있는 거물급 마피아 보스의 아들이 아내를 강간 살해 하면서 이야기가 시작되었다.

'그리고 록의 배역은 부패한 전직 특수 요원이고……'

로크 존슨이 맡은 배역은 주인공의 라이벌 격인 빈센트 쇼였다. 본래 존 리 페인의 동료였지만 은퇴 이후, 그가 이끌었던 팀을 데리고 거물급 마피아의 밑에서 막대한 돈을 벌게 된다. 존 리 페인이 움직이는 것을 알고 제발 참아달라고 사정을 하지만 결국 마피아와 함께 존 리 페인을 죽이기 위해 움직이게 된다.

"반 스타뎀입니다. 세자르 피어스 역을 맡았습니다. 개인적으로 이건우 씨와 연기를 하게 되어 영광입니다."

다른 이들의 소개가 이어졌다.

록과 신경전을 가장 많이 벌인, 덩치가 큰 배우는 반 스타뎀이었다. 록보다는 조금 더 날렵한 체구였는데, 스턴트맨 출신으로 배우가 된 지는 이제 3년 차였다. 두 편의 영화에 출연했지만 그리 큰 성과를 얻지는 못했다고 한다.

세자르 피어스는 마피아 보스가 특별히 신임하는 자였다. 그리고 마피아 보스 아들의 뒤를 봐주는 킬러이기도 했다. 그 역시 전직 특수 요원이었고, 빈센트 쇼를 조직으로 끌어들인 장본인이었다.

"사뮤엘 게리티 역의 찰스 머피입니다. 이런 좋은 자리에 참여할 수 있게 되어 정말 좋군요. 잘 부탁드립니다."

찰스 머피는 50대의 중후한 인상이었다. 약간 살집이 있는 모습이었는데, 드문드문 나 있는 흰 턱수염이 인상적이었다. 그는 중견 배우로 드라마에 주로 출연했던 배우였다.

사뮤엘 게리티는 게리티 패밀리의 보스로 정치자금을 대고 있었다. 정치인들의 약점을 잡고 있어 흑막이라고까지 불리고 있었다.

그 외 빈센트 쇼의 팀원 역의 배우들, 사뮤엘 게리티의 아들 역할을 하는 배우도 자리해 있었다.

마지막으로 유일한 여성 배우가 싱긋 웃으면서 인사했다.

"줄리아 틸리예요. 소피아 역할을 맡았어요. 잘 부탁드려요."

주근깨가 살짝 있는 얼굴에 순수한 미소가 인상적이었다. 굉장히 착해 보이는 인상이었다. 존 리 페인의 아내 역이었다. 사뮤엘 게리티의 아들에게 죽임을 당하게 된다.

조나단을 포함한 스태프들의 소개도 끝이 났다.

건우는 분위기를 훑어보았다. 록과 반 스타뎀이 서로 지지 않겠다는 듯 노려보고 있었고, 다른 배우들은 서로 뭉쳐 있었다. 찰스 머피는 사람 좋은 웃음을 지으면서 가만히 있을 뿐이었다. 파벌이라고 부를 것도 없었지만 갈라져 있는 것이 딱 보였다.

'처음 만났는데 당연한 거겠지.'

건우는 딱히 신경 쓰지 않기로 했다. 일단 연기만 잘해주면 개인이 누구와 어울리든 상관은 없었다. 모두 연기에 진지한 태도이니 큰 문제는 없을 것이다.

훈련 스케줄에 대해 이야기가 나왔다. 모두가 네이비씰 전직 요원들에게 훈련을 받는 것이었는데, 그것에 대해 록과 반 스타뎀은 불만이 있는 듯했다.

반 스타뎀이 먼저 입을 떼었다.

"네이비씰에서의 훈련 협조가 가능하다고 들었습니다. 배역 연구를 위해서 모든 훈련 과정을 제대로 받아보고 싶습니다만……."

"그냥 폼 잡으려고 그러는 거 아닌가?"

"왜, 자신 없나?"

록의 그렇게 대꾸하자 반 스타뎀이 씨익 웃으면서 도발했다. 록의 눈썹이 꿈틀거렸다.

"자신 없긴. 그 정도야 가뿐하지."

"그럼 불만 없겠군. 자네가 겁쟁이가 아니라면 말이야."

"겁쟁이? 하, 내가 바로 로크 존슨이야."

둘의 시선이 맞부딪혔다.

이번 영화는 최대한 스턴트맨과 CG를 쓰지 않을 계획이었다. 현실감 있는 액션을 위해 건우, 록, 반 스타뎀 그리고 빈센트 쇼의 부하 역할을 하는 이들이 집중 훈련을 받아야 했다. 총기 파지법부터 시작해서 배워야 할 것들이 아주 많았다.

잭은 고개를 끄덕였다.

"실질적으로 25주나 되는 훈련 과정을 모두 받는 건 무리입니다. 총기 훈련까지 포함하면 시간이 빠듯하거든요. 네이비씰의 협조로 기초 훈련 과정을 압축해서 받는 것이 가능합니다. 다만, 네이비씰에서 홍보 영상을 찍는 조건입니다. 어떤가요?"

훈련 과정을 홍보용으로 만들 생각인 것 같았다. 잭은 그렇게 한다면 25주의 과정을 6주로 압축해서 받는 것이 가능하다고 말했다.

잭은 오늘 그 사실을 말해주려고 했는데 반 스타뎀이 먼저 이야기를 꺼낸 것이다. 이 이야기가 성사된 것은 모두 건우의 명성 덕분이었다.

훈련 과정을 모두 이수한다면 명예 네이비씰 명예 대원 자격 및 홍보대사로 임명해 준다고 한다. 물론 혹독한 훈련을 모두 통과해야만 가능한 일이었다.

록과 반 스타뎀이 강력히 찬성했다. 다른 배우들은 아닌 것 같은데 하면서도 둘의 강력한 찬성에 휩쓸려 버렸다.

건우만이 아주 난감한 표정이었다.

"아… 저는 한국인인데 아무래도 미국 군대에서 훈련을 받는 건 국가 보안에 걸리기도 하고. 안 될 것 같은데요."

건우는 잭을 바라보았다. 제발 그냥 안 된다고 말하라는 무언의 압박이 있었다. 그러나 잭은 건우의 그런 눈빛을 잘못 이해했다. 배역 연구를 하기 위해 꼭 훈련을 받고 싶다는 강렬한 눈빛으로 말이다.

"괜찮아. 그 문제는 이미 해결되었어. 군에서 긍정적으로 생각하나 봐. 한국과 미국은 동맹이잖아? 이미 해군 장성과 미팅도 가졌어. 너에 대해서 아주 높게 평가하더라."

"아, 그래도……."

"걱정 마! 문제가 있으면 내가 해결해 줄게. 나만 믿어!"

잭의 말에 반 스타뎀은 주먹을 불끈 쥐며 좋아했다. 록도 그런 반 스타뎀에게 질 수 없다는 듯 고개를 크게 끄덕였다.

"음, 깊이 있는 연기를 위해서라면……."

"사회에서는 경험할 수 없는 거니까."

"나중에 도움이 될 것 같네."

다른 배우들도 긍정하는 분위기였다. 건우는 오랜만에 머리가 지끈거렸다. 주인공인 건우가 참가하지 않을 수도 없었다. 물론 불참 선언을 하면 빠질 순 있겠지만 촬영 분위기가 좋지 않을 것 같았다.

"형님! 가서 끝장내 버리자! 가서 증명하자고! 우리가 누군지를!"

"굳이 증명까지 할 필요가 있을까?"

"형님! 그게 바로 남자야!"

그리고 록의 눈빛이 너무 초롱초롱했다. 반 스타뎀의 눈빛에서도 굉장한 열기가 느껴졌다. 둘의 의욕은 높이 샀지만 건우는 절로 한숨이 나왔다.

'어쩐지 불길하더니만… 난 아직 예비군도 끝나지 않았는데……'

미국인과 한국인이 생각하는 군대는 굉장히 달랐다.

한국 남자에게 군대는 한번쯤 가볼 만한 곳이었다. 그러나 두 번 가라고 하면 누구라도 질색할 것이다. 물론 이번 경우에는 완전한 재입대가 아니라 잠깐 훈련소로 가는 것뿐이었지만 그것도 끔찍했다. 육체가 아니라 정신적으로 힘이 들었다. 화경에 올라 굳건한 정신력을 지녔지만 그것과는 별개의 문제였다.

건우는 작게 한숨을 내쉬었다.

"알겠습니다. 영화를 위해서라면 해야지요."

결국 승낙하는 수밖에 없었다. 배역 연구를 위해서 필요한 일이기도 했다. 영화에 출연하는 동안은 그 모든 것들이 몸에 스며들어 있어야 했기 때문이다. 현실과 영화를 구분하지 못할 정도로 말이다.

잭은 만족스러운 표정을 지으면서 고개를 끄덕였다.

"모두들 이렇게 열정이 넘치니 우리 영화는 성공할 수밖에 없겠군요."

잭은 건우의 속도 모르고 그런 말을 했다. 자신을 향해 칭찬해 달라는 것 같은 눈빛에 건우는 그저 고개를 끄덕여 주었다.

공식 미팅이 끝나고 스튜디오의 다른 장소로 옮겨 사적으로 친목을 다지는 자리를 만들었다.

대부분 건우를 따라왔다. 건우와 친분을 다지고 싶어서였다. '골든 시크릿' 때와 비교한다면 하늘과 땅 차이였다.

건우는 여전히 착잡한 표정이었다.

잭은 구체적으로 스케줄을 짠다고 스태프들과 회의에 들어갔다. 제작 겸 감독이었기에 잭은 무척이나 바빴다.

'미국에서 재입대라니, 전생에 내가 무슨 죄를 지었다고…….'

록이 다가와 건우의 어깨에 손을 올렸다.

"크! 형님! 기대되지 않아? 무려 네이비씰 명예 대원이 될 수 있는 기회라고! 이런 기회는 좀처럼 없지."

"난 그다지 끌리지는 않는데."

"음? 네이비씰이 한국에서는 별로 안 유명한가?"

건우는 고개를 저었다. 네이비씰은 특수부대에 관심이 있는 사람이라면 누구나 다 알고 있는 이름이었다. 그러나 유명하고 말고의 문제가 아니었다.

"난 이미 군대에 갔다 와서……."

"오! 그렇습니까? 아! 다시 한번 인사를 드리겠습니다. 반 스타뎀입니다."

록에게 한 말이었지만 반 스타뎀이 다가오며 말했다. 반 스타뎀이 먼저 악수를 청했다. 건우는 흔쾌히 웃으면서 그의 손을 잡았다. 스턴트 배우 출신이라 그런지 역시 근육질이었다. 머리가 까져 있어 본래 나이보다 더 나이가 들어 보였지만 록과 비슷한 연배였다.

반 스타뎀의 허스키한 목소리가 꽤나 괜찮게 들렸다.

"최고의 배우이자 가수이신데, 군인 출신이시라니 정말 대단하군요."

"아니요. 한국 남자는 모두 군대에 가서요. 의무입니다."

"그렇습니까? 대단하시군요. 의무를 진다는 건 정말 신성한 것이지요."

"생각하시는 것만큼… 그런 수준은 아닙니다."

건우가 그렇게 말하자 배우들의 시선이 몰렸다. 건우는 군대 이야기를 하는 것을 즐겨 하지는 않았다. 술자리에서 가끔 하는 수준이었다. 록과 반 스타뎀은 무척이나 궁금한 표정이었다. 미국인은 군인을 대단히 존경했다. 건우는 그런 점이 대단히 부러웠다.

"군에서 어떤 임무를 수행하셨습니까?"

"아… 음, 전차병이었습니다. 처음에는 탄약수였다가 짬이 차고, 아니, 진급을 한 뒤에는 조종수 임무를 수행했지요."

"오, 멀티 포지션!"

반 스타뎀뿐만 아니라 다른 이들도 반응이 너무 좋았다. 줄리아도 아주 관심 있게 듣고 있었다. 군대 이야기를 하면 허세가 섞이게 마련인데, 건우도 약간 그런 마음이 들기는 했다.

"자세히 들려주실 수 있나요?"

줄리아가 눈을 반짝이며 그렇게 말했다. 줄리아는 주인공의 아내 역할을 하기 위해 엄청난 경쟁률을 뚫고 합격한 배우였다. 영광스럽게도 영화에서는 건우의 아내 역할이었다.

록이 맥주를 가져왔다.

아무래도 짧게나마 이야기를 해주는 것이 좋을 것 같았다.

"훈련소에서 기초 훈련을 받고, 후반기 교육을 거친 뒤에 자대에 배치받아서 생활했습니다. 병장으로 제대했지요."

"오! 병장(Sergeant)?"

반 스타뎀이 상당히 놀라워했다.

한국에서 생각하는 병장과 미국의 병장은 상당한 차이가 있었다. 미국에서 병장(Sergeant)이나 하사(Staff Sergeant)는 분대를 지휘함과 동시에 소대장의 참모 역할을 수행하는 베테랑이었다. 물론 한국의 병장도 그러한 뜻이라 설명하기 애매했다. 말하고 나니 무언가 엄청 대단한 것 같은데, 그게 또 사실이었다.

록이 하도 궁금해 하길래 어쩔 수 없이 예비군에 관한 이야기까지 하고 나니 건우를 바라보는 눈빛이 달라졌다. 설명하기도 힘들고 하니 건우는 그냥 그렇게 놔두었다.

"많은 지도 편달 부탁드립니다."

"형님! 군인 출신이라니 의지가 되네. 네이비씰 놈들을 박살내버리자고!"

록과 반 스타뎀이 다시 불타올랐다. 다른 배우들도 그 영향을 받았는지 은근히 열의를 불태웠다.

록은 반 스타뎀을 보며 씨익 웃었다. 록의 전신 근육이 꿈틀거렸다.

"누가 더 뛰어난지 내기할까?"

"내기가 성립이 안 될 것 같군. 보아하니 중도 탈락을 할 것 같은데."

"뒤처지는 쪽이 형님이라 부르기로 하지."

"형님?"

록이 형님이라는 단어에 대해 설명해 주었다. 뜻을 이해한 반 스타뎀이 그런 록을 비웃어 주었다.

"형님이라… 아주 좋군."

"그래. 아주 좋지."

왜인지 서로를 향해 경쟁 의식을 불태우고 있었다. 워낙 분위기가 살벌해서 다른 배우들은 살짝 눈치를 보았다. 다른 배우들도 충분히 운동을 통해 다져진 근육을 가지고 있었지만 저 둘의 상대는 되지 않았다.

둘의 피지컬은 압도적이라 할 만큼 좋았다.

'뭐… 알아서 하겠지.'

건우는 신경 쓰지 않기로 했다.

건우는 마음속으로 간신히 재입대를 받아들이며 맥주를 꿀꺽꿀꺽 마셨다.

*　　　　*　　　　*

훈련소 입소 날짜는 대단히 빠르게 잡혀졌다. 마치 기다리고 있었다는 듯, 네이비씰 측에서 바로 협조를 했다. 훈련소는 샌디에이고에 위치해 있었다. 샌디에이고는 미국 캘리포니아주 남부에 있는 도시였는데 할리우드가 있는 로스엔젤레스에서 남쪽으로 내려가다 보면 나오는 곳이었다.

아침 일찍 호텔에서 나온 건우를 매니저가 맞이했다.

"건우 씨, 표정이 좋지 않군요."

"조금 그러네요."

"저도 소식을 들었을 때는 조금 놀랐습니다. 힘내세요."

매니저가 위로를 해주었다.

"아! 짐은… 음? 짐은 없으십니까?"

"거기에서 주겠죠."

건우는 시계와 혹시 모른다는 생각에 챙긴 생필품 외에 다른 짐을 챙기지 않았다. 한국 군대와 다를 수 있겠지만 대충 비슷할 것 같았다.

건우는 매니저가 운전하는 차량을 타고 모두가 모이기로 한 집합 장소로 향했다. 그곳에서 버스를 타고 한 번에 이동할 예정이었다. 잭과 스태프들도 동행한다고 한다. 네이비씰 홍보 영상 촬영에 잭이 도움을 주기로 했다. 훈련 영상은 영화에 삽입될지도 모른다고 하는데, 건우에게는 중요하게 들리지 않았다.

집합 장소에 도착하니 커다란 버스의 모습이 보였다. 그 앞에 잭과 리더, 스태프들 그리고 배우들이 도착해 있었다. 건우도 약속 시간보다 일찍 왔는데 모두 미리 도착해 있었다.

"형님! 왔군."

선글라스를 낀 록이 건우를 보고는 인사를 건넸다. 반 스타 뎀도 마찬가지였다. 건우는 훈련소에 입소할 배우들을 바라보았다. 그들은 모두 캐리어를 끌고 왔는데, 여러 가지를 잔뜩 챙긴 것 같았다.

"록, 뭔 짐이 그렇게 많아?"

"응? 6주 동안 있을 건데 이 정도는 챙겨야지."

"뭘 챙겼는데?"

"수영복, 속옷, 테닝크림, 단백질 보충제… 필요한 게 많거든."

반 스타템도 마찬가지로 많이 챙겨온 것 같았다.

"형님은 짐이 없네?"

"짐이 필요 있을까?"

"응? 무슨 말이야?"

"가보면 알게 될걸."

건우는 공허한 눈동자로 록을 바라보며 그렇게 말했다.

네이비씰 훈련소는 한국의 신병 훈련소보다 훨씬 혹독할 것이다.

건우는 훈련에 대해 조사해 보았다. 교육 최종 수료율이 26%에 불과했다. 4명이 도전하면 1명만 수료한다는 이야기였다. 네이비씰 대원이 되기 위해 도전하는 이들은 나름 모두 운동 능력이 뛰어나다고 자부하는 이들이었다. 그런 이들이 저 정도 수료율을 보인다는 것은 훈련이 엄청나게 혹독하다는 증거였다.

록과 반 스타템, 그리고 배우들은 모두 자신감이 가득 차 있었다. 운동이 취미인 이들이 대부분이었고 자신의 육체에 자부심을 가지고 있었기 때문이다. 배우들 모두 소싯적에 한 가닥했던 이들이었다.

'25주를 6주로 줄여서 알짜배기만 한다고 했나? 엑기스만 꾹꾹 눌러 담아서……'

특히 가장 끔찍한 지옥 주(Hell Week)는 진짜 입소한 이들과 함께하기로 예정되어 있었다. 일부러 그 스케줄을 맞춘 것인지 의심이 되었다. 아무튼, 여러 정황을 볼 때 배우라고 봐주지 않을 것임은 너무나도 명백했다.

'나야 상관없지만……'

고문을 하든 뭐를 하든 건우는 이미 인간을 아득히 초월했기 때문에 별로 힘들지 않을 것이다. 건우는 상관없었지만 다른 이들이 걱정이었다.

록은 기대에 들떠 있었고 반 스타템도 마찬가지였다. 액션에 있어서는 일가견이 있는 이들이니 이해가 되기는 했다.

버스에 모두 오르기 시작했다.

"오! 출발하자!"

"건우 씨, 버스에 타시지요."

록과 반 스타템은 꽤 신나 보였다. 건우는 고개를 끄덕여 주고 하늘을 잠시 올려다보았다.

'맑네.'

하늘은 무척이나 푸르고 맑았다.

예전 생각이 났다. 논산 훈련소에 도착했을 때도 딱 이 날씨였다. 정말 입소하기 좋은 날이었다.

오늘따라 유난히 진희가 보고 싶었다.

*　　　　　*　　　　　*

버스는 하염없이 달렸다. 버스는 굉장히 고급스러웠는데, 침대에 누운 것처럼 발을 쭉 펴고 누울 수 있었고 와인 바까지 달려 있었다. 배우들은 우아하게 와인을 마셨다. 건우는 그 모습이 꼭 마지막 축배 같다고 생각했다.

록과 반 스타뎀도 와인을 마셨다. 건우만 유일하게 가만히 앉아 창밖을 바라볼 뿐이었다.

건우는 저들에게 어떤 경고도 하지 않았다. 아무것도 모른 채 마지막 여유를 즐기는 것이 좋을 것이다.

'훈련을 마치고도 전직 대원들과 훈련을 해야 하니……'

훈련소만큼은 아니겠지만 상당한 훈련을 해야 했다. 그러니 영화 촬영 전까지 몇 달은 그냥 말 그대로 군대에 재입대한다고 생각하는 것이 좋을 것 같았다. 건우에게 훈련 따위는 아무것도 아니었지만 그래도 기분이 다운되고 있었다. 정신력의 문제도 아니었다. 단지, 기억의 문제였다.

꽤 시간이 걸려 샌디에이고에 도착했다. 식인 상어가 많기로 유명한 바다가 보였다. 저곳에서 네이비씰 훈련을 하는데, 상어를 구경하는 것도 나름 괜찮을 것 같았다.

'저긴가?'

부대가 보였다. 논산 훈련소와는 다른 느낌이었다. 넓은 부지를 차지하고 있었고 건물은 모두 낮았다. 한창 훈련을 받고 있는 군인들의 모습이 저 멀리 보이자 건우는 비로소 훈련소에 도착했음을 실감할 수 있었다.

"오! 여긴가!"

"예!"

"좋아!"

와인을 먹고 기분이 좋아진 배우들이 환호성을 질렀다. 록과 반 스타뎀도 질 수 없다는 듯 소리를 질렀다. 무슨 파이팅 넘치는 럭비부를 보는 것 같은 모습이었다. 배우들끼리 잘 섞이지는 않았지만 이런 점은 통하고 있었다.

'아주 잘 뽑았군.'

배역을 아주 잘 뽑은 것 같았다. 비꼬는 말이 아니라 진심이었다. 저런 모습이 배역에 아주 잘 어울렸기 때문이다. 버스가 천천히 주차장을 향해 진입했다.

마중 나와 있는 교관들이 보였다. 뒷짐을 지면서 한 치의 흐트러짐도 없이 서 있었는데 그 기세가 살벌했다. 실전을 겪은 군인의 기세가 느껴졌다.

'아……'

딱 보는 순간 건우는 무슨 일이 일어날지 알 수 있었다. 건우도 군 생활을 할 때 유격 조교로 뛰어본 적이 있었다. 그때 딱 저런 모습이었다.

"오! 솔져! 저 모자 멋진데? 하나 사야겠어."

록이 흥분하며 그렇게 말했다.

'많이 구르겠군.'

군대는 기본적으로 연대책임이었다. 미군도 다르지 않을 것이다. 6주간 좋든 싫든 이 배우들을 동기라고 생각해야 했다. 버스가 주차장에 멈추고 문이 열렸다.

각을 잡고 서 있던 교관들 중 가장 앞에 있던 교관이 버스에 올라왔다. 록과 반 스타뎀에 비하면 호리호리한 체격이었지만 눈빛이 엄청났다. 건우가 감탄할 정도였다.

교관이 올라와 배우들을 바라보았다.

"오!"

"멋지다!"

"역시 군인!"

배우들은 박수를 치면서 교관을 환영해 주었다. 건우만이 교관의 입술이 살짝 비틀리는 것을 볼 수 있었다. 대단히 위험한 상황이었지만 건우를 제외하고 아무도 위험을 감지하지 못했다.

"네이비씰 훈련소에 오신 것을 환영합니다. 정식 훈련이 아닌 6주간의 훈련이지만 모두 진짜 훈련병들이 되어 성실하게 임해 주셨으면 합니다."

"와아!"

"당연하죠! 잘 훈련시켜 주세요!"

배우들의 박수와 환호 소리가 터져 나왔다.

"훈련이 힘들면 언제든 하차하실 수 있습니다. 영화를 촬영하는 내내 오점으로 남겠지만 말입니다. 질문받겠습니다."

배우들이 모두 손을 들고 질문을 하기 시작했다. 밥시간은 언제냐부터 개인 여가 시간은 있느냐, 사진 촬영을 해도 되느냐, 보트는 언제 타느냐. 등등 질문이 다양했다. 교관은 간단하게 대답해 주었다. 유일하게 건우만이 질문을 하지 않았다. 교관이 건우를 바라보았다.

"당신은 질문이 없습니까?"

"없습니다!"

건우의 자세는 이미 각이 잡혀 있었다. 건우가 군인처럼 대답하자 교관이 움찔했다.

"질문도 없고 태도가 좋지 못합니다. 이곳에 뭐 하러 왔습니까?"

"저는 교관님의 명령을 따르기 위해 이 자리에 있습니다!"

"음!"

건우의 대답에 교관은 고개를 끄덕였다. 그는 표정으로 티를 내지는 않았지만 건우의 대답을 속으로 흡족하게 생각하고 있었다.

교관은 잠시 침묵을 지키다가 다시 입을 떼었다.

"밖으로 나와 교관 앞에 집합합니다. 신속하게 움직이기 바랍니다."

그렇게 말하고는 교관이 밖으로 나갔다. 교관의 말투는 딱딱

했다. 정중하게 예의를 지키고 있었지만 건우는 저런 태도가 오래 지나지 않아 바뀔 것임을 아주 잘 알고 있었다. 교관에게서 감도는 분위기가 심상치 않았다.

'너무 신이 났는데?'

아직까지 배우들의 분위기는 밝았다. 일부에게서는 설렘과 흥분마저 찾아볼 수 있었다. 그것은 자신감에서 나오는 것이었다. 훈련이 힘드리라 짐작하고는 있었지만 록과 반 스타뎀은 가볍게 소화할 자신이 있었고, 다른 배우들도 그렇게 생각하고 있었다. 근육을 만들고 액션신을 찍기 위해서 많은 훈련을 했었기 때문이다. 게다가 이 훈련을 마치고 나면 어디 가서 자랑스럽게 말할 수 있을 테니 여러모로 기대하고 있었다.

한마디로 말하면 얕보고 있었다.

'일반 훈련과는 다르지.'

건우는 그렇게 생각했다. 보여주기 위해서 훈련을 하는 것과 진짜로 작전에 투입될 수 있는 군인이 되기 위해 훈련을 받는 것은 완벽히 다른 개념이었다. 건우는 지금 굳이 지적하고 싶은 마음은 없었다. 말해봤자 입만 아플 뿐이었다. 어차피 곧 알게 될 테니 말이다.

'진짜 존 리 페인이 되었다고 생각해야겠군.'

존 리 페인의 역사를 직접 경험해 본다고 생각하면 나쁘지 않을 것이다. 건우는 존 리 페인의 설정에 대해 자세히 알고 있었다. 잭은 영화를 만들 때 각 인물의 역사 역시 중요시 여겼다. 리더 역시 마찬가지였는데, 그런 부분은 리더의 색깔이 진하게 들어가 있었다.

네이비씰에서 훈련받을 당시 존 리 페인의 업적은 대단했다. 기초 훈련 과정인 BUD/S(Basic Underwater Demolition/SEAL)에서도 독보적인 모습을 보였고 그 이후에도 훈련 교관을 깜짝 놀라게 하는 성적을 기록했다. 전설을 써 내려갔다고 기록되어 있었고 교관들 사이에서도 매번 입에 올랐다. 본인뿐만 아니라 동기들까지 모두 챙겨 훈련생들 사이에서는 은연중에 리더로 인식되었다.

존 리 페인은 히어로물에나 나올 법한 슈퍼 솔저 같은 존재였다.

건우와 배우들이 6주간 받을 훈련은 바로 이 BUD/S였다. 4명 중 1명만 붙는다는 악명을 자랑했다.

물론, BUD/S만 통과한다고 네이비씰 대원이 되는 건 아니었다. 정식 대원으로 인정받기 위해서는 총 3년간의 담금질이 필요했다.

기초 훈련 후 9개월간 실 자격검증 과정인 SQT(SEAL Qualification Training)를 받게 된다.

네이비씰팀의 휘장을 받을 수 있지만 그때도 진짜 대원이 된 건 아니었다. 주특기 훈련을 6개월간 하고 마지막 단계인

SIT(Squadron Integration Training) 역시 6개월 동안 받아야 한다. 그 이후 마지막으로 검증 연습을 마쳐야 비로소 정식 대원이 되어 전투에 나설 수 있었다.

건우는 사전 조사로 그런 부분을 이미 숙지하고 있었다.

'그에 비한다면 엄청 쉬운 조건인데. 기초 훈련 이후에 꽤 긴 시간 동안 다른 훈련을 받는다고 하지만……'

그럼에도 불구하고 6주간의 수료를 마친다면 명예 대원으로 인정해 주는 것은 대단히 파격적이라고 볼 수 있었다.

물론 그 내면을 살펴보면 홍보대사 자격을 위해 주는 허울에 불과했지만 말이다. 그래도 배우들은 자신의 스펙에 한 줄을 더 채워 넣을 수 있으니 모두 열의로 가득 차 있었다.

이러니저러니 해도 무려 네이비씰이니 말이다.

아무튼, 훈련을 소화하며 건우는 존 리 페인이라는 인물에 집중할 생각이었다.

그 당시 존 리 페인은 누구보다도 강인한 정신과 육체를 지니고 있었고 정의감이 투철했다고 한다. 한번 아니라고 생각한 것은 절대 하지 않는 황소고집 역시 가지고 있었다.

건우는 먼저 누구보다 빠르게 버스에서 내렸다. 다른 이들은 어기적거리며 짐을 챙기거나 굳이 선글라스를 꺼내 끼는 등 느릿느릿 행동했다. 긴장감을 전혀 찾아볼 수 없는 모습이었다.

'뭐, 다 처음에는 그렇지.'

앞으로 벌어질 광경이 절로 떠올랐다.

잭은 촬영 협조를 위해 먼저 안으로 들어갔다. 잭이 이곳에 계속 있는 것은 아니었다. 보안상의 문제도 있고 영화 준비로 아주 바빴기 때문이다. 기술 지원을 해주고 편집을 도와주기로 되어 있었다.

건우가 제일 먼저 교관 앞에 섰다. 교관 뒤에 조교로 보이는 이들이 로봇처럼 서 있었는데, 건우는 그 모습에서 익숙한 향기를 느꼈다.

배우들이 짐을 들고는 교관 앞으로 다가왔다.

"오! 여기가 그 훈련소?"

"영화에서 보던 곳이네."

"캬아! 멋지다!"

배우들의 들뜬 목소리가 들려왔다. 록과 반 스타뎀은 건우의 양옆에 섰다. 비중이 가장 많은 셋이 뭉쳐 있었고, 그 뒤로 나머지 배우들이 자리했다.

"먼저 훈련소장님과 면담이 있겠습니다. 이동합니다."

교관이 그렇게 말하며 앞서갔다. 건우와 배우들은 교관을 따라 훈련소 안으로 들어갔다.

훈련소는 깔끔했다. 건우의 귀에 한창 훈련 중인 훈련병들의 고통에 젖은 신음 소리가 들려왔다.

한창 고통스러운 훈련 중이었다. 훈련소이니 훈련병들이 있는 건 당연했다. 그러나 그 모습을 볼 수 없는 길로 갔기 때문에 직접 볼 수는 없었다.

"어렸을 때는 군인이 되고 싶었지."

록이 훈련소의 전경을 보며 회상에 잠긴 듯했다. 특히 미국 남성들에게 네이비씰은 선망의 대상이었다. 미국인들은 군인들을 존경했고, 그 표현을 자주 했다. 군인이 식당에서 밥을 먹고 있을 때면 지나가던 손님들이 대신 계산하려 하는 경우도 있었다. 건우는 그걸 실제로 보고 꽤 큰 인상을 받았다.

'재입대 느낌이 물씬 풍기는구만.'

전생의 기억을 찾기 전에 건우는 가끔씩 재입대하는 꿈을 꾸곤 했다. 그때마다 식은땀을 흘리면서 벌떡 일어났는데, 차디찬 반지하 원룸에 있는 것만으로도 안심할 수 있었다.

설마 자진해서 훈련소에, 그것도 훈련 강도가 지옥 같다는 네이비씰 훈련소에 오게 될 줄은 생각지도 못한 건우였다.

건우 일행은 발맞추며 걷는 것도 없이 그냥 교관의 뒤를 따랐다.

전체적으로 건물은 낮았다. 고층으로 올릴 필요가 없었기 때문이다. 부지가 넓었고 수용 인원은 적으니 당연한 결과였다.

꽤 그럴듯해 보이는 건물이 보였다. 네이비씰 부대 마크가 그려져 있었는데, 한국식으로 표현하면 행정반 같았다. 지휘관실도 이곳에 있는 것 같았다. 건물 안으로 들어가니 대기실이 따로 마련되어 있었다. 대기실 안은 쾌적했다.

그러나 훈련소 안이라서 그런지 팽팽한 긴장감을 느낄 수 있었다. 물론, 그건 건우만 느끼고 있었다.

"지금부터 호명하는 분만 따라오십시오. 이건우 씨?"

"네."

"안내하겠습니다."

건우는 교관이 호명하자 바로 일어나서 뒤를 따라갔다. 앞서 말했다시피 면담 때문인 것 같았다. 깔끔한 복도를 따라 걷다 보니 훈련 지휘관실이라고 적혀 있는 방이 나왔다. 문을 열고 안으로 들어가자 장교 한 명이 책상에 앉아 있었다. 그가 건우의 모습을 보더니 자리에서 일어났다.

"반갑습니다. 리암 노스 중령입니다."

"네, 안녕하십니까? 만나 뵙게 되어 영광입니다. 이건우입니다."

눈앞에 있는 사내의 계급은 중령이었다.

현재 미국 내에는 모두 8개의 팀이 있는데, 네이비씰 1개 팀은 중령이 지휘한다. 중령 휘하에 3개의 지역대가 존재하고 지역대장은 소령이었다. 소령은 2개의 소대를 이끈다. 소대가 바로 네이비씰팀의 최소 작전 단위였다. 눈앞에 중령은 이 훈련소를 포함하고 있는 팀에서 최고로 높은 계급이었다.

네이비씰의 1개 팀을 이끄는 중령답게 풍기는 기세가 남달랐다. 지휘관이라기보다는 현장에서 뛰는 전사 같은 분위기였다. 건우는 리암 노스 중령에게서 삶의 굴곡을 느낄 수 있었다. 평탄하게 살아온 인생은 절대 아닌 것 같았다.

건우는 최대한 정중하게 인사를 건넸다. 그렇지만 기세에서는 결코 밀리지 않았다. 리암 노스 중령도 그걸 느꼈는지 고개를 끄덕이며 건우를 바라보았다. 한평생 군에서 살았기에 사람 보는 눈이 있었다. 건우에게서 심상치 않은 무언가를 감지했다.

'음… 보통 배우는 아닌 것 같군.'

물론 그가 알기로도 보통 배우는 아니었다. 가장 몸값이 비싼 배우 중 하나였고, 현재 세계에서 가장 유명한 가수였다. 2연속 그래미 제패는 기정사실이었다. 그런 쪽에 별로 관심이 없는 군인이었지만 워낙 유명했기에 이건우에 대해서는 모를 수가 없었다. 한국인임에도 훈련 허가가 떨어진 것은 건우가 월드스타인 이유도 있었다.

"건우 씨 작품은 잘 보았습니다. 앉아서 이야기를 나누지요."

"네."

그래도 배우의 입장을 생각해 주는지 리암 노스 중령이 직접 면담을 했다. 보통 훈련병이라면 입소식이나 수료식 때 잠깐 얼굴을 보는 것이 다일 것이다.

리암 노스 중령과 앞에 놓인 소파에 마주 앉았다. 그는 건우의 정보가 적혀 있는 서류를 들고 있었다.

"배우들 중 유일하게 군 경험자로군요."

"네, 일찍 군대를 다녀왔습니다."

리암 노스 중령은 당연히 한국에 대해 잘 알고 있었다. 한국 남자라면 모두 군대를 가는 것도 물론 알고 있었다. 그러나 당사자가 아니라면 모를, 기묘한 간극이 있었다.

전차병 출신, 병장 제대라는 문구 받아들이는 개념 자체가 달랐다.

"아시겠지만 6주 동안 훈련병과 똑같은 생활을 하게 됩니다. 출퇴근 역시 없고, 개인의 자유가 많이 제한될 것입니다. 보이스 카우트가 아니니 말입니다."

건우가 예상한 대로였다.

훈련소는 훈련소였다.

"훈련 중 포기한다면 언제든 퇴소할 수 있습니다. 저희 교관들은 빨리 퇴소시키길 바라더군요."

"그렇습니까?"

리암 노스 중령은 씨익 웃으면서 잠시 자리에서 일어나 미리 타놓은 커피를 건우에게 건네주었다. 그리고 한 장의 서류도 같이 건넸다.

"이 서류에 서명하는 순간부터 6주간 훈련병 신분으로 이곳에서 훈련을 할 수 있습니다. 잘 읽어보시고 결정하시길 바랍니다. 서명한 순간부터 당신은 훈련병입니다. 더 이상 사회에서처럼 존중받을 수 없을 것입니다."

모락모락 김이 올라오는 커피, 그리고 그 옆에 지옥으로 향하게 만들어줄 서류가 있었다. 건우는 입영통지서를 받았던 날이 절로 떠올랐다.

'존 리 페인이라면 망설이지 않지.'

완전히 그 배역과 하나가 되는 이러한 몰입이 더욱 큰 힘을 발휘하게 해줄 것이다. 건우는 바로 펜을 들고 서명을 했다. 그리고 옆에 있는 뜨거운 커피를 그 자리에서 원샷했다. 리암 노스 중령이 깜짝 놀라며 건우를 바라보았다.

존 리 페인은 이러한 인물이었다.

"여기 있습니다."

"음, 교관을 따라가도록. 기본적인 것들을 알려줄 걸세."

건우가 사인을 하자마자 리암 노스 중령의 말투가 완전히 달라졌다. 그의 목소리에 건우는 비로소 시작임을 느꼈다. 건우는 대기하고 있는 교관을 따라갔다. 일반 훈련병이 아니었기에 6주 동안 지낼 곳을 특별히 마련해 주었다. 8명이 같이 지낼 수 있는 막사였다. 침대도 있고 나름 괜찮았다.

'시설은… 이쪽이 훨씬 좋군.'

부정할 수 없는 사실이었다.

상당한 시간이 지나자 록과 반 스타뎀을 포함한 배우들이 들어왔다. 건우와 달리 함께 들어오는 것을 보면 건우만 특별히

단독 면담이었던 것 같았다. 록의 어깨에 잔뜩 힘이 들어가 있었다. 전과는 다르게 긴장한 모습이 엿보였다.

'리암 노스 중령이 기를 확 죽였나 보군.'

배우들도 전과는 달리 표정이 딱딱하게 굳어 있었다. 기세가 완전히 꺾여 있었다. 여유로운 모습은 아예 보이지 않았다. 반 스타뎀의 태도 역시 진지해져 있었다.

면담에서 어떤 소리를 들었는지 대충 짐작이 되었다. 배우들이 아무리 운동을 하고 격투기를 배워도 실전으로 단련된 기세와 살기를 견디기는 힘들었다. 리암 노스 중령의 눈에는 저들이 철없는 애송이로 보일 것이다.

'눈빛 자체가 다르지.'

흔히들 눈은 마음의 창이라고 한다. 눈 안에 담긴 것들이 달랐다. 건우에게도 기선 제압을 하려는 기색이 보였지만 오히려 건우가 더 강력한 인상을 남겼다. 리암 노스 중령이 건우를 보통이 아니라고 생각한 것은 본능적으로 그러한 것들을 느꼈기 때문이다.

아무튼, 네이비씰 1개 팀을 이끄는 지휘관이 그들에게 여러모로 많이 신경 쓰고 있다는 생각이 들었다.

"형님, 어후… 완전히 박살 나버렸어. 우리가 배우라고 엄청 얕보더군. 음, 얕볼 만했지."

"그래?"

"형님은 괜찮았어?"

"그냥 커피 한 잔 얻어먹고 왔는데… 리암 노스 중령은 꽤 좋은 인상이더군."

"하하! 역시 형님이네! 당연히 그래야지!"

록은 그렇게 말하면서 건우의 옆 침대에 자리 잡았다.

"저 친구가 엄청 깨졌어."

그러면서 손가락으로 침대에 걸터앉아 있는 배우를 가리켰다. 노골적으로 록을 마음에 안 든다는 눈으로 바라보고 있던 배우였다.

'이름이… 데이비드였던가?'

안색이 새파랗게 질려 있었다. 무슨 소리를 들었는지, 무슨 일이 있었는지 궁금하긴 했다.

그는 나름 할리우드 영화계에서 경력이 꽤 긴 배우였다. 어디서든 잘나갈 것 같은 럭비부 주장 같은 인상이었는데, 배우들 사이에서 발언권이 꽤 있었다.

딱히 파벌이랄 것도 없었지만 8명의 배우들은 크게 두 부류로 나눠져 있었다. 록, 반 스타뎀이 한 팀으로 보였고 데이비드와 다른 4명의 배우들이 다른 한 팀을 이루고 있었다.

건우는 그저 건우일 뿐이었다. 유치한 기 싸움에 어울리지는 않았지만 모두 건우를 위로 인정하고 있었다. 건우를 처음 보는 순간 도저히 닿을 수 없는 무언가를 본능적으로 느꼈기 때문이다.

교관이 안으로 들어왔다.

"주목! 환복 후 막사 앞으로 집합하도록. 3분 주겠다. 실시!"

교관이 그렇게 외치고는 바로 나갔다.

배우들이 가지고 있던 모든 짐은 압수당한 지 오래였다. 갈아입을 수 있는 개인 복장이 침대 위에 놓여 있었는데, 군복이었다. 방탄과 탄띠, 그리고 수통도 보였다.

'1번이군.'

방탄에는 번호표가 붙어 있었다. 건우의 번호는 1번이었다.

0—1번이었는데, 0은 실제로는 없는 부대임을 나타내 주고 있었다. 3분이면 건우에게는 그럭저럭 넉넉한 편이었다. 건우는 빠르게 환복하고 입고 있던 옷을 상자에 넣었다. 그리고 장구류를 빠르게 착용했다. 배우들은 익숙하지 않은 듯, 버벅거렸다.

'노렸군.'

건우는 그렇게 생각했다.

탄띠에 수통도 결합되어 있지 않았다. 사이즈 역시 기이하게 늘어나 있었다. 록 역시 처음 접하는 탄띠와 수통, 그리고 방탄을 보고 헤매고 있었다.

"주목해 봐."

6주간 같은 신분이니 예의 같은 건 필요는 없을 것이다.

건우는 록을 모델 삼아 빠르게 착용법을 알려주었다. 헤매고 있는 이들에게는 직접 알려주며 착용시켜 주었다. 건우가 그렇게 해주니 그들 모두 감동의 눈빛이 되었다. 그러나 건우는 그런 건 어떻든 상관없었다.

3분이라는 시간은 무척이나 빠듯했다.

'어쩔 수 없지.'

3분 안에 8명 전부가 제대로 환복하고 장구류를 착용하는 것은 무리였다. 그래도 최대한 빠르게 착용시키고는 그들을 이끌고 밖으로 나왔다.

막사 앞에 연병장이 있었다. 가장 눈에 띄는 것은 종이였다. 낡은 느낌이 나는 종이였는데, 용도를 알 수 없었다. 교관과 조교가 종 앞에 서 있는 것이 보였다. 깊게 모자를 눌러 쓰는 것은 나라를 불문한 조교의 특징인 것 같았다.

"일렬 횡대로."

교관이 나지막하게 말했다. 건우와 배우들이 일렬 횡대로 섰다.

"차렷! 열중 쉬어."

교관이 그렇게 말했지만 건우를 제외하고는 버벅거렸다. 건우가 빠르게 자세를 잡자, 배우들이 건우를 보고 따라했다. 보통 이렇게 허둥거리면 바로 얼차려가 들어가겠지만 처음이니 봐주는 것 같았다.

몇몇 배우들은 자존심을 굽히지 않으며 지지 않겠다는 듯한 눈빛을 보였다.

'미래가 보이네.'

기선 제압 한다고 엄청 굴릴 것이다. 배우들을 굴릴 교관과 조교는 모두 3명이었다. 버스가 도착했을 때 마중 나왔던 이들이었다.

"반갑다. 본 교관은 6주간 훈련병들을 교육시킬 0소대 훈련 교관이다. 비록 특수한 경로를 통해 들어온 훈련병들이지만 차별을 두지 않고 똑같은 방식으로 교육할 것이다."

교관의 목소리는 차가웠다. 정이 티끌만큼도 느껴지지 않았다. 은은한 살기마저 느낄 수 있었다.

"앞서 말했듯, 언제든 그만둘 수 있다. 방탄 헬멧을 벗어놓고 이 종을 세 번 친다면 바로 아늑한 집으로 돌아갈 수 있다. 본격적인 훈련에 앞서 마지막으로 묻겠다. 각오가 되어 있는가?"

"네!"

건우가 바로 크게 대답했다. 다른 배우들은 머뭇거리다가 입을 떼지 못했다. 눈치를 보다가 겨우 다시 대답했다.

저 종은 그런 의도였다. 자기 자신의 손으로 포기했음을 인정해야 이곳에서 나갈 수 있었다. 아마 많은 훈련병들이 유혹에 빠질 것이다.

"그럼 기초 훈련을 시작하도록 하겠다. 그 전에……."

교관이 시계를 바라보았다.

"5분이나 늦었군. 엎드려!"

본격적인 훈련이 시작되었다. 건우가 바로 엎드렸지만 배우들은 버벅이다가 엎드렸다. 결국, 다시 일어났다가 엎드리기를 반복해야 했다.

건우의 동작은 마치 로봇이 하는 것처럼 정교하고 빨랐다. 교관과 조교들이 살짝 놀랄 정도였다. 네이비씰 대원이 되기 위해 온 훈련병들 중에서 몸놀림이 빠른 훈련병들은 많았다. 그런데 건우처럼 이질적으로까지 느껴지는 이는 처음이었다.

건우는 그냥 얼차려를 받는 것이 아니라 존 리 페인의 마음가짐과 성격에 몰입하고 있었다. 6주간 배역 연구에 푹 빠져 있을 생각이었다.

'생각해 보면 정말 좋은 환경이야.'

모든 이들이 연기를 도와주는 것과 다름없었으니 말이다. 조금 과장하자면 가상현실 체험이라고도 부를 수 있을 것이다. 연기에 미치지 않고서는 이런 생각은 불가능했다. 그만큼 건우는 연기와 노래를 대하는 데 있어서 진지했다.

"실시!"

간신히 교관이 만족스럽게 생각하는 속도가 나오자 본격적인 얼차려가 시작되었다. 네이비씰의 악명답게 얼차려 수준을 넘어 고문에 가까웠다. 배우들의 한계를 시험해 보고 있다는 생각이 절로 들었다.

5분이 넘도록 팔굽혀펴기가 이어졌다. 횟수가 백 회를 가볍게 넘기고도 계속해서 이어졌다.

"크흑!"

"윽!"

배우들이 팔을 부들부들 떨다가 바닥에 처박혔다. 록과 반 스타뎀은 간신히 버티고 있었다. 건우만이 한 치의 흐트러짐 없이 안정적인 자세로 계속할 뿐이었다.

"팔을 쭉 펴라!"

"뭐 하는 건가? 여기 놀러 왔나?"

"4번! 옆으로 열외!"

조교들의 갈구기가 시작되었다. 건우를 제외한 모든 배우들은 혼이 나간 표정이었다. 조교들은 폭풍이 부는 것처럼 배우들을 몰아붙였다. 심한 욕설까지 섞어 썼는데 무척이나 잔인하고 험악하게 들렸다. 조교들은 사람의 멘탈을 부수는 방법을 아주 잘 알고 있었다.

특히 이곳에 있는 배우들처럼 자존심이 강한 이들에게는 더욱 잘 먹혀들어 갔다.

'예상했던 대로네. 무난하군.'

당연한 말이겠지만 건우는 타격이 없었다. 애초부터 지적당할 일이 없었다. 육체의 한계까지 몰아붙이는 것은 건우에게는 하품이 나올 만큼 쉬운 일이었기 때문이다. 화경의 경지에 오르기 전까지 매일 해왔던 것이 한계와의 싸움이었다.

건우는 그냥 묵묵히 정확한 자세로 팔굽혀펴기를 했다. 교관이 티는 내지 않았지만 속으로 깜짝 놀랄 정도로 한 치의 흐트러짐조차 없었다.

"그만!"

록과 반 스타뎀마저 제대로 팔굽혀펴기를 소화하지 못할 정도가 되어서야 그들은 일어설 수 있었다. 온통 땀에 젖은 배우들은 군기가 바짝 들었다.

교관에 말에 바로 일어나 차려 자세를 취하는 것을 보면 잘알 수 있었다. 근육을 혹사시켜 몸이 부들부들 떨렸지만 미동하지 않으려 노력하고 있었다. 조그마한 틈이라도 보인다면 다시지옥 같은 시간이 벌어질 것을 알기 때문이었다.

"이제 좀 자세가 된 것 같군."

교관은 고개를 끄덕이면서 그렇게 말했다.

건우를 제외하고는 군 경험이 없기 때문에 가볍게 기본 제식에 대해서 배우고 바로 또다시 훈련에 들어갔다. 제식에 대해서는 깊게 의미를 두지 않았다. 자연스럽게 몸에 터득되게 만들 생각인 것 같았다.

본래 훈련병들에게는 8주의 스케줄로 이루어진 기초 훈련이었지만 다른 훈련까지 포함한 모든 스케줄을 6주 안에 담아야하니, 엑기스만 꼭꼭 눌러 담은 티가 났다.

조교가 군용차를 끌고 왔다. 배우들은 왜 차를 끌고 오나 싶었다. 교관이 차에 올랐다.

"지금부터 가벼운 구보를 실시한다. 인솔차를 잘 따라오도록."

"뛰어!"

"뒤처지지 마라!"

네이비씰의 구호는 '편한 날 따위는 없다'였다.

쉴 틈도 없이 인솔차를 따라 구보가 시작되었다. 그나마 막사 주변을 뛰는 것은 괜찮았지만 밖으로 나가기 시작하자 지옥이 시작되었다. 전투화를 신고 모래밭을 달리기 시작하니 온몸에 힘이 팍팍 들어갔다.

"헉헉!"

"크억!"

가벼운 구보라고 했지만 절대 가벼운 구보가 아니었다. 거의 6.4km 정도나 되는 해변을 뜀박질로 계속 달려야 했다. 부상 따위는 전혀 염두에 두지 않는 코스였다. 부상을 당하면 바로 퇴소 조치가 된다.

'꽤 괜찮네.'

나름 훈련한다는 느낌이 들었다. 건우는 내공이 미천했을 시기에도 산을 그냥 뜀박질로 오르곤 했다. 그때에 비할 수는 없었지만 해변에서 달리는 것도 나름 좋은 훈련이 되는 것 같았다. 건우는 배우들의 속도에 맞춰 갔는데, 가면 갈수록 배우들이 뒤처졌다. 록과 반 스타템도 잘 따라오다가 조금씩 뒤처졌고 다른 배우들은 크게 뒤처지기 시작했다.

'음…….'

건우 본인의 성격이었다면 저들을 챙겨주지 않을 것이다. 그러나 존 리 페인은 그렇지 않았다. 건우는 속도를 늦추면서 뒤처지는 배우에게 다가가 등을 손으로 밀어주었다.

차에 올라 있는 교관이 그 모습을 흥미롭게 바라보았다.

"허억! 크억!"

"헉!"

지옥 같은 6.4㎞의 모래밭을 달리고 나자 배우들이 바닥에 쓰러지며 토를 했다. 무척이나 괴로워 보였다. 체력에 자신 있는 록과 반 스타템도 대단히 힘들어 보였다.

"누가 쉬라고 했나? 4번, 5번!"

번호를 부르자 반사적으로 엎드려 팔굽혀펴기를 하기 시작했다. 부들부들 팔이 떨려서 제대로 소화하지 못했다. 데이비드가 모래에 고개를 처박으며 부들부들 떨었다.

다른 배우들은 그 모습을 차마 지켜보지 못하고 정면을 바라보며 차려 자세로 서 있었다.

"1번!"

"네! 1번 훈련병!"

"끝까지 책임지도록."

건우는 바로 그들 대신 팔굽혀펴기를 소화하기 시작했다. 교관은 이미 배우들의 체력 상태를 전부 다 파악한 듯 한계까지 밀어붙이고 있었다. 그러나 건우에 대해서는 아직까지 파악하지 못했다.

스윽! 스윽!

건우가 묵묵히 팔굽혀펴기를 소화할수록 데이비드의 표정이 일그러졌다. 눈시울이 붉어지고 있었다. 자신 대신 건우가 얼차려를 받으니 너무나 미안했다.

수백 회가 넘어가는 팔굽혀펴기를 그대로 소화한 건우가 바로 자리에서 일어났다.

교관은 무표정이었지만 크게 놀라고 있었다.

'정말 배우가 맞나?'

6.4km를, 그것도 동료들을 뒤에서 밀어주면서 달려오고 나서도 흐트러짐이 없었다. 거기다가 바로 얼차려를 부여했는데, 마치 지금 처음 하는 것처럼 빠르게 해치워 버리고는 미동도 없이 서 있었다. 4번, 5번의 몫을 가볍게 해치워 버리니 트집을 잡을 구실이 없어졌다.

바로 다음 훈련이 이어졌다. 꽤 긴 PT 체조가 이어지고 모두 녹초가 되었을 때 바다로 입수했다. 바다에 일렬로 앉아 제법 오랜 시간 동안 몸을 담구고 있어야 했다. 마치 경찰에 체포를 당할 때처럼 두 손을 머리 뒤에 올린 자세였다.

덜덜덜!

추위로 인해 배우들이 모두 벌벌 떨기 시작했다. 파도가 밀려와 몸을 칠 때마다 신체의 일부가 깨져나가는 듯한 고통이 밀려왔다. 록과 반 스타뎀도 추위를 이기지 못했다. 아무리 근육이 많이 붙어 있어도 소용없었다.

따다닥!

턱이 떨리며 이빨이 절로 부딪혔다. 록은 정신력으로 버티고 있었다. 기초 훈련이 이 정도일 줄은 상상도 하지 못한 록이었다. 옆을 슬쩍 보니 반 스타뎀도 이를 악물며 버티고 있었다. 그의 눈빛에서는 독기가 서려 있었다.

'다른 놈들도 포기할 생각은 없나 보군.'

록은 그렇게 생각했다.

배우의 커리어를 떠나 생계 그 자체가 걸린 일이었다.

포기하고 나서 혹시나 이번 영화를 촬영할 때 불이익을 받게 되었을 때, 어쩌면 더 이상 배우를 하지 못할 수도 있었다. 할리우드는 가십거리들로 넘쳐났고 인내력 없는 배우로 낙인찍히게 된다면 앞으로 무척이나 고달플 것이다. 게다가 이 넓은 할리우드에 그들을 대체할 배우는 많았다. 그것은 록에게도 해당되는 이야기였다.

이번 영화는 모두에게 간절한 영화였다.

록은 슬쩍 반대편을 바라보았다. 그곳에는 건우가 있었는데,

처음과 변함없는 표정으로 앞을 바라보고 있었다. 미세한 미동도 없었다. 전혀 추워 보이지 않았다. 오히려 바다를 구경하는 모습은 여유롭기까지 했다.

'군인 출신은 다 저런가?'

이 정도쯤은 가볍다는 듯 여유마저 느껴졌다.

록은 존경심이 절로 솟아났다. 진짜 산전수전 다 겪은 전쟁 영웅으로 보였다. 굳이 챙겨줄 필요가 없는 이들까지 챙기면서 가혹한 얼차려를 대신 수행하기도 했다.

상상의 나래가 펼쳐졌다.

록은 건우에게 무언가 숨겨진 스토리가 있음을 확신했다.

주연배우가 저렇게 모범을 보이고 있으니 다른 배우들은 포기하겠다는 생각 자체를 머릿속에 넣을 수 없었다. 데이비드 역시 이를 악물며 버티고 있었다. 반 스타뎀도 건우 쪽을 힐끗 보면서 록과 같은 생각에 빠졌다.

반면, 건우는 추운 척을 해야 하나 하고 고민에 빠졌다. 차가운 파도의 감촉이 이불처럼 느껴졌다. 건우의 육체는 한서불침(寒暑不侵)을 넘어 수화불침(水火不侵)이었다. 인간의 육체로 버틸 수 없는 고온과 저온을 가볍게 버텨낼 수 있었다.

'추운 척하는 건 어울리지 않겠지.'

하지만 곧 그 생각을 접었다.

존 리 페인은 무언가 하는 척을 하는 인물이 아니었기 때문이다. 건우는 배역에 몰입하는 중이었다. 존 리 페인은 어떤 상황에서도 여유가 있는 인물이었다. 복수귀가 된 상황에서도 그 점은 변하지 않았다.

'바다를 봐서 기분이 좋긴 하네.'

섬섬옥수수가 생각나서 즐거워졌다. 배우들에게는 끔찍한 상황이었지만 건우는 왜인지 힐링이 되고 있었다.

미국의 바다는 한국과는 다른 느낌으로 다가왔다. 가만히 보고 있는 것만으로도 시간이 무척이나 잘 갔다.

긴 고통의 시간이 끝나고 교관이 그들을 집합시켰다. 다시 강도 높은 PT 체조를 하며 모래밭에서 굴렀다. 그러고는 또 다른 훈련이 시작되었다. 바로 바다 수영이었다. 네이비씰이 되기 위해서 바다 수영은 필수였다. 바로 바다에 투입되지는 않고 훈련장에 있는 수영 훈련장으로 향했다. 물론 그냥 수영 훈련장으로 향하지 않았다. 해변을 구르다가 뛰고 얼차려를 받으면서 훈련장으로 향했다.

'넓네.'

수영장은 깊고 넓었다.

모두 수영에는 자신이 있었지만 이러한 상황에서는 익사할지도 모른다는 두려움에 빠져들었다. 너무 추웠고 체력 손실이 너무 컸기 때문이다. 그러나 네이비씰 훈련은 그러한 것들을 고려해 주지 않았다. 작전에 투입되면 이러한 것들이 오히려 편하게 느껴질 테니 말이다. 실제와 똑같은 훈련을 원했으니 그렇게 해 주고 있었다.

교관은 자세하게 수영법과 생존에 필요한 여러 가지 지식을 알려주었다. 물론 설명과 시범은 단 한 차례뿐이었다. 네이비씰은 독특한 수영법을 고안해서 테스트를 진행했다. 테스트에 통과하지 못하면 자격이 주어지지 않았다. 짐을 싸고 집에 가야 했다. 배우들 같은 경우에는 그러한 기술들보다도 하고자 하는 의지를 더 높게 평가했다. 실제 전투에 나가는 것이 아니었기 때문이다. 그러나 어쩌면 그게 더 가혹한 것인지도 몰랐다.

"지금 포기하면 곧 다가올 고통을 피할 수 있다."

교관은 끊임없이 덜덜 떠는 배우들을 유혹했다. 창밖으로 보이는 노을을 손가락으로 가리켰다.

"저 태양과 인사를 해두는 것이 좋을 것이다. 우리의 밤은 너무나 길다. 이제 막 하루가 지나가고 있을 뿐이다. 지금 포기한다면 따뜻한 커피를 마시며 집으로 돌아갈 수 있다."

교관은 따뜻한 커피를 들고 있었다. 교관은 날카로운 눈으로 건우를 바라보았다.

"1번."

"네! 1번 훈련병!"

"커피 한 모금 어떤가?"

"저는 바닷물이 더 좋습니다!"

여유가 느껴지는 외침이었다. 교관이 고개를 끄덕이자 옆에 있던 서류를 들고 있던 조교가 무언가를 체크했다.

"훌륭하다! 입수!"

교관에 말에 차례대로 수영장에 뛰어들었다. 수영복, 수경 같은 것은 없었다. 잠시 망설이는 이들도 있었지만 조교들이 가차 없이 모두 입수시켰다.

'수영은 오랜만인데……'

전생에 호수에서 싸운 적이 있기는 했다. 수면 위를 박차며 싸우기는 했는데, 물속에서의 수영은 정말 오랜만이었다. 교관에게 배운 몸놀림으로 앞으로 나아갔다. 속도가 굉장히 빨랐다. 물 만난 물고기처럼 보이기까지 했다.

3.2㎞의 수영이 시작되었다. 바다 수영을 하기 위해서 모두가 익숙해져야 하는 훈련이었다. 이건 기초 중의 기초였다.

"으억! 사, 살려줘!"

"커헉!"

조교가 뒤따라오며 뒤처지는 이들을 급습했다. 물을 먹으면서 괴로워했는데 그러한 뒤에도 다시 수영을 할 수밖에 없었다. 살기 위해서는 수영을 해야 했다.

건우가 가장 먼저 모든 코스를 완주했다.

시간을 체크한 조교의 눈동자가 살짝 흔들렸다. 교관도 티를 내지 않고는 있지만 상당히 놀라고 있었다. 훈련병, 아니, 현역 대원들도 도달하지 못한 신기록이었다. 기존 기록과의 격차가 너무나 컸다.

"1번."

"1번 훈련병!"

"수영을 꽤 잘하는군."

"교관님의 뛰어난 지도 편달 덕분입니다!"

교관은 훈련병을 훈련시키면서 칭찬을 한 적은 거의 없었다. 교관은 보면 볼수록 건우가 마음에 들었다. 칭찬을 받았음에도 흐트러짐이 없었다. 군기가 가득 찬 자세로 그대로 서 있었다.

"음, 앉아 있어도 괜찮네."

"동료들이 완주할 때까지 서 있겠습니다!"

"음!"

시간이 어느 정도 지나자 배우들이 물 위로 올라왔다. 록과 반 스타뎀은 아슬아슬하게 커트라인에 걸렸고 나머지 배우들은 탈락 수준이었다.

건우를 제외하고 모두 온몸에 힘이 안 들어갈 정도로 지쳐 있었지만 훈련은 계속되었다. 그나마 중간에 식사를 할 수 있다는 점이 위안이라면 위안이었다.

하루 훈련이 모두 끝나자 막사로 돌아온 배우들이 모두 뻗었다. 침대에 누울 때까지도 방심할 수 없었다. 내일 훈련을 위한 복장 점검과 장비 점검이 이어졌기 때문이다.

"크윽……."

"아아……."

록과 반 스타뎀이 신음을 흘렸다. 다른 배우들도 마찬가지였다. 그 정도로 근육을 혹사시켰으니 당연했다.

"록."

"으, 으으… 형님."

"근육이 뭉쳤나 보네."

건우는 자리에서 일어나 록의 허벅지를 풀어주었다.

'포기하면 곤란하니…….'

빠른 회복을 위해 기운까지 불어넣어 주었다. 록은 몸이 편해지자 눈을 동그랗게 뜬 채 건우를 바라보았다.

"푹 자두는 게 좋아."

"으, 응."

기상 시간까지는 넉넉한 편이었다. 그러나 건우는 도중에 깨울 것임을 잘 알고 있었다. 반 스타뎀, 데이비드를 포함한 다른 이들의 근육도 풀어주었다. 하늘 같은 월드스타가 이렇게 자상하게 대해주니 감동은 이루 말할 수 없었다.

"가, 감사합니다."

"감사는 무슨. 그냥 편하게 해. 6주 동안은 동기잖아."

건우보다 나이가 많은 배우들이었지만 격식을 차릴 필요가 전혀 없었다.

반 스타뎀이 씨익 웃었다.

"대장이 없었으면 큰일 날 뻔했어."

"대장?"

"응, 배역도 그렇고, 지금도 그렇고. 대장이지."

록을 포함한 다른 배우들도 반 스타뎀의 말에 고개를 끄덕였다. 존중받는 느낌이 나쁘지는 않았다. 단 하루 만에 모두의 중심이 된 건우였다. 단지 건우의 이름값 때문이 아니라 건우를 보고 인정한 것이었다.

건우는 피식 웃었다.

"잠이나 푹 자도록 해. 내일은 더 힘들 테니까."

모두 깊은 잠에 빠져들었다. 건우는 코를 고는 배우들을 바라보다가 침상에 누웠다.

단잠은 길지 않았다. 요란한 사이렌 소리와 함께 조교들의 목소리가 들려왔기 때문이다.

"집합!"

수면 시간은 4시간도 채 되지 않았다.

진짜 네이비씰이 되려면 얼마나 혹독한지, 그리고 그 자부심이 어디서 오는지를 제대로 알려줄 생각인 것 같았다.

4. 슈퍼 솔져

지옥 같은 나날이 이어졌다. 배우들은 지옥이 있다면 바로 이 곳이라고 생각했다. 일주일간은 기초 훈련과 필요한 교육을 병행했다. 긴 교육 과정을 축약했으니 스케줄이 당연히 더 빡빡했다. 식사 시간도 축소될 정도였다.

　건우는 소대장 훈련병이 되었다. 네이비씰 일개 소대는 16명으로 이루어졌는데 그 절반이었지만 일단 소대로 여겨졌다.

　교관의 지목으로 소대장 훈련병이 된 것이었는데, 분대원들의 실수는 건우에게도 돌아갔다. 건우는 당연한 것이라 여겼다. 차라리 그게 편했다.

건우는 존 리 페인에 대한 설정에 빠져들었고 새롭게 인물의 습관, 성격 등을 창조했다. 책임감이 강하고 누구보다도 동료를 믿는 그런 군인이었다. 그리고 그런 리더이기도 했다.

기초 훈련 과정은 이러했다.

숫자가 생각나지 않을 정도로 팔굽혀펴기를 한 후 전투화를 신은 채 모래사장 6.4km를 달렸고, 이어서 3.2km 코스의 바다 수영을 했다. 그리고 완전군장을 메고 산악 등반을 했다. 테스트 불합격자는 따로 열외 후 따로 지독한 얼차려를 받았다. 불합격한 배우들이 소화해 내지 못한 얼차려는 건우가 대신 받았다. 건우는 단 한 번도 인상을 찡그리거나 불평을 하지 않았다.

"안 그래도 추웠는데 열나고 좋네."

교관 몰래 그렇게 말해주는 건우였다. 체력이 가장 떨어지는 데이비드를 포함한 배우들은 자주 눈시울을 붉혔다. 건우가 무척이나 든든하게 느껴졌다.

어느 정도 기초 훈련에 적응되자 더욱 훈련 강도가 올라갔다. 기존에 했던 구보에 장애물이 추가되었다. 바다 수영도 마찬가지였고, 스쿠버 기술과 전투 수영도 훈련받았다. 모두가 훈련과 수영에 어느 정도 익숙해졌을 때 배우들을 망연자실케 한 훈련이 나타났다.

"주목!"

교관이 그렇게 말하자 모두 교관을 바라보았다. 가혹한 훈련을 받고 온몸이 지쳐 있는 상태였다.

"네이비씰 대원이라면 어떠한 상황 속에서도 생존을 모색해야
한다. 생존이 곧 작전의 성공으로 직결되기 때문이다. 몸의 자유
가 제약된 상태에서도 그러하다. 적은 결코 너희들의 편의를 봐
주지 않는다."

교관이 지시하자 조교가 앞으로 나왔다. 손과 발을 줄로 묶
었다. 그 모습을 보고 배우들의 동공이 흔들렸다. 육체적은 고
통은 이를 악물고 참아내었다. 그러나 익사가 거의 확정된 것
같은 저 훈련은 큰 두려움으로 다가왔다.

손발이 묶인 조교가 망설임 없이 수영장으로 들어갔다. 깊게
가라앉았다가 살짝 올라와 숨을 내쉬고 다시 가라앉았다. 뿐만
아니라 옆에 대기하고 있던 조교가 수면 위로 올라오는 걸 덮치
기까지 했다. 그럼에도 손발이 묶인 조교는 침착하게 대응했다.

"저, 저걸 어떻게……."

데이비드의 표정이 새파랗게 질렸다. 실제로 죽는 훈련병이
나오곤 했다.

"3분 주겠다. 서로 상의하에 순서를 결정하도록. 포기한다면
바로 집으로 돌아가는 버스를 불러주겠다."

교관이 그렇게 말하고 자리를 비켜주었다. 교관은 가혹한 훈
련 속에서도 스스로 의사를 결정하게 했다. 그랬기에 유혹이 더
크게 다가왔다. 지독한 훈련 속에서 잠깐 생긴 여유는 달콤한

유혹을 뿌렸다.

모두 건우를 바라보았다. 데이비드의 표정은 심각하게 굳어 있었다.

"이건… 힘들 것 같아."

데이비드의 목소리에는 자신감이 없었다. 다른 배우들도 고개를 끄덕였다. 건우가 록과 반에게 시선을 옮기자 둘은 애써 미소 지었다.

"나는 끝까지 형님, 아니, 대장님을 따라가야지."

"마찬가지야. 이제 막 재미있어지는 참이라고."

록과 반의 눈에는 독기가 떠올라 있었다. 두려움이 느껴지기는 했지만 독기와 자신감으로 이겨내고 있었다.

건우가 매일 밤 기운을 불어넣어 준 덕분에 그들의 근육은 전과는 비교할 수 없을 정도로 정밀해져 있었다. 다른 배우들도 체력이 많이 상승했는데, 그랬기에 지랄 맞은 훈련을 간신히 따라올 수 있던 것이었다.

건우는 데이비드와 배우들을 바라보았다.

"같이 해보자. 죽을 것 같으면 내가 무슨 짓을 해서라도 구해줄게. 저 지랄 같은 독개구리를 두들겨 패서라도 말이야."

"하하, 역시 터프해."

건우가 그렇게 말하자 반이 피식 웃으며 엄지를 추켜올렸다. 독개구리는 교관을 뜻했다. 얼굴이 개구리를 닮아서 그렇게 별명을 지었다.

건우의 진지한 눈빛을 바라보던 데이비드는 심호흡을 하더니 고개를 끄덕였다. 그러고는 애써 웃어 보였다. 건우는 그의 어깨를 두드려 주었다. 존 리 페인의 배역 연구를 했기 때문인지, 정이 꽤 들어버렸다. 장소가 훈련소여서 더 그런 면이 있었다.

건우는 모두를 바라보면서 입을 떼었다.

"누군가 포기해야 한다면, 그때는 다 같이 포기하는 거야."

약간 오글거리는 말도 필요했다. 이런 상황에서는 오글거리는 멘트도 감동으로 다가왔다.

다 같이 통과하고 말겠다는 건우의 강력한 의지가 전해졌다. 모두 고개를 끄덕였다. 건우가 그렇게 말해주니 너무나 고마웠다. 교관이 들어왔다. 모두 포기할 생각이 없어 보이자 고개를 끄덕이고는 교육에 들어갔다.

배우들은 살기 위해서 필사적으로 교육을 들었다.

건우가 먼저 하기로 했다.

본래 훈련이었다면 단체로 뛰어들었지만 소수의 인원이다 보니 하나하나 측정할 모양인 것 같았다. 교관이 직접 나서서 풀리지 않게 단단하게 매듭을 묶었다.

'동작은 모두 기억했으니⋯⋯.'

건우는 태연한 표정이었지만 오히려 다른 배우들이 긴장했다. 침을 꿀꺽 삼키면서 지켜보았다. 훈련이 아니었다면 그냥 물고문으로 보였으니 말이다. 건우는 물속에서 하루 종일 있을 자신도 있었지만 보는 눈이 많으니 정확하게 해내야 했다. 교관이 호루라기를 불었다. 건우는 망설임 없이 수영장으로 뛰어들어 갔다.

그리고 정확한 자세로 바닥에 가라앉았다 떴다를 반복했다.

건우는 배우들이 보고 참고할 수 있도록 천천히 동작을 했다. 건우에게 있어서 굉장히 쉬운 일이었다. 조교가 중간에 덮쳤음에도 흐트러지지 않고 오히려 안정감이 느껴질 정도였다. 그렇게 반복하다가 물을 박차며 앞으로 나아가기 시작했다.

수영장에서 하는 것은 약과였다. 교육 훈련 이후엔 바다에서도 해내야 했다.

건우는 테스트가 끝났음에도 다른 이들이 통과할 때까지 계속 동작을 반복했다. 교관도 제지하지 않았다.

"음……."

교관은 교육받은 것을 넘어 응용까지 하는 건우의 모습을 보며 감탄했다. 저 정도라면 바다에 빠뜨려도 별 무리 없이 육지에 도달할 수 있을 것이다. 조교가 쫓아가는 것이 힘들 정도로 속도가 빨랐다.

'대단하군.'

체력, 정신력, 머리까지 모두 완벽에 가까웠다. 한 번 들은 것은 잊지 않았고, 리더십까지 출중해 아주 능숙하게 동기들을 이끌고 있었다. 게다가 더욱 놀라운 점은 단 한 번도 힘든 내색을 하지 않았다는 점이다. 얼굴이 찡그려진 것을 본 적이 없었다. 어쩔 때는 인간이 맞나 하고 의심이 들 때도 있었다.

'천생 군인이야.'

교관은 무척이나 아쉬웠다. 너무나 탐이 나는 인재였기 때문이다. 그가 전 세계에서 가장 유명한 배우 중 하나라는 것을 잊어버릴 정도였다.

훈련은 예상보다 더 수월하게 진행되었다. 가장 뒤떨어지는 훈련병마저 어떻게든 발악하면서 성공해 냈다. 저렇게 필사적으로 해내려 하는 것은 보통 의지만 가지고서는 불가능했다.

'1번 훈련병이 중심에 있군.'

모두에게서 건우를 향한 믿음이 느껴졌다. 교관은 손에 든 서류를 바라보며 고개를 끄덕였다. 각 훈련병 별로 테스트 결과, 교육 결과에 대해 자세히 적혀 있는 서류였다.

건우의 서류는 모두 신기록으로 체크가 되어 있었고 평가는 당연히 A+였다. 체력과 훈련 이외에 자질도 모두 너무나 우수했다. 가장 앞장서서 분대를 이끌었고, 가장 뒤처지는 이들을 뒤에서 밀어주었다.

어느 순간부터는 성적이 뛰어난 훈련병들과 뒤처지는 훈련병들의 차이가 좁아지기 시작하더니 지금은 결국 아슬아슬하기는 하지만 모두 테스트 합격 기준을 넘어섰다.

'다른 교관이 보면 놀라겠는걸.'

저들의 모습을 보며 자부심이 생기는 자신이 이상하게 느껴졌다. 실제로는 훈련병이 아닌 그저 배우일 뿐인데 말이다.

"좋군. 다음 훈련으로 넘어간다. 질문은?"

"없습니다!"

교관은 그답지 않게 배우들에게 보이지 않게 고개를 숙이고 살짝 웃었다.

'지옥의 주(Hell Week)는 다른 훈련병들과 같이 받는다니 재미있어지겠군.'

본래 계획은 지옥의 주에서 모조리 탈락시키는 것이었다. 그러나 생각이 바뀌었다. 혼자 놀러간다면서 이죽거리던 다른 교관들의 얼굴이 떠올랐다. 진짜 훈련병도 아닌, 배우들에게 처절하게 깨지게 된다면 어떤 표정이 될까?

너무나 궁금했다.

어쩌면 다른 교관들에게도 좋은 교육이 될지도 몰랐다.

*　　　　　*　　　　　*

4주가 지났다. 0소대 훈련병들은 기이하게도 훈련이 고될수록 성적이 좋아지기 시작했다. 두려움은 찾아볼 수 없었고 자신감이 넘쳤다. 고통을 즐기는 수준에 이르렀다.

0소대가 독개구리라 부르는 선임 교관 스티븐 중사는 보고를 위해 지휘실에 도착했다. 그는 장교가 아니었지만 0소대는 그의 관할이었다. 훈련소장 리암 노스 중령에게 직접 보고할 것을 명령받았기에 찾아온 것이다.

그렇게 지휘관실로 향하는데, 모여서 회의를 하고 있는 교관들이 보였다. 그를 보더니 경례를 했다. 스티븐은 피식 웃으며 고개를 설레 저을 뿐이었다.

"스티븐 중사님, 할리우드 물을 드서서 그런지 신수가 훤하십니다? 배우들과 노닥거리는 건 재미있으십니까?"

"말조심해라. 똑같은 훈련병이다."

"음, 그렇다면 탈락 안 시킨 것이 용합니다. 아! 나중에 이건우 씨 사인 좀 받아줄 수 있습니까? 제 딸이 팬이라서 말입니다."

"다음 주에 직접 받는 건 어떤가? 받을 수 있다면 말이지."

"오? 웬일이십니까? 흐음, 탈락하면 바로 달려가서 받아야겠습니다."

스티븐 중사는 피식 웃을 뿐이었다. 스티븐 중사는 교관들은 물론 네이비씰 사이에서도 전설이었다. 교관들이 편하게 농담을 건넸지만 속으로는 그를 대단히 존경했다. 여기 교관들 대부분이 그에게 훈련받은 이들이었다.

모두 스티븐 중사와 잠시 웃으며 이야기를 나눴다.

저들은 스티븐 중사가 0소대를 맡은 걸 휴가쯤으로 생각하고 있었다. 스티븐 중사도 처음에는 그렇게 느꼈으나 지금은 누구보다도 혹독하게 교육하고 가르쳤다. 시간을 쪼개 계획에 없던 교육까지 할 정도였다.

가르치는 재미와 보람이 있는 소대였다.

지휘관실로 이동해 노크하고 안으로 들어갔다. 리암 노스 중령이 경례를 받고는 자리에서 일어났다.

"어서 오게. 자네를 번거롭게 했군."

"아닙니다."

"앉게."

리암 노스 중령은 살짝 웃고는 직접 커피를 타줬다. 그는 스티븐 중사가 얼마나 대단한 군인인지 잘 알고 있었다. 지금은 후임 양성에 힘을 쓰고 있지만 비공식적으로도 많은 작전을 수행한 베테랑 중 베테랑이었다.

리암 노스 중령은 그를 아주 특별하게 생각하며 신임했다.

"언론에서 상당히 시끄럽더군."

"그렇습니까?"

"음, 훈련소로 어마어마한 선물들이 도착했네. 대부분 이건우의 팬이 보낸 것인데… 그 규모가 장난이 아닐세."

그렇게 말하는 리암 노스 중령은 어이가 없어 하는 표정이었다. 미국 전역, 아니, 세계 전역에서 오는 선물들 때문에 애를 먹었다. 네이비씰 훈련소가 아닌 미 해군 본부로 왔는데, 전자 제품을 포함한 다양한 것들이 가득했다.

그러나 가장 큰 것은 따로 있었다. 기부금 명목으로 막대한 돈을 기부한 것이다. 이건우에게 잘해달라는 멘트와 함께 말이다.

미국 팬들이 건우를 위해 모금한 것이었다. 미군에게도 좋은 일이니 모두 흔쾌하게 참여했다. 적은 금액이면 해프닝으로 끝날 테지만 그 금액은 대단히 컸다.

미 해군 홍보 SNS에 이례적으로 '국가를 위해 위대한 일을 해준 이건우의 팬들에게 고마움을 전한다'라는 멘트를 남겼다.

"그럼 보고드리겠습니다."

"음."

이번 보고는 본래 훈련병들과 합류를 할 수 있는지에 대한 결과로 쓰였다. 훈련병들의 훈련에 영향이 끼칠 것 같다고 판단된다면 없는 이야기로 할 예정이었다. 리암 노스 중령은 정중하게 돌려보낼 생각까지 하고 있었는데, 막대한 기부금을 받아버리니 상부에서 제대로 하라고 압박을 해왔다. 꽤 골치 아픈 상황이었다. 그렇다고 기부금을 돌려줄 수도 없는 노릇이었다.

스티븐 중사는 성적 서류를 보여주었다. 기존 훈련병들의 최우수 성적과 비교가 되어 있는 서류도 첨부되어 있었다.

"음? 이게 사실인가?"

"네, 모두 정확한 사실입니다."

리암 노스 중령은 믿을 수 없었다.

이건우의 성적은 말이 나오지 않았다.

지금껏 네이비씰 역사상에 기록된 모든 최고 지표들을 아득히 앞서고 있었다. 체력 훈련뿐만 아니라, 전투 및 전술 훈련을 비롯한 모든 부분에서였다. 전술 사격 역시 만점이었다. 전투 수영은 믿기지가 않는 수준이었고, 선행 학습으로 실시한 기초 수중 폭파는 역대 최고였다.

"네, 머리 역시 우수합니다. 선행 훈련을 실시했는데, 매뉴얼을 한 번 본 것만으로 전부 외웠습니다."

"겨우 6주 과정인데 이 정도란 말인가?"

"네, 1번 훈련병뿐만 아니라 0소대 훈련병들 모두 기대 이상의 성과를 보여주고 있습니다. 물론, 1번 훈련병을 제외한 모두가 아슬아슬한 선에 걸쳐 있지만 문제없을 것 같습니다. 무엇보다 정신력이 강인합니다."

"영상 자료를 보여주게."

"네."

0소대 훈련 과정을 모두 영상 기록으로 남겨놓았다. 홍보 영상을 제작해야 하니 남겨놓은 것이었다.

군용 USB를 노트북에 꽂아놓자 영상이 나오기 시작했다. 기초 훈련, 전투 훈련을 포함한 모든 훈련에서 건우가 보여주는 모습은 가히 압도적이었다. 차라리 터미네이터라 부르고 싶은 부분도 있었다. 만약 진짜 훈련병이었다면 훈련 수료 이후 따로 차출되어서 요긴하게 쓰일 정도였다.

리암 노스 중령이 잠시 생각에 빠졌다. 이 정도라면 문제될 것이 전혀 없었다. 서로서로 좋은 그림을 뽑아낼 수 있을 것 같았다.

'이 계급이 되니… 이런 것까지 생각해야 하는군.'

오로지 작전만을 생각했던 예전이 그리웠다.

"합류에 문제가 없을 것 같은데, 자네 생각은 어떤가?"

"훈련병들에게 좋은 동기부여를 줄 수 있을 것 같습니다."

"그렇군. 알겠네. 그만 가보게."

스티븐 중사가 경례를 하고 지휘관실 밖으로 나갔다.

리암 노스 중령은 서류와 모니터를 한참이나 번갈아 응시하다가 고개를 설레 저었다.

"영화 찍는 친구가 이곳에서 진짜 영화를 찍고 있군."

스스로 말하고도 웃겨 웃음을 터뜨릴 수밖에 없었다.

*   *   *

혹독한 훈련 속에서 시간이 흘러갔다. 훈련 과정을 압축해서 배웠기에 많은 부분이 부족했지만 그래도 주어진 과제는 모두 완수할 수 있었다. 제일 중요한 것은 배역에 녹아낼 경험이었다.

실제로 군인이 되려 하는 것은 아니니 말이다.

'그렇다고 해도 꽤 많은 걸 배웠어.'

선행 훈련으로 잠깐 배운 분대 단위로 움직이는 적 제압 훈련이나, 수중 폭파 훈련 같은 경우는 어디 가서 해볼 수 없는 훈련이었다.

사격 훈련은 한국 군대와 방식이 달라 재미있기까지 했다. 네이비씰에서 가르치는 무술도 상당히 인상적이었다. 건우는 단검술을 포함해 모든 것들을 받아들여 이미 독자적으로 새로운 무술을 정립했다. 현대 무술에 대한 관심이 없었는데, 직접 배워보니 꽤 괜찮은 부분이 많았다.

여기서 배운 모든 것들이 존 리 페인의 배역에 강한 특색을 부여하는 데 도움을 줄 것이다.

"바다가 이제 집처럼 편하네."

"그러게 말이야."

배우들은 그렇게 말했다. 넘실거리는 바다가 이제는 집처럼 편하게 느껴졌다.

배우들 모두 스스로를 훈련병으로 여기고 있었고 건우를 진심으로 따랐다. 록과 반 스타뎀이 건우를 보좌했고, 데이비드는 건우가 달이 두 개가 뜬다고 해도 믿을 기세였다.

이제 마지막 주가 남았다.

건우는 마지막 주에 진짜 훈련병들과 합류해서 지옥의 주를 소화한다는 것을 알고 있었지만 다른 이들은 잊어버린 모양이었다. 지금까지의 강도라면 어떻게든 버틸 수 있다는 자신감으로 가득 차 있었다.

'오늘이겠네.'

지옥의 주(Hell Week)는 말 그대로 극한의 고통을 경험하게 해주는 주였다. 이 과정은 한국 해군 UDT 교육 과정에도 도입되었다고 한다. 그만큼 유명한 훈련이었다. 네이비씰에 관한 영상이 나올 때면 꼭 빠지지 않고 등장했다.

고문에 가까운 훈련도 훈련이었지만 지옥의 주에는 거의 잠을 재우지 않았다. 밤낮을 잊고 지독한 훈련이 계속되는 것이다. 이때 가장 많은 훈련병이 탈락한다고 한다.

건우야 몇 달이고 잠을 자지 않아도 문제없었지만 다른 배우들은 달랐다.

'그나마 체력을 올려놓은 게 다행이군. 지속적으로 관리해 주면 버틸 수 있을 거야.'

기운을 적당히 불어넣어 체력을 빨리 붙게 만들었다. 록과 반 스타템은 그럭저럭 괜찮았지만 데이비드를 포함한 다른 배우들은 너무나 위험했다. 가만히 놔두면 의지가 있어도 탈락할 것이 뻔했기 때문이다.

그 과정에서 건우에 대한 호감도가 무지막지하게 올라버렸다. 건우에게 마음을 완전히 열고 있었기에 생긴 부작용이라면 부작용이었다. 호감이라기보다는 환경적인 요인 탓에 각인되어 버린 충성심에 가까웠다.

아무튼, 6주 과정을 모두와 함께 통과해야 촬영에 잡음이 없을 것 같았다.

침상에 누운 록이 고개를 갸웃했다. 무언가 본능적으로 흐르는 공기가 다르다는 것을 느낀 것 같았다.

"분위기가 싸한데? 이봐, 반. 너무 고요하지 않아?"

"음, 좋지 않은 예감이 드는군."

반 스타뎀의 표정이 진지해졌다. 반 스타뎀은 건우를 바라보았다.

"대장, 어떻게 생각해?"

"아마도 가장 고통스러운 한 주가 되겠지. 신경 쓰지 말고 빨리 자도록 해. 최대한 많이 자두는 것이 좋을 거야."

"음, 대장이 그렇다면 그런 거겠지."

반 스타뎀은 다른 배우들을 바라보았다.

"모두 빨리 취침하도록!"

반 스타뎀은 그렇게 말하고는 바로 누웠다.

건우의 말을 따라서 나쁜 적이 단 한 번도 없었다. 살짝 던지는 조언조차 대단히 도움이 되었다. 록도 씨익 웃더니 그대로 눈을 감았고 데이비드와 다른 배우들은 침을 꿀꺽 삼키고는 긴장 속에서 잠을 청했다.

'귀여운 녀석들.'

록과 반 스타뎀은 여전히 서로를 보며 으르렁거렸지만 건우의 오른팔과 왼팔을 자청하고 있었다. 내부의 서열이 완벽히 정해지니 8명은 하나가 된 듯 움직였다. 아마 이 분위기는 영화 촬영이 끝나고 나서도 계속될 것 같았다.

건우는 동료들의 몸에 기운을 퍼뜨렸다. 해내고자 하는 의지만 있다면 당분간 큰 힘이 되어줄 것이다.

건우는 몸 상태를 최상으로 만들고 잠을 청했다.

그렇게 모두가 잠에 빠졌을 때였다.

타다다다다다!

한밤중에 요란한 총소리가 들려왔다. 분대 지원 화기의 요란한 소리였다. 모두가 벌떡 일어났다.

"기상! 집합! 집합!"

요란한 목소리가 들려왔다. 건우만이 제대로 정신을 차리고 있었다. 다른 배우들은 제대로 상황 파악조차 하지 못한 채 밖으로 끌려나왔다.

"뛰어!"

교관을 따라 뛰었다. 어느 정도 달리자 많은 훈련병들이 모여 있는 것이 보였다.

"억!"

"으악!"

"컥!"

신음 소리가 난무했다. 교관이 팔굽혀펴기를 하는 훈련병들을 향해 물을 뿌렸다. 진흙탕 물에서 허우적거리는 모습은 굉장히 고통스러워 보였다.

"움직여!"

"다시!"

교관들은 그들을 향해 소리 지르면서 더욱 큰 고통을 선사해 주었다. 0소대도 합류했다. 훈련병들은 건우와 배우들이 합류한 것을 눈치챌 여유가 없었다. 독개구리 교관은 바로 0소대를 굴렸다. 물벼락을 맞으면서 강도 높은 체력 훈련을 실시했다.

'꽤 괜찮은데?'

건우는 꽤 감탄했다. 육체와 정신을 갉아내는 법을 아주 잘 알고 있었다. 정신력 단련에 좋은 훈련법이었다. 록과 반 스타뎀도 정신을 못 차리며 허둥거리고 있었다.

"그만두려면 지금 그만두는 것이 좋다! 이건 긴 고통의 시작일 뿐이다!"

"빨리빨리 움직여!"

교관들이 외쳤다. 한밤중의 고문은 이제 시작되었을 뿐이었다. 팔굽혀펴기를 하다가 물이 흠뻑 고여 있는 바닥을 기었고 미친 듯이 턱걸이를 해야 했다.

교관들이 합류한 독개구리 선임 교관을 슬쩍 바라보았다. 그러다가 0소대로 시선을 옮겼다.

'의외로군.'

군 경력이 있는 다른 훈련병들보다 훨씬 더 안정적인 모습이었다. 특히 그중에서도 빛나는 것은 이건우였다. 무표정이었지만 교관들은 그에게서 뿜어져 나오는 여유를 읽을 수 있었다.

교관들이 독개구리 교관을 바라보자 독개구리 교관은 교관들을 향해 피식 웃을 뿐이었다.

독개구리 교관이 0소대를 바라보았다.

"0소대!"

"네! 0소대!"

"할 만한가?"

"너무 편합니다!"

"침대에 누워 있는 것 같습니다!"

0소대가 그렇게 외쳤다. 다른 훈련병들이 힐끔 0소대를 바라보았다. 뭐 저런 놈들이 다 있냐는 듯한 시선이었다.

"좋다! 엎드려!"

다른 소대 훈련병들보다 훨씬 가혹하게 굴렸다. 독개구리 교관과 조교들이 팔굽혀펴기를 하는 그들의 등 위에 올라타기까지 했다.

"편한 날 따위는!"

"존재하지 않는다!"

0소대 전부가 발악하듯 구호를 외치며 미친놈처럼 몸을 움직였다. 교관이 건우의 등 위에 올라탔다. 머리에 물을 계속해서 뿌렸지만 건우는 마치 기계처럼 계속 움직였다.

독개구리 교관이 이렇게 해버리니 다른 교관들 역시 훈련 강도를 더 높일 수밖에 없었다.

"저기 놀러온 0소대를 봐라!"

"너희들은 군인 자격도 없는 놈들이다! 그냥 포기해라!"

이제야 다른 훈련병들이 0소대가 일반 훈련병이 아님을 알아차렸다. 다른 배우들은 그렇다 치더라도 건우의 얼굴은 모를 수가 없었다.

"뛰어!"

교관이 외치자 훈련병들이 바로 뛰기 시작했다. 해변가로 모든 훈련병들을 이끌었다. 해변에는 그동안 지겹게 본 보트와 통나무들이 놓여 있었다.

"바다 안으로 달려!"

독개구리 교관이 외쳤다. 건우가 달리기 시작하자 0소대 모두가 따라왔다. 바닷물이 가슴까지 올라왔다. 서로 팔을 엮고 그렇게 견디기 시작했다.

몸이 덜덜 떨리는 추위였다. 흔히 서핑고문이라 불리는 이러한 훈련이 전 훈련병들을 극심한 추위에 떨게 만들었다.

"생각보다 괜찮은데?"

"견딜 만해."

록과 반 스타뎀이 턱을 덜덜 떨면서 그렇게 말했다. 그 말에 데이비드와 배우들이 피식 웃었다. 여기서 끝낼 독개구리가 아니었다.

삐익!

호루라기를 불자 건우를 포함한 모두의 머리가 바다 안에 잠겼다. 꽤 시간이 지난 후에 호루라기를 불자 다시 올라왔다.

"밖으로!"

밖으로 나가 모래사장을 기었다. 훈련의 정수라 불리는 통나무를 들었다. 건우가 가장 앞에서 들었는데 적절하게 힘 분배를 했다. 통나무를 좌우 어깨로 번갈아가면서 옮기는 것은 두 팔과 전신에 엄청난 통증을 선사했다.

호루라기 소리에 따라 반복했다. 그 횟수가 수십을 넘어가니 다른 소대의 훈련병들 중에서 쓰러지는 이들이 나왔다.

"다시 들어! 지금 놀러 왔나?"

교관의 옆에는 종이 놓여 있었다. 종을 세 번 치면 이 고통에서 벗어날 수 있었다.

"포, 포기하겠습니다."

"저도……."

"흐윽……."

결국 몇몇 훈련병이 종을 세 번치고 눈물을 흘렸다.

0소대도 힘들어했지만 그 정도가 다른 이들에 비해 낮았다. 늘어난 체력과 건우 덕분이었다. 그들은 단연 돋보이고 있었다.

"0소대! 1번 훈련병! 어떤가?"

"솜털처럼 가볍습니다!"

"좋다! 편한 날 따위는 없다! 계속 실시한다!"

삐익!

0소대가 훈련 페이스를 이끌었다. 덕분에 초반부터 탈락자가 속출하고 있었다.

네이비씰 훈련에 처음 지원자들이 모일 때는 240명에 달했는데, 훈련 기간이 지날수록 점점 그 숫자가 기하급수적으로 줄어드는 것이 일반적이었다. 최종 합격자가 어쩔 때는 20명도 되지 않을 때도 있었다.

그들은 동이 터오를 때까지 굴렀다. 록과 반 스타뎀의 두 팔이 터질 것처럼 부풀어 있었다. 얼굴에는 고통이 가득했다. 다른 배우도 마찬가지였다.

쉴 틈이 없었다.

건우는 그들을 독려했다. 정확히 말하면 존 리 페인이 할 법한 이야기를 해주었다.

건우의 말에 듣고 있다 보면 이상하게도 힘이 솟았다. 모두가 그걸 몸으로 깨닫고 있었다.

"빌어먹을 크리스틴 잭슨을 바다에 수장시키자!"

"버틴다! 젠장!"

"으으으! 조져 버려!"

건우의 말 한 마디가 또다시 새로운 힘을 부여해 주었다.

일주일의 훈련은 이제 시작이었다.

＊　　　　　＊　　　　　＊

훈련병들은 잠도 거의 자지 못했다. 운동선수 출신, 몸이 좋은 남자들조차 훈련을 하면서 픽픽 쓰러질 정도였다. 서서 잠드는 것은 평범한 일이었다. 커다란 보트를 머리 위에 올려놓고도 쏟아지는 잠을 이겨내지 못했다. 조는 이들은 열외당하고 강력한 얼차려를 부여받았다.

0소대도 마찬가지였지만 다른 소대에 비해 월등한 모습을 보여주었다. 진짜 영화 속에 나오는 최강 소대의 탄생을 보는 것 같았다.

건우가 도와주고 있기도 했는데, 그것만으로 그들을 폄하할 수는 없었다. 건우를 중심으로 뭉친 정신력은 칭찬받아 마땅할 수준이었다.

건우와 같이 전적으로 믿고 따를 수 있는 리더가 있는 것만으로도 정신력이 크게 상승했다.

건우는 존 리 페인 그 자체가 되었다. 훈련소에서부터 이미 전설을 만들어가는 모습은 존 리 페인의 설정과 똑같았다.

유일하게 건우만이 처음부터 지금까지 한결같은 모습이었다. 흐트러지는 모습을 단 한 차례도 볼 수 없었다. 지금까지 이러한 모습을 보여준 이는 단 한 명도 없었다. 앞으로도 나오지 않을 것 같았다. 그 악독한 교관들조차 혀를 내두르고 있었다.

"어떻게 저럴 수가 있지?"

"무슨 슈퍼 솔져 혈청이라도 맞은 겁니까?"

교관 중 하나가 독개구리 교관에게 조용히 물었다. 독개구리 교관 역시 고개를 설레 저을 뿐이었다. 그도 건우에 대해 제대로 파악하지 못하고 있었다. 이제는 그냥 그러려니 하고 있는 것이다.

전투식량 축에도 끼지 못하는 아주 적은 양의 식사가 주어졌다. 지옥의 주 훈련 동안의 마지막 식사였다. 보트를 머리 위에 짊어진 상태로 음식을 노 위에 올려놓고 먹었는데, 그 양은 무척이나 적었다. 그마저도 파도에 휩쓸려 사라지기 일쑤였다.

교관들은 안 그런 척하면서 건우를 주의 깊게 살펴보았다. 자꾸만 시선이 가고 무언가 가르쳐 주고 싶어지는 훈련병이었다.

음식이 파도에 휩쓸려 제대로 식사를 하지 못한 동료에게 건우가 자신의 것을 양보하는 것이 보였다. 보통 사양을 하면서 버티겠지만 이들은 건우가 하라는 건 생각할 것도 없다는 듯 실행했다. 바로 음식을 가져가 입에 쑤셔 넣었다.

'소대장 훈련병에 대한 믿음이 대단하군.'

교관은 고개를 끄덕였다. 딱 봐도 이미 하나의 소대가 되어 있는 것이 보였다.

식사가 끝나자 또다시 훈련이 시작되었다. 바닥을 구르고 지독한 PT 체조와 수중 훈련이 이어졌다. 거의 익사 직전까지 간 훈련병도 많았다.

해가 질 때쯤 독개구리 교관이 모든 훈련병들을 집합시켰다. 남아 있는 훈련병들의 숫자는 0소대를 제외하고 60명이 되지 않았다.

독개구리 교관이 확성기를 들었다.

"수고했다. 지옥의 주를 통과한 것을 진심으로 축하한다. 체력과 정신력 이외에 무언가 특별함을 지니고 있는 자만이 통과할 수 있는 훈련이다. 그건 죽음과 맞닿은 순간, 본인 이외의 것을 생각할 줄 아는 자세이다."

독개구리 교관은 훈련병들에게 자부심을 불어넣어 주었다. 건우도 나름 괜찮은 말이라고 생각했다.

"그러나 앞으로 많은 훈련이 남아 있다. 양옆의 얼굴을 잘 봐 둬라. 이곳에서의 포기는 집으로 돌아가는 것에 불과하지만 전장에서는 죽음뿐이다."

독개구리 교관이 손짓하자 다른 교관이 초콜릿 한 박스를 들고 왔다. 한 주간 제대로 식사를 하지 못한 모든 훈련병이 그것을 보자 침을 꿀꺽 삼켰다. 남아 있는 훈련병들로 소대가 다시 꾸려졌다.

"축하 기념으로 가볍게 이벤트를 하나 하지."

독개구리 교관 옆에 커다란 구덩이가 있었다. 그곳에 교관들이 물을 끌어와 성인 남성의 허벅지가 다 찰 정도로 물을 받았다.

"소대 대표끼리 붙어서 승자에게 상품을 주도록 하겠다."

"와아아아!"

모두 환호했다. 0소대도 마찬가지였다.

"1분 주겠다. 각 소대의 대표는 이 앞으로 나오도록."

각 소대에서 대표를 정하기 시작했다. 0소대도 그러했는데 록과 반 스타뎀이 강한 자신감을 보였다. 건우는 다른 소대를 훑어보았다. 록과 반 스타뎀도 승리를 점칠 수 없는 강한 상대들이 많았다.

록이 씨익 웃었다.

"대장이 나갈 필요도 없어. 내가 박살 내주지."

"하, 네가 박살 날 것 같은데?"

"너부터 박살 내줄까?"

록과 반 스타뎀이 으르렁거렸다. 데이비드와 다른 이들은 그 모습을 보고 고개를 설레 저으며 웃었다.

"그냥 내가 나갈게."

"대장이 직접? 그럴 필요 없는데."

반은 건우가 직접 나가는 게 마음에 안 드는 모양이다. 자신 선에서 처리할 수 있다는 눈빛이었다.

"그냥 쉬고 있어."

건우가 그렇게 말하자 반대하는 이는 없었다. 각 대표들이 독개구리 교관 앞에 섰다. 모두 건우보다 덩치가 컸다. 독개구리 교관은 종합 격투기 글로브를 던져주었다. 나름 마우스피스까지 있었다.

"일반적인 종합 격투기 룰과 같다. 상대가 항복하거나 교관이 제지할 때까지 속행한다."

건우는 0소대였기에 가장 먼저 구덩이에 들어가게 되었다. 상대는 건우보다 머리 하나가 더 큰 흑인이었다.

그의 번호는 142번이었다.

142번은 웃통을 벗고는 구덩이에 들어가 소리를 질렀다.

"으아아아!"

"이겨라!"

"박살 내버려!"

다른 소대의 함성이 이어졌다. 건우는 피식 웃고는 마찬가지로 윗옷을 벗고 구덩이 안으로 들어갔다. 142번이 건우를 보고는 고개를 설레 저으며 도발했다.

"뒤지게 처맞고 싶냐?"

"주제도 모르고 날뛰네."

"저 자식이 감히 누구에게……!"

록과 반 스타뎀 그리고 데이비드의 목소리였다. 건우는 진정하라는 듯 0소대를 향해 손을 뻗었다.

'권투를 배운 모양이군.'

142번은 권투 자세가 딱 나왔다. 독개구리 교관이 호루라기를 불자 전투가 시작되었다.

142번이 살벌하게 몸을 흔들며 다가왔다. 건우는 그 모습을 보고도 살짝 웃으며 옆으로 천천히 걸었다.

사정을 봐줄 생각은 전혀 없었다.

존 리 페인은 모든 싸움에서 압도적인 모습을 보여주는, 그야말로 초인이었다.

"이봐, 그냥 항복하는 게 어때? 배우면 배우답게 연기나 하는 게 좋을 텐데. 뇌물이라도 써서 통과한 거냐?"

142번이 비웃으며 그렇게 말했다.

0소대의 노력을 무시하고 있었다. 그리고 건우를 명백하게 얕보고 있었다. 건우는 씨익 웃으면서 한 팔을 위로 올렸다.

"형이 한 손으로 해줄게."

"미친……!"

142번의 얼굴이 일그러졌다. 142번이 빠르게 다가와 주먹을 휘둘렀다. 전형적인 권투 폼이었다. 무시 못 할 펀치였지만 건우는 여유롭게 스텝을 밟으며 피했다.

휘익! 쉭!

날카로운 펀치가 이어졌다. 건우는 고개를 뒤로 젖혀 피하고
는 그대로 142번의 다리를 걸었다.

풍덩!

142번이 앞으로 넘어지면서 흙탕물에 처박혔다. 건우가 머리
를 잡고 누르자 한동안 허둥거리다가 간신히 풀려났다.

"오오!! 역시 대장!"

"놈이 불쌍할 지경이군."

록과 반 스타뎀의 목소리가 들려왔다. 0소대는 환호를 질렀
다. 142번이 입에 있는 흙을 뱉어내고는 죽일 듯이 건우를 바라
보았다.

"아! 내가 잘못 생각했네."

건우는 그렇게 말하며 여태까지 움직이지 않는 손을 들었다.
142번의 입이 살짝 벌어졌다. 황당함으로 물든 것이다. 건우는
그 손으로 자신의 눈을 가렸다.

"눈 감고도 이길 것 같아."

"오우!"

"하하!"

훈련병들이 환호와 웃음을 터뜨렸다. 142번의 거대한 근육이
꿈틀거렸다. 건우는 가볍게 스텝을 밟으면서 그를 놀렸다. 존 리

페인은 상대를 철저하게 무너뜨리는 성격이었다. 그런 성격을 드러낸 것이다.

142번은 왜인지 기세가 눌리는 것을 느꼈다. 주먹이 좀처럼 잘 움직여지지 않았다. 건우는 때려보라는 듯 그의 바로 앞에서 멈추었다.

"이 자식이!"

142번이 온 힘을 다해 주먹을 휘둘렀다. 건우는 허리를 뒤로 젖히며 피했다.

"오오!"

"와우!"

"진짜 피했어."

142번은 당황했다. 손으로 눈을 가리고 있었는데, 피해낸 것이다. 교관들도 그 모습을 보고 놀라기는 마찬가지였다.

"좀 더 해보라고."

"크윽!"

142번이 잠시 망설이다가 다시 주먹을 휘둘렀다. 이번에는 변칙적인 공격이었다. 그러나 건우는 그마저도 가볍게 피했다. 142번은 주먹을 내리며 건우를 바라보았다.

머리가 식었다.

142번은 건우를 인정할 수밖에 없었다.

"폭언한 건 사과할게. 가볍게 도발한다는 게… 내가 정도가 지나쳤어. 미안해. 제대로 해줘."

"나도 놀려서 미안하군."

건우는 142번의 사과에 그렇게 대답하면서 주먹을 뻗었다. 142번이 건우의 주먹을 주먹으로 쳤다.

제대로 전투가 시작되었다. 142번은 아마추어 복싱 선수급 정도의 실력을 지니고 있었지만 역시 건우의 상대가 될 수 없었다. 가볍게 142번의 주먹을 흘리면서 주먹을 꽂아 넣었다. 영화에서나 볼 법한 화려한 움직임이었다.

142번이 비틀거리면서 물러났다. 그가 손을 들어 항복을 표시했다.

삐이익!

독개구리 교관이 건우의 승리를 알렸다.

"와아아아!"

모든 훈련병이 환호했다. 건우는 142번과 악수를 하고는 구덩이 위로 올라왔다. 0소대 배우들의 눈빛에는 존경이 가득했다.

반 스타뎀은 특히 더욱 그러했다.

"대단한 실력이야."

"당연하지. 대장은 나를 아주 떡실신시킬 정도의 실력을 지녔는데."

록은 예전을 생각하며 그렇게 말했다.

전투가 이어졌다. 건우는 당연히 가볍게 연전연승하며 승리했다. 상대가 반항하지 못할 정도로 박살 내니 누구도 이의를 제기하지 않았다.

초콜릿 상자를 받았으나 건우는 동료들과 상의 후 다시 반납했다. 지금 이 순간만큼은 모두가 동료였다. 동료를 두고 자신들만 먹는다는 것은 네이비씰 정신에도 어울리지 않았다.

"뭐, 그래도 아깝네."

록이 그렇게 말하면서 웃었다.

보통 이런 경우에는 모두에게 나눠주던가 할 텐데 독개구리 교관은 그런 기색도 없이 그냥 회수해 갔다.

지옥의 주가 모두 흘러갔다.

교관은 오늘만큼은 푹 잘 수 있도록 해주었다. 겨우 4시간 정도였지만 그것만으로도 모두가 행복해했다.

반이 잠들기 전에 건우에게 다가왔다.

"대장이 괜찮다면 훈련 기간을 연장했으면 해. 전술 훈련이나 지상전 훈련도 받고 싶어. 낙하 훈련도 했으면 좋겠는데……."

반 스타뎀이 그렇게 말했다. 건우는 다른 동료들의 얼굴을 한 번씩 바라보았다. 모두 고개를 끄덕였다. 훈련 중독이라도 걸린 것 같은 모습이었다.

"음… 잭과 이야기를 한 후에 교관에게 말해볼게."

6주의 훈련이 끝나는 마지막 날 건우는 교관에게 양해를 구하고 크리스틴 잭슨 감독에게 전화해 배우들의 의견을 알렸다.

3주 정도는 여유가 있다고 말하며 스케줄을 조정해 주었다.

군에서도 허락해 주었다. 6주 과정을 낙오자 없이 모두 통과한 것이 크게 작용했다. 건우가 만든 전설 역시 마찬가지의 역할을 했다.

그렇게 독개구리 교관과 3주를 더 함께했다. 모든 훈련을 다 받을 수는 없었지만 주요한 훈련은 받을 수 있었다.

순식간에 3주가 지나가고 모든 일정이 마무리되었다.

건우와 배우들은 군복을 입고 연병장에 모였다.

건우는 미국 국기를 달지 않고 한국 국기를 어깨에 붙이고 있었다. 리암 노스 중령과 교관들이 나와 수료를 축하해 주었다.

리암 노스 중령이 건우에게 다가왔다.

"축하하네. 자네는 이 마크를 받을 자격이 충분히 있네."

"감사합니다."

리암 노스 중령이 네이비씰의 공식 휘장을 가슴에 달아주었다. 삼지창이 그려져 있는 휘장이었다. 홍보대사를 뜻하는 문양 역시 새겨져 있었다.

"비록 정식 대원은 아니지만 누구도 무시할 수 없을 걸세. 무시한다면 바로 나에게 보고하도록."

"네! 알겠습니다."

"좋은 영화 기대하겠네."

"만족하실 겁니다."

리암 노스 중령이 건우의 어깨를 두드려 주고는 다른 이들에 게도 휘장을 붙여주었다. 간단한 수료식이 끝나고 부대를 떠날 때가 되었다. 배우들이 독개구리 교관과 진한 포옹을 나눴다.

독개구리 교관이 건우에게 웃으며 다가왔다.

"이건우 병장. 혹시 군인이 되고 싶다면 언제든지 연락하도록. 미군의 문은 활짝 열려 있다. 자네는 천상 군인 체질이야."

"하하, 감사합니다. 재입대는 이번만으로 족합니다."

"그렇겠군. 정말 아까워. 전설적인 대원이 될 수 있을 텐데."

"말씀만으로 감사합니다."

건우가 경례를 하자 독개구리 교관이 웃으면서 경례를 받아 주었다. 연병장을 지날 때쯤 훈련받고 있던 훈련병들이 멈추더 니 건우와 배우들에게 박수를 쳐주었다.

"와아아아!"

"멋지다!"

"동기야! 잘 가라!"

지옥의 주를 함께했기 때문인지 그들은 배우들을 동기라고 불렀다. 건우와 배우들은 손을 흔들어주었다. 훈련병들은 바로 얼차려를 받았다. 훈련소 밖을 나오니 잭이 웃으면서 손을 흔들 고 있었다.

모두의 얼굴이 심상치 않았다. 음산한 미소를 그리고 있었다.

"하하! 모두 한결 더 건강해졌군!"

잭이 웃으면서 다가왔다. 훈련소에 온 것이 자업자득이기는 하지만 해맑게 웃고 있는 잭을 보고도 그냥 넘어갈 수가 없었다.

리더도 마중 나와 있었는데, 눈빛이 달라진 배우들을 보면서 식은땀을 흘렸다. 이상을 감지한 것이다.

잭은 눈치채지 못했다.

"영상을 봤어. 장난 아니더군! 아주 느낌이 좋아! 음, 돌아가서 축하 파티라도 하도록 하자!"

잭은 버스를 손가락으로 가리키며 그렇게 말했다.

록과 반 스타뎀이 건우를 바라보았다. 데이비드와 배우들도 마찬가지였다. 말을 하지 않아도 무슨 뜻인지 알고 있었다. 모두 이제 눈빛만 봐도 통하게 되었다.

건우가 고개를 끄덕이자 록과 반 스타뎀이 씨익 웃었다. 6주를 넘어 9주간의 지옥 훈련을 통과해서 그런지 그들의 눈빛은 예전과 달리 아주 살벌해져 있었다.

"애들아!"

"잡아!"

배우들이 잭을 잡았다. 그러고는 번쩍 들었다. 헹가래라도 해 주는 줄 알고 좋아하다가 록이 리더까지 잡아들자 비로소 잭은 심상치 않은 분위기를 감지했다.

배우들은 잭을 마치 통나무를 들듯이, 보트를 머리에 짊어지

듯이 들고는 조금 떨어져 있는 바닷가를 향해 전력 질주 하기 시작했다. 록 역시 리더를 어깨에 걸치고 빠른 속도로 달렸다.

"뭐, 뭐야!"

"으, 으아악! 왜 그래요!"

그들은 미칠 듯한 속도로 바다에 가까워지고 있었다. 체력이 괴물이 되어버린 배우들은 멈추지 않는 폭주 기관차 같았다.

"으아아아!"

"담가 버려!"

"킬킬킬!"

배우들이 순식간에 바닷가 앞으로 오더니 그대로 잭의 양팔과 양다리를 잡았다. 크게 흔들다가 그대로 바다에 던져 버렸다. 리더 역시 같은 꼴을 당했다.

"푸악!"

"으억!"

물을 잔뜩 먹었는지 잭과 리더의 인상이 찌푸려졌다.

록과 반 스타뎀이 다른 배우들과 눈빛을 교환했다. 그러고는 건우를 뒤에서 손가락으로 가리켰다.

'음?'

건우는 눈치챘지만 그냥 얌전히 잡혀주었다.

"으아아아!"

"가자!"

배우들은 건우를 든 채 단체로 미친놈들처럼 바다에 뛰어들었다.

바다에 빠지면서도 건우는 록의 목에 팔을 걸고 그대로 바닷물을 먹였다. 그리고 반 스타뎀의 뒤로 다가가 허리를 잡고 뒤로 넘겨 버렸다.

"크억!"

"컥!"

"덮쳐!"

데이비드와 다른 배우들도 건우에게 달려들었다. 한차례 수중전이 펼쳐졌다. 건우는 모두에게 바닷물을 정성스럽게 먹여주었다.

잭과 리더는 어이없는 눈으로 그 광경을 바라보다가 헛웃음을 내뱉었다.

화려한 마무리 속에서 드디어 긴 훈련이 끝을 맺었다.

5. 영화 준비

네이비씰에서 훈련을 마치고 며칠 쉬었다가 바로 전직 네이
비씰 대원들에게 집중 훈련을 받았다. 훈련 내용은 주로 훈련
소에서 배우지 않은, 전직 네이비씰 대원들의 경험에서 나온 것
들이었다. 수많은 작전을 수행한 이들이었기에 실전에 대한 것
들을 많이 알려주었다.

할리우드 배우들이 치를 떠는 훈련이라고 들었지만 훈련소
에 비할 수는 없었다. 모두 여유롭게 훈련을 받았다.

전직 네이비씰 대원들은 훈련소의 이야기를 들은 모양인지,
상당히 호감을 가지고 배우들을 훈련시켜 주었다. 사실, 처음

훈련소에 들어갔을 때만 하더라도 포기할 줄 알았단다.

특히, 건우가 세운 기록은 네이비씰 대원들 사이에서도 화제였다. 전직 대원들이니만큼 현역 대원들과 아직도 활발하게 교류를 하고 있었는데, 현역 대원들에게 전해 들은 얘기가 있는지 전직 대원들이 오히려 건우에게 관심을 가지고 있었다.

공동훈련 마지막 날, 전직 대원들의 지도하에 건우를 중심으로 펼쳐진 작전 훈련은 진짜 네이비씰 대원들을 보는 것처럼 훌륭했다. 건우는 배우들에게 여전히 대장으로 불리고 있었다.

한 번 대장은 영원한 대장!

배우들이 입을 모아 그렇게 말했다. 영화 이후에도 대장으로 불릴 것 같았다. 충성심은 날이 갈수록 더 깊어지고 있었다. 건우가 곤란하게 생각할 정도였다.

그 이후, 건우는 사실감 넘치는 액션을 위해 총기 전문가에게 여러 사격 방법을 전수받았다. 스펀지처럼 모든 것을 빨아들였고, 하루가 다르게 실력이 늘어 오히려 총기 전문가보다도 더 빠르고 정확하게 사격을 했다. 권총부터 시작하여 중화기에 이르기까지 다양한 총을 다루어보았고, 여러 가지 파지법과 사격 자세를 익힐 수 있었다.

그렇게 훈련에만 5개월이 넘는 기간을 소모했다. '골든 시크릿' 때보다도 훨씬 긴 훈련이었다.

생각했던 것보다 영화 스케줄은 자유로웠다. 아직 크랭크인이 들어가지 않았고 잭이 관리하기에 가능한 일이었다. 투자자나 배급사의 눈치를 볼 필요가 전혀 없었다.

건우는 무엇보다 모두 같이 영화를 만들어가는 분위기가 너무 좋았다. 건우는 연기 부분뿐만 아니라 영화 액션, 영화 음악 부분에도 참여하고 있었다. 액션은 조나단이 인정하는 것을 넘어서 오히려 그가 건우에게 배워야 할 정도였고, 음악에서는 건우를 따라올 자가 없었다.

잭이 웃으면서 건우를 바라보았다.

"건우! 이번에 보내준 샘플, 정말 끝내주던데? 언제 만든 거야?"

"훈련소에 있을 때부터 조금씩 구상해 봤어요."

"오오! 역시 천재는 달라. 분명 영화 음악은 처음이라고 들었는데 샘플을 듣고 있으니 소름이 끼쳤다니까."

건우는 존 리 페인이 행할 여러 액션을 떠올려 보면서 영화에 들어갈 음악을 만들어보았다. 실제 악기로 스튜디오에서 녹음한 것은 아닌 샘플에 불과했지만 잭은 무척이나 마음에 든 듯했다. 당연했다. 감정의 힘이 가득 담겨 있으니 좋지 않을 리가 없었다.

"리더가 아주 흥분했었지."

잭이 리더의 어깨를 치며 말하자 리더는 고개를 끄덕였다.

"지금도 계속 듣고 있어. 진짜 좋아. 무엇보다 영상과 잘 어울릴 것 같아. 튀지 않으면서 녹아드는 느낌이야."

"음, 그래서 음악 부분은 전적으로 맡아줬으면 해. 따로 예산을 편성해 줄게. 아! 물론 처음이니 옆에서 도와줄 전문가들은 이미 섭외해 놨어. 뭐, 아무튼 같이 만들어가자고."

잭은 그렇게 말하며 씨익 웃었다. 영화 규모 자체는 계획했던 것보다 훨씬 커졌지만 그래도 기획 초기의 마인드는 잊지 않고 있었다.

셋이 있는 곳은 유니크 스튜디오가 아니었다. 유니크 스튜디오와 어느 정도 거리를 둔 곳이었는데, 바로 조나단의 액션 스쿨이었다. 할리우드에서도 인정받고 있는 곳이었다. 조나단은 스턴트 코디네이터 중에서도 최고로 통하니 그의 액션 스쿨이 유명한 것은 당연한 일이었다.

조나단이 직접 마중 나왔다.

"모두 잘 오셨어요. 환영합니다."

건우는 살짝 웃으면서 그를 바라보았다.

"이야, 여기서 뵈니까 굉장히 멋져 보이는데요?"

"하하, 감사합니다. 건우 씨에게 그런 말을 들으니 무한한 영광이네요. 어디 가서 자랑해도 되겠어요. 아! 들어가서 이야기하시지요."

조나단을 따라 안으로 들어갔다. 액션 스쿨은 꽤 컸다.

건우도 '골든 시크릿' 때 와본 적이 있었다. 주로 라인 브라더스의 부속 건물에서 훈련했었지만, 배우들과 대규모 액션신을 연습할 때는 이곳으로 오곤 했었다.

"오! 건우 씨."

"오랜만입니다."

"네이비씰 훈련 갔다 왔다면서요?"

조나단이 이끌고 있는 스턴트 팀원들이 건우를 반갑게 맞이했다. 건우는 그들과 웃으면서 인사를 나눴다. 모두 '골든 시크릿' 이후에 고생이 심했는데, 건우를 보니 그런 고생이 사라지는 듯한 느낌을 받았다.

사람들의 요란한 환영을 받으며 회의실로 들어갔다.

커다란 TV가 있었고 이번 영화의 액션에 대한 콘티가 커다란 책상 위에 놓여 있었다. 구체적으로 나온 것이 아니라 임시 초안이었다.

영화의 제목은 최근에 바뀌었다.

'존 리 페인.'

본래 제목은 '분노의 복수'였는데, 회의 끝에 심플하게 주인공의 이름으로 하기로 했다. 잭은 존 리 페인이라는 캐릭터를 대중들에게 각인시키고 싶어 했다.

"일단 보시지요."

조나단은 스턴트 영상을 보여주었다. 총기 액션과 단검 액션을 포함한, 존 리 페인에게 어울릴 법한 액션을 짠 것이었다. 전직 네이비씰 대원, 총기 전문가와 조나단이 직접 액션 연기를 했다. 실전에 근접한 모습이었다. 그래도 영화적인 연출은 잊지 않았다. 빠르게 권총을 겨누고 바닥을 구르며 쏘는 사격 자세는 화려한 느낌을 주는, 전형적인 액션 영화의 그것이었다.

'음…….'

하지만 건우의 마음에는 들지 않았다.

꽤 괜찮게 보였지만 무언가 부족했다. 오히려 잭보다는 리더가 건우와 같은 생각이었다.

"개성이 없는 느낌이에요. 딱 보면 좋기는 한데, 뭐라고 해야 할지… 음……."

"역시 그런가?"

리더는 영화에 관해서는 누구보다도 솔직하게, 그리고 직설적으로 말했다. 잭이 그것을 허락했고 조나단도 리더의 그런 태도를 좋아했다.

리더의 말에 조나단도 고민하고 있는 부분인 듯 고개를 끄덕였다.

잭은 공감하며 건우를 바라보았다.

"건우, 네 생각은 어때?"

모두의 시선이 건우에게로 몰렸다.

건우는 영상을 지켜보면서 깊은 고민을 하고 있었다. 건우가 해석한 존 리 페인이라는 인물, 그리고 액션에 대해 진지하게 생각했다. 그러면서도 영화적인 요소를 잊지 않았다.

"존 리 페인의 캐릭터성이 중요하잖아요?"

"음, 그렇지."

"액션에도 존 리 페인만의 유니크한 부분이 있었으면 좋을 것 같네요. 액션이 중점인 영화이니까요."

잭은 고개를 끄덕였다. 어찌 보면 당연한 이야기이기는 했지만 건우가 말하니 무언가 좋은 아이디어가 있는 것 같았다.

"건우 씨, 무언가 좋은 생각이 있으십니까?"

"음… 생각해 본 것이 있기는 해요."

조나단의 말에 건우가 그렇게 대답하자 잭이 벌떡 일어났다.

"그럼 바로 보여줄 수 있어?"

"어디까지나 구상만 해본 거라서 아직 어설픈데요."

"가자! 빨리 보여줘!"

잭이 재촉했다.

조나단과 리더도 같은 의견이었다.

건우는 존 리 페인이라는 배역에 몰입하면서 그만의 독특한 무술이 있어야 한다고 생각했다. 대사나 표정 연기를 통해서도 인물의 성격과 개성을 보여줄 수 있었지만 영화 전반을 관통하는 액션에도 그 개성이 실려야 한다고 생각했다.

'생각해 두기를 잘했군.'

건우는 지금까지 훈련했던 모든 것들을 종합해서 존 리 페인만의 독특한 무술을 만들었다. 대중들에게 보여주기 위한 액션이니 건우에게는 쉬운 일이었다. 물론, 그렇다고 하더라도 실전에서 쓰일 수 있을 법한 요소를 빼놓지 않았다. 화려하고 독특한 느낌이 살아 있는 존 리 페인의 무술과 총기 액션! 건우가 쌓아온 심득이 녹아 있으니 충분히 무술의 영역에 넣을 수 있었다.

건우가 액션 연기를 선보인다고 하니 준비가 아주 빠르게 진행되었다. 스턴트팀이 전부 몰려온 것 같았다. 다양한 총기들을 가지고 왔고, 그 외에 여러 가지 무기도 있었다. 카메라도 순식간에 설치되었다. 그냥 가볍게 보여주려고 했는데, 준비해 놓은 것을 보니 본격적이었다.

워낙 건우가 보여준 것들이 많았기에 그런 것이었다. '골든 시크릿' 때도 가볍게 시범을 보이는 것만으로도 대단한 광경을 만들어냈으니 말이다. 비정상적인 광경이었지만 모두 '이건우니까 그런 것이다'하며 수긍하는 분위기였다.

'음⋯⋯.'

건우는 눈을 감았다.

스스로 만들어낸 존 리 페인을 끌어 올렸다. 완벽하게 몰입이 되어 모든 생각과 행동들이 존 리 페인이라는 인물에 맞춰졌다.

존 리 페인 그 자체가 된 것이다.

건우가 눈을 떴다. 순식간에 달라진 건우의 분위기에 모두가 깜짝 놀랐다. 잭은 주먹을 움켜쥐었고, 리더는 전율을 느꼈다. 아무 말도 하지 않고 그저 서 있는 것만으로도 이러한 감각을 선사해 주는 배우는 이건우밖에 없을 것이라는 생각이 절로 들었다.

건우는 5개월 동안 배운 모든 것으로 만든 무술을 전부 보여줄 생각이었다.

네이비씰에서 배운 것들, 현대의 실전 무술을 건우만의 방식으로 재해석했고, 거기에 영화적인 화려함을 더했다. 분명 보통 액션은 아니었다. 건우마저도 스스로 멋지다고 생각할 정도였다. 그것은 다른 이들이 본다면 아마 눈이 돌아갈지도 모른다는 이야기였다.

건우는 이 무술의 이름을 따로 짓지는 않았다. 그냥 건우는 존 리 페인식 종합 무술이라고 부르고 있었다.

'처음은…….'

건우는 일단 권총을 이용한 총기술부터 시작했다. 합을 짠 것이 아니라 건우가 정립한 무술을 혼자 펼치는 것이었기에 어찌 보면 영화 장면에 매치시키기 힘들 수도 있었다. 그러나 건우의 모습을 보면 전혀 그런 생각이 들지 않았다.

건우가 움직이는 순간, 잭과 리더, 그리고 조나단를 비롯해 이곳에 있는 모두가 그대로 굳어버렸다.

건우는 각본을 떠올려 보며 적들을 이미지했다. 진짜 적들이 나타난 것처럼 눈앞에 명확히 떠올랐다. 이러한 수련은 고수라고 불리는 이들이라면 모두 가능한 수준이었다.

건우의 눈앞에 있는 이들은 모두 현대적인 무기와 무술로 무장한 이들이었다. 권총을 들고 있는 갱들, 마피아, 현대식 무기로 무장하고 있는 특수 요원들까지 선명하게 이미지가 떠올랐다. 인물의 특성과 이미지를 건우가 부여한 것이었기에 조금 인형처럼 느껴지기는 했지만 연습 상대로는 딱이었다.

'제대로 보여주자.'

건우는 더 좋은 영화를 만들기 위해서 모두에게 제대로 보여줄 생각이었다.

건우의 살기가 은은하게 폭사되었다. 건우가 발산하는 감정이 퍼져 나가며 주변 모든 이들에게 동화되어 갔다. 그것은 감정을 넘어 감각에까지 영향을 미쳤다.

건우가 그저 서 있을 뿐인데도 마치 건우의 주위에 적들이 있는 것 같은 느낌을 받았다. 건우처럼 뚜렷하게 보이지는 않았지만 어렴풋이 가상의 상대가 느껴졌다.

잭과 조나단은 경험한 적이 있었지만 리더와 몇몇 스턴트 팀원들은 처음이었다. 특히 리더는 너무나 놀라 뒤로 주춤 물러나고 말았다.

'뭐, 뭐지? 저, 적이 있는 것 같아.'

상식적으로는 이해할 수 없는 감각이 그에게 밀려들어 왔다. 눈으로는 분명 안 보이는데 무언가 존재한다고 말해주고 있었다.

'아…….'

황홀한 감동이 밀려왔다. 생전 처음 느끼는 감각에서 오는 깨달음이었다. 그동안 머릿속으로만 생각했던 것들이, 현실적인 장벽에 가로막혀 있던 어떤 상자가 열리는 기분을 느꼈다. 소름이 끼치는 것은 그 직후였다.

건우가 움직이기 시작했다. 처음은 깔끔한 움직임이었다. 훈련받은 요원처럼 안정적인 자세로 권총을 겨누고 빠르게 무릎을 꿇으며 방아쇠를 당겼다. 그리고 몸을 한 바퀴 굴리면서 사격 자세를 취했다. 사격 자세는 존 리 페인만의 특색이 강하게 묻어 있었다. 정석적인 자세는 아니었지만 훨씬 폼이 났다. 폼뿐만 아니라 동작도 물 흐르듯이 이어지기에 존 리 페인이 정말 사용할 법한, 자연스러운 동작이었다.

탕탕!

당연히 실제 총성은 울리지 않았다. 빈 탄창이라 방아쇠를 당기는 시늉에 불과했지만 총알이 나가는 것처럼 느껴졌다. 시각적인 정보를 뛰어넘는 어떤 감각이었다. 진하게 퍼져 나간 감정의 공명은 감각의 공명이라고 표현해도 될 정도였다. 건우가 방아쇠를 누를 때마다 총기에 살짝 반동을 주었기 때문에 더욱 사실감이 넘쳤다.

휘릭!

탄창 교환이 아주 빠르게 이루어졌다. 그저 정지된 자세에서 손으로 교환하는 것이 아니었다. 옆으로 한 바퀴 공중에서 구르며 교환이 되었다. 마치 컴퓨터 CG를 보는 것 같은 움직임에 모든 이들의 눈이 동그랗게 떠졌다. 일련의 동작이 너무나 깔끔하고 완벽해 전혀 오버스럽지도 않았고 영화적인 연출로도 느껴지지 않았다.

휘익!

그리고 바로 다양한 자세에서의 사격이 이어졌다. 어느 정도 거리가 있는 장거리 사격부터 해서 근거리 사격전, 그리고 권총을 이용한 육탄전까지 다양하게 이어졌다.

건우가 보여주는 시연의 백미는 근거리 총격전이었다. 서로가 총을 부딪치며 치열하게 사투를 벌이는 것 같은 모습은 절로 손에 땀을 쥐게 했다.

처음 보는 액션이었다. 과격하면서도 기교 있는 모습은 화려함을 넘어 예술적으로 보였다. 근접전을 하면서 온몸을 이용해서 탄창을 갈아 끼는 장면은 두 눈을 의심하게 할 정도였다.

온몸을 이용한 액션이었다.

과격한 몸놀림으로 적을 덮치고 해치우는 모습은 카타르시스마저 느끼게 해주었다. 직접 보지 않고서는 누구도 믿을 수 없을 것이다. 모든 것이 패턴과 규칙이 없는 것처럼 보이지만 전체적으로 보면 잘 짜여 있는 영화적인 규칙이 있었다.

조나단만이 그것을 눈치챘다.

'정말 대단해. 무술가로서 이 정도 경지에 이른 이가 몇 명이나 될까?'

조나단이 건우를 존경하는 이유는 그가 엄청난 연기력을 지닌 배우라는 점도 있었지만 그것보다는 어떤 경지에 있는지 자신으로서는 짐작도 되지 않은 무술가라는 점이 컸다.

"꿀꺽!"

"오오!"

조나단의 팀원은 두 손을 꽉 쥐며 건우를 바라보았다. 총구가 자신들이 있는 방향으로 돌아갈 때는 총알이 장전되지 않았다는 것을 알면서도 몸을 움찔거리거나 고개를 숙였다. 진짜 총을 겨눈 것 같은 섬뜩함이 느껴졌기 때문이다.

건우는 바로 다음 무술을 이어갔다. 라이플과 샷건, 그리고 단검을 포함한 여러 가지 무기들을 다루었다. 하나같이 모두 존 리 페인의 개성이 진하게 묻어 있었다. 존 리 페인만을 위해 만든 무술이니 당연했다. 세상에 첫 등장한 고난도의 종합 무술이었다.

특히, 단검술은 기존에 있던 어떤 무술보다도 매섭고 화려했다.

"허억!"

"저게 가능해?"

단검이 손과 손을 자유자재로 옮겨 다녔고 공중에서 춤을 추었다. 건우의 손놀림은 움직임이 잘 보이지 않을 정도로 빨랐다. 그리고 너무나 깔끔했다. 상대방의 목부터 시작해서 주요 급소를 빠르게 찍어 누르는 광경이 마치 눈에 보이는 듯했다. 절로 소름이 끼쳤다. 단번에 모두에게 섬뜩함을 안겨주었다.

지금껏 건우의 액션은 드라마나 영화에 맞췄기에 개성을 죽이고 자제하며 최대한 맞춰갔었다. 그러나 지금은 아니었다. 건우가 곧 존 리 페인이었기에 건우의 액션이 곧 영화에 그대로 나올 것이다.

건우는 이 세상에 없는 새로운 액션을 보여주고 싶었다. 모두가 놀랄 만한 그런 것들을 말이다.

"후우."

건우는 들었던 단검을 내리고 숨을 내쉬었다. 최근 이렇게 실전을 방불케 할 정도로 몰입해서 동작을 펼쳐볼 일은 많지 않았다. 인간이 펼칠 수 있는 범위 내에서 영화에 필요한 액션들만 간추려서 보여주었지만 만족스러웠다.

'잘만 다듬는다면 현대전에서도 먹힐 만한 무술로 만들 수 있을 것 같은데.'

지금도 충분했지만 건우에게 한정된 것이었다. 정확히 말하자면 건우만이 쓸 수 있는 무술이었다. 연출적인 요소를 빼고 일반인을 고려해서 교정한다면 꽤 괜찮은 무술로 탄생할 것 같았다. 총기, 여러 날붙이류, 맨손을 아우르는 그런 종합 무술 말이다.

나중에 시간이 있으면 제대로 정립해 보는 것도 나쁘지 않을 것 같았다. 배우, 가수이기 전에 건우는 무림인이었으니 무술 하나쯤 남기는 것도 나쁘지 않겠다는 생각이 들었다.

'내 이름을 딴 무술을 내놓는 것도 나쁘지는 않겠군.'

건우는 그렇게 생각하며 피식 웃었다.

건우가 단검을 테이블에 올려놓을 때까지도 여전히 침묵이 깔려 있었다. 주변을 돌아보니 모두 똑같은 모습이었다. 멍한 표정으로 건우를 바라보기만 하는 중이었다.

그들이 느끼고 있는 감정이 그대로 건우에게 전해졌다.

'조금 기운이 과했나?'

건우가 생각한 영화적인 연출을 조나단과 잭, 리더에게 전하려면 그만큼 기운을 써서 몰입시켜야 했다. 그래야 건우가 구상하고 있는 바를 감각적으로 전할 수 있었다. 말로 설명하는 것보다 훨씬 효율적일 것이다.

적당한 선에서 했다고 생각했지만 그래도 많은 영향이 있는 것 같았다. 부정적인 것은 아니고 오히려 정신과 육체적으로 긍정적인 부분이 있으니 큰 상관은 없을 것이다.

"괜찮나요?"

"오오오!"

"와아!"

짝짝짝!

건우가 그렇게 말함과 동시에 박수와 함성이 터져 나왔다. 건우의 시범을 지켜본 모든 이들이 박수를 보내는 것을 주저하지 않았다. 아직도 소름이 끼치는지 두 팔을 쓰다듬는 이들도 있었다. 스턴트 팀원들의 눈에는 존경과 흠모의 빛이 떠오르고 있었다.

잭은 잔뜩 흥분하며 건우에게 다가왔다.

그는 엄지를 드는 걸 주저하지 않았다. 손이 열 개가 있었다면 열 손 모두에서 엄지를 치켜들었을 것이다.

"좋아! 아주 훌륭해! 막혔던 부분이 속 시원하게 내려간 느낌이야! 그래! 나는 이런 걸 원했어! 아니, 내가 상상했던 것보다 훨씬 좋아!"

"그렇습니다. 건우 씨를 뵐 때마다 항상 반성하게 되는군요. 건우 씨에게 영감을 받았으니 새롭게 다시 만들어야겠습니다."

조나단도 그러했다. 조나단의 말투는 덤덤했는데, 이렇게 될 것을 예상했다는 듯한 모습이었다. 건우가 '골든 시크릿' 때 보여준 것들이 워낙 대단했기 때문이다.

리더는 여전히 멍한 표정이었다가 건우를 뜨거운 눈빛으로 바라보았다. 굉장히 부담스러운 시선이었다.

"한 번만 더 보여줘!"

"응?"

"부탁이야! 뭔가, 뭔가 잡힐 것 같아."

리더는 대단히 적극적이었다. 소심한 본래 성격보다도 영화를 위한 열정, 그리고 하나라도 더 알고 싶다는 열망이 훨씬 컸다. 소심하고 쉽게 상처받을 정도로 섬세한 것은 더 이상 단점이 아니었다. 오히려 많은 것을 생각하게 해주고 감각을 예민하게 만들어주는 장점이 되기도 했다.

'쑥쑥 자라는군.'

리더의 재능이 꽃피고 있었다.

영화 촬영이 끝날 때쯤에는 굉장히 많이 성장해 있을 것 같았다. 건우는 리더의 말에 고개를 끄덕인 다음 조나단을 바라보았다.

"그럼 잠깐 합을 맞춰볼까요?"

"즉석에서요? 음⋯⋯."

건우의 말에 조나단이 스턴트 팀원을 바라보며 고개를 갸웃했다. 액션의 합을 즉석에서 맞추는 건 어려운 일은 아니었다. 그러나 지금처럼 생소한 액션과 동화되는 건 어려웠다. 서로의 움직임을 잘 이해하고 있어야 했기 때문이다. 건우는 조나단이 무엇을 걱정하는지 잘 알고 있었다.

"기존 콘티와 비슷하게만 해주시면 되요."

조나단이 보여주었던 전체적인 액션의 구성은 꽤 괜찮았다. 거기에서 존 리 페인의 색깔만 입히면 좋은 장면이 탄생할 것 같았다. 물론 세부적인 내용이 변경되는 것은 어쩔 수 없지만 건우가 잘 맞춰줄 생각이었다.

잭이 반짝이는 눈동자로 건우를 바라보았다.

"건우! 기왕 하는 김에 스턴트팀이랑 복장도 갖추고 해보면 어떨까? 번거롭지만 한번 보고 싶은데."

"음… 잭이 그렇게 말한다면 무슨 이유가 있겠죠."

"하핫, 큰 이유는 없고 그냥 전체적인 느낌을 보고 싶어서."

복장이랄 것도 없었다. 조나단과 스턴트팀이 임시로 입었던 것들로 갈아입으면 되었기 때문이다. 존 리 페인의 옷은 깔끔한 정장이었다. 아내의 장례식 때 입었던 옷이었다. 피로 물들고 지저분해져도 아내의 장례식이 끝날 때까지 절대 벗지 않았다. 장례식이 끝나는 날은 바로 모든 조직을 궤멸시키는 날이었다.

액션 스쿨에는 다양한 복장이 구비되어 있었는데, 건우는 스턴트 팀원들의 것 중에서 사이즈에 맞는 정장을 입었다.

거울을 바라보니 깔끔한 모습의 자신이 있었다. 배역 연구를 하며 제대로 머리를 자르지는 않았지만 지저분한 느낌은 들지 않았다.

요즘 건우는 거울을 거의 보지 않았는데, 이렇게 보니 자신이 보더라도 대단히 잘난 얼굴이었다. 그건 분명 아주 좋은 일이었지만 배우의 입장에서는 조금 아쉬운 부분이기는 했다.

너무나 잘난 얼굴 이외에 배우로서 약점이 있다면 체중 조절이었다. 충만한 내력 탓에 건우의 육체는 늘 최적의 상태로 유지가 되었다.

늘 완벽하다는 이야기였다.

'좀 더 피폐해진 느낌이 들었으면 좋겠는데…….'

지금의 건우에게는 좀 더 늙어 보이고, 슬픔에 지쳐 피폐해진 분위기가 필요했다. 스스로의 힘으로는 해결할 수 없으니 영화 촬영에 들어갈 때 분장의 도움을 받아야 했다.

덥수룩하게 수염을 기르는 것이 슬픔에 빠진 존 리 페인의 모습에 어울리겠지만 아쉽게도 건우는 덥수룩하게 수염이 나지 않았다.

'너무 잘나도 문제로군. 배가 부른 소리이기는 한데… 아무튼 나중에 분장으로 해결하면 되겠지.'

복장을 갈아입고 나오자 중무장은 아니지만 그럭저럭 복장을 차려입은 스턴트팀이 보였다. 처음 합을 맞춰보는 것이니 풀 세팅까지는 필요가 없었다. 그럴 장비도 없고 말이다.

그들이 들고 있는 것은 조나단이 찍은 영상과 마찬가지로 모조 총기였다.

"건우 씨, 조금 과격하게 하셔도 괜찮아요. 저희는 할리우드 최고의 스턴트팀입니다."

"알겠습니다."

조나단의 말에 건우는 고개를 끄덕였다.

스턴트 팀원들의 얼굴에 긴장이 떠올랐다.

건우와 액션을 해본 팀원들이 많아서 건우와 합을 맞추는 것이 어떤 의미인 줄 알았다. 실전을 방불케 해서 절로 몸이 반응했기에 긴장하지 않을 수 없었다.

모든 준비가 끝났다.

기존에 조나단과 그의 스턴트팀이 짰던 대로 액션이 진행되었다. 근접전이었다. 동선은 똑같았다. 그러나 움직임이 확 달라져 전혀 다른 새로운 액션으로 보였다.

"으억!"

"억!?"

스턴트 팀원은 기존에 짰던 대로 움직였지만 결과가 달랐다. 건우의 손이 닿자 절로 몸이 움직이면서 바닥에 처박혔다. 총구가 자신의 머리를 향했을 때는 진짜 죽는 것 같이 느껴졌다. 순간적으로 연습이라는 것도 잊은 채 겁을 먹고 비명을 지를 정도였다.

스턴트 팀원들은 정신이 없었다.

정신을 차리고 보면 몸이 공중에서 한 바퀴 굴러 바닥에 쓰러져 있었고 들고 있던 모조 총이 건우의 손에 들려 있었다.

　'음… 이제부터 상당히 아플 테니 내력으로 보호를 해줘야겠네.'

　조나단의 말도 있고 하니 조금 과격하게 다룰 예정이었다. 건우는 저들이 부상을 당하지 않도록 내력으로 보호하며 액션을 진행했다.

　"억!"

　"으윽!"

　신음 소리가 난무했다.

　기존 구상보다 훨씬 더 스타일리쉬했고 템포가 빨랐다. 그것이 존 리 페인의 독특한 스타일로 보였고, 굉장히 화려해 흥분을 넘어 쾌감마저 느끼게 해주었다.

　휘익!

　이 분야에서 최고로 치는 조나단의 스턴트팀이 제대로 따라가지 못해 마치 초보들처럼 허우적거리다가 바닥에 누웠다. 그런데 그것조차 기존의 것보다 훨씬 더 보기 좋았다. 오히려 그게 당연한 것처럼 아주 자연스럽게 보였다. 기존 동선대로 달려드는 것만으로도 알아서 모든 것들이 진행되니 스턴트 팀원들은 어안이 벙벙할 뿐이었다.

　"크억!"

다만, 대비하지 못해 조금 아픔을 참아내야 했다.

부상당할 정도는 아니었는데, 고통을 참아내는 건 익숙해져도 힘든 일이었다. 아픈 것을 좋아하는 사람은 변태밖에 없었기 때문이다. 건우 앞에 있던 스턴트 팀원은 곧 닥쳐올 고통에 대비하며 이를 악물었다.

퍽!

'응?'

분명 가슴을 강하게 맞고 공중에서 두 바퀴 구른 다음 바닥을 굴렀는데, 고통이 밀려오지 않았다. 오히려 이상한 쾌감과 함께 전신의 근육이 풀리는 것 같은 상쾌함이 밀려들어왔다.

'좋다……'

그게 너무 좋았다.

바닥에 힘없이 퍼지면서 몸이 절로 나른해졌다. 분명 고통의 감각과 비슷하기는 한데 마치 앓던 이가 빠져나간 것 같은 그런 상쾌함이 있었다.

"으윳!"

"억?!"

"잉힛?!"

맞을 때마다 이상한 신음 소리가 난무했다. 얼굴이 핑크빛으로 물드는 스턴트 팀원들마저 보였다.

'단체로 뭘 잘못 먹었나?'

조나단이 눈을 깜빡이며 고개를 갸웃할 정도로 이상했다. 분명 엄청 구르고 있는데, 대단히 편해 보이는 표정이었다.

스턴트 팀원들은 그런 조나단의 시선이 전혀 신경 쓰이지 않았다. 그들의 눈빛과 표정이 갈수록 기묘해졌다.

액션이 한 차례로 끝나는 것이 아니라 몇 번 더 진행되었다. 그때마다 스턴트 팀원들의 몸놀림은 더욱 과감해졌다. 부상 따위는 신경도 쓰지 않는다는 듯 그냥 몸을 던졌다. 마치 불에 뛰어드는 불나방처럼 보일 지경이었다.

'더, 더……'

'더 구르고 싶어.'

'마, 맞고 싶어.'

'때려줘!'

건우가 몸을 가격하거나 심하게 다뤄질 때마다 느껴지는 알 수 없는 쾌감과 상쾌함에 스턴트 팀원들은 한 번이라도 더 맞기 위해 너무나 의욕적으로 달려들었다. 그 모습은 실전을 방불케 하는 그림으로 보였다.

"오오!"

잭은 점점 더 과격해지고 치열해지는 액션에 감탄했다. 과연 할리우드에서 손꼽히는 스턴트팀이었다. 단순한 시범이었지만 이렇게 자기 몸을 생각하지 않는 모습을 보여주니 감동으로 다가왔다. 액션이 너무 멋진 것은 둘째치더라도 말이다.

"조나단, 자네 팀원들은 참 대단하군."

"아… 뭐……. 그렇죠."

"이렇게 헌신적인 모습을 보니 걱정을 할 필요가 없겠어."

"으, 으음."

조나단은 잭의 말에 고개를 갸웃하면서도 만족스러운 미소를 그릴 수 있었다. 이러한 액션이 영화에 적용된다면 스토리가 아무리 개차반이라도 실패할 수가 없을 것 같았다. 물론, 스토리도 꽤나 좋은 편이었다.

액션이 끝나자 잭이 먼저 박수를 치며 건우에게 다가갔다.

"좋아! 아주 좋아!"

"그래요?"

"앞서 말했다시피 내가 바랐던 것보다 훨씬 좋아! 영화사에 한 획을 그을 것이 분명해!"

잭이 연이어 엄청난 극찬을 했다. 조나단과 리더도 동의하는지 고개를 끄덕였다. 스턴트 팀원은 아직도 멍한 표정으로 몸을 움찔움찔 떨었다. 건우를 향한 존경의 눈빛 안에 강한 열망이 감돌았다.

건우는 금방이라도 자신 쪽으로 달려들 것 같은 스턴트 팀원들의 모습에 어색한 미소를 그렸다.

'음…….'

보는 사람이 아찔할 정도로 과격한 액션도 있었지만 조그마한 부상을 입은 이조차 없었다. 건우의 내력 덕분이었다. 그런데 내력이 조금 기이한 작용을 한 모양이었다.

'뭐, 좋은 게 좋은 거니까.'

좀 더 적극적으로 변했고 어쨌든 긍정적인 측면이 크니 괜찮을 것이다.

"건우 씨! 하, 한 번 더 하죠!"

"음! 우리는 연습이 더 필요한 것 같습니다!"

"조금 더 때려… 크흠, 아니, 연습하게 해주세요!"

"하악, 하악!"

스턴트 팀원들의 눈빛이 조금 과장하자면 약이라도 한 것 같은 눈빛이 되었다.

그 열정에 잭과 리더는 감동한 듯한 표정이었고 조나단은 이놈들이 왜 저러나 하는 표정이었다. 계획된 것 이외에는 전혀 움직이지 않는 것이 바로 자신의 팀원들이었기 때문이다.

건우는 할 수 없이 몇 번 더 어울려 주고 난 후에야 풀려날 수 있었다. 시범이 끝날 때쯤에는 오히려 조나단의 말보다도 건우의 말을 더 잘 듣게 된 조나단의 스턴트팀이었다.

*　　　　　*　　　　　*

건우는 흥분한 기색이 가득한 잭, 리더와 함께 다시 회의실로 돌아왔다. 회의는 이제 시작이었다. 조나단은 건우의 시범을 보고 영감을 얻은 듯 많은 아이디어를 쏟아냈다. 리더도 마찬가지였다. 잭이 중간에서 노련하게 조율했다. 오히려 건우의 의견이 적었다.

'겨우 끝인가?'

긴 회의는 몇 시간이 지나서야 겨우 마무리가 되었다. 이것도 임시 회의였고 얼마 뒤에 다시 자리를 가질 예정이었다. 건우가 배우이기는 하지만 액션에 깊게 관여하고 영화 음악도 맡고 있으니 반드시 참여해야 했다. 영화가 만들어지기까지의 과정을 처음부터 끝까지 같이할 수 있게 되어 많은 것을 배우고 있다고 생각했다.

건우는 그래도 빨리 영화 촬영에 들어가고 싶었다. 카메라 앞에서 연기를 하고 싶어 몸이 근질근질했다. 확실히 연기는 노래와는 다른 매력을 가진 마약이었다.

"아, 맞다!"

리더가 갑자기 무언가 생각났는지 박수를 치며 외쳤다. 자리를 일어나려던 잭이 무슨 일이냐는 듯 리더를 바라보았다.

"오늘 홍보 영상 나오잖아요. 네이비씰 홍보 영상"

"아! 오늘이었나?"

"네, 홍보 영상을 공개하는 건 영화 촬영 전으로 조율해 놨었잖아요. 확인한다는 걸 잠시 잊고 있었네요."

리더의 말에 잭은 고개를 끄덕였다.

잭도 영화 일정으로 바빠 까맣게 잊고 있었다. 모든 것을 총괄하려니 몸이 열 개라도 부족할 지경이었다.

건우는 아예 신경을 쓰지 않고 있었는데 어떻게 나왔는지 궁금하기는 했다. 조나단도 마찬가지였다.

리더가 에드스타를 통해 확인을 해보았다. 요즘은 미튜브에서 에드스타로 넘어가는 추세였다. 정확히 말하자면 에드스타의 동영상 스트리밍 플랫폼인 플레이스타였다.

컨텐츠 제공자에게 광고 수입은 비슷하게 제공되었고, 무엇보다 보안이 확실하니 미튜브로 올릴 필요가 없었다. 영상을 불법으로 퍼갈 수 없었고, 일반사람들이 영상을 불법적으로 다운받기는 거의 불가능했다. 방송 플랫폼으로도 상당히 좋아서 많은 방송인들이 생방송을 진행하고 있었다. 다양한 후원 기능을 통해 방송 플랫폼으로서도 자리를 굳혀가고 있는 중이었다.

그 결과, 인기 방송인 같은 경우에는 시청자 수가 20만 단위를 넘어가기도 했다. 유입자들의 숫자가 날이 갈수록 많아지고 있어 새로운 사회현상을 만들어내고 있다는 전문가들의 분석도 있었다.

건우는 별다른 생각이 없었지만 그가 처음 에드스타의 경영진들과 만났을 때와 비교할 수 없을 정도로 규모가 커진 것이다.

그만큼 건우의 재산도 기하급수적으로 불어나고 있었다.

"TV로 보시지요."

조나단이 TV를 켰다. 컴퓨터와 연결되어 있는 TV였다.

바로 찾을 수 있었다. 조회 수가 장난이 아니었기 때문이다. 베스트 영상에 떠 있었다.

군 관련 홍보 영상 같은 경우에는 조회 수가 그리 높지 않았는데, 이번 것은 달랐다. 플레이스타에서는 조회 수가 실시간으로 올라가는 것이 눈에 보였고, 옵션을 클릭하면 그래프로 표시해 주었다.

"오오, 조회 수가 장난 아닌데요?"

리더는 조회 수에 놀랐다. 공개된 지 얼마 되지 않았음에도 벌써 수천만이 넘어가고 있었다. 미 해군 본부의 홍보 부서에서 SNS를 통해 이건우 명예 대원, 그리고 그 외의 배우들이 출연한 홍보 영상을 오늘 공개한다고 남겼었다. 공개가 되자마자 여러 할리우드 스타들이 SNS를 통해 동영상을 링크했고, 그게 순식간에 퍼져 나가기 시작한 것이다.

록과 반 스타뎀 역시 SNS에 글을 남겼다.

로크 존슨

지옥 같은 곳, 그러나 대장이 있었기에 극복할 수 있었다. 그 어떤 남자도 따라올 수 없는 최고의 사나이!

강철로 만든 저 남자가 바로 우리의 대장 이건우다!

[사진 첨부: 이건우 대장과.jpg]

[사진 첨부: 형님.jpg]

링크: 네이비씰 홍보 영상

#형님#이건우대장님#울보데이비드#로크존슨의대장

반 스타뎀

이건우! 모든 것이 완벽한 리더.

그와 함께한 시간은 희망이었고 앞으로 함께할 시간은 영광일 것이다.

[사진 첨부: 이건우와 소대원.jpg]

[사진 첨부: 울보 데이비드.jpg]

링크: 네이비씰 홍보 영상

#대장#영광의시간#네이비씰#울보데이비드

건우가 못 본 것이 다행인 아주 오글거리는 멘트였다.

로크 존슨과 반 스타뎀은 영화의 조연으로 활동하기는 했지만 인지도가 그렇게 있는 편은 아니었다. 그러나 건우와 같이 찍은 사진을 SNS에 올리자마자 폭발적으로 팔로워 숫자가 늘기 시작하더니 기사가 마구 쏟아져 나오고 인지도가 급상승했다.

건우 팬들에게 강한 호감으로 다가간 것도 한몫했다.

건우 팬들의 파워는 대단했다. 인지도가 몇 단계나 상승하는 게 체감으로 느껴질 정도로 말이다.

건우를 중심으로 양옆에 보필하듯이 앉아 있는 사진은 대단히 화제가 됐고 한국 팬들에게 좌장 노준수, 우장 반별단이라는 한국 이름까지 얻었다. 그리고 록이 격투기 선수 시절 보여준 파격적인 모습과 반 스타뎀이 출연했던 영화에서 보여준 압도적인 피지컬이 움짤로 만들어져 퍼져 나가기 시작했다. 건느님의 부하가 이 정도로 강력한 괴물이라는 것이 유머 코드였다.

그리고 뜻밖의 수혜자가 한 명 더 있었다.

"실시간 댓글을 보니까 울보 데이비드라고 있는데……."

"데이비드라면 그 데이비드 씨요?"

조나단과 리더는 실시간으로 올라오는 댓글을 보며 고개를 갸웃했다. 데이비드는 록과 반 스타뎀 정도는 아니지만 체격이 좋은 근육질 배우였다. 확실히 울보와는 거리가 멀다고 느껴지는 터프한 모습을 가지고 있었다.

록과 반이 SNS에 올린 모습과 홍보 영상에 잠깐 나온 모습 덕분에 데이비드는 본인의 이름보다 울보라고 더 많이 불렸다.

네이비씰 훈련 당시 눈물을 줄줄 흘리면서 건우 앞에 서 있는 사진, 그리고 수료식 전에 눈물을 펑펑 흘려 건우가 토닥여

주는 사진이 캡처되어 돌아다니고 있었다. 뚜렷한 개성이 없어 인지도가 거의 없던 데이비드였는데, 자고 일어나니 세상이 바뀐 것이다. 심지어 영화 촬영이 들어가지도 않았다.

록과 반 스타뎀, 그리고 데이비드는 갑작스러운 관심에 당황하면서도 대단히 기뻐하고 있었다. 모두 건우 덕분이라고 생각하며 그 영광을 건우에게 돌렸다.

"뿌듯하네. 아마 영상은 볼만할 거야. 내가 신경을 꽤 썼거든."

잭이 그렇게 말했다. 홍보 영상은 처음이었지만 잭은 잘 뽑혀 나왔다고 생각했다. 미 해군에서도 상당히 만족해하고 있었다.

잭은 군 고위 관계자들과 제법 좋은 인맥을 쌓을 수 있었다. 덕분에 영화 촬영 때 여러 가지 도움도 받을 수 있게 되었는데 아무래도 건우의 덕이 컸다.

잭은 건우의 영향력에 대해 새삼 깨달을 수 있었다.

"궁금하네요. 일단 빨리 보죠."

조나단이 그렇게 말하며 플레이 버튼을 눌렀다.

검은 화면과 함께 웅장한 배경음이 들려왔다. 전체적인 편집에 잭이 관여했기에 영상에는 잭의 연출 기법이 상당히 많이 들어가 있었다.

히어로 영화에 들어갈 법한 배경음악과 함께 다소 딱딱한 느낌의 글귀가 떠올랐다.

[영상 속 모든 것은 실제 상황입니다.]

그런 문장들이 점멸되며 사라졌다. 그와 함께 전장에서 들릴 법한 총성과 폭발음이 들려왔다.

[시련과 절망이 오늘의 날 완성시킨다.]

총성과 폭발음이 잦아지며 천천히 노을이 진 풍경을 비추었다. 건우와 그 뒤로 이를 악문 채 달리고 있는 배우들이 보였다. 총기를 들고 완전군장을 멘 채로 달렸는데, 표정 하나하나를 슬로우 모션 효과를 주어 확대해서 그런지 더욱 처절해 보였다.

멀리서 찍어서 그런지 화질이 깨끗하지는 않았지만 그것이 오히려 사실적으로 다가왔다. 고정되지 않고 흔들리는 효과를 주어 더욱 현장감이 넘쳤다.

휘이이이! 콰앙! 타다다!

총격과 폭발음이 들렸다. 건우가 다급히 배우들, 그러니까 같은 소대의 훈련병들을 지휘하는 것이 보였다. 뒤따라오던 데이비드가 발을 살짝 삐끗해 뒤처지고 있었다. 마치 뒤에서 적이 오는 것 같은 급박한 상황처럼 보였다.

데이비드가 이를 악물고 고통을 참으며 움직였지만 상황은 나아지지 않았다. 그걸 본 건우가 바로 그의 군장을 대신 들었다. 록과 반 스타뎀을 손가락으로 가리키자 둘이 고개를 끄덕이고는 록이 맨 뒤에 붙었고 반 스타뎀이 데이비드를 부축했다. 데이비드는 눈물을 줄줄 흘리고 있었다. 뭐라고 말하고 있었는데, 마치 자신을 두고 가라는 것 같은 모습이었다.

일사분란하게 무언가를 다급히 지시하는 건우의 모습이 나오고 폭발음과 함께 화면이 전환되었다. 마치 전쟁 영화를 방불케 하는 모습이었다.

건우는 그걸 보고 황당함을 감출 수 없었다.

'저거, 전술 훈련 때인데······?'

별로 급박한 상황은 아니었다. 물론, 진짜 작전 수행 하는 느낌을 주기 위해 숨어 있던 교관들이 공중에 총을 쏘고 훈련용 폭탄을 터뜨렸지만 위협적으로 다가오지는 않았다. 지옥의 주를 끝내고 난 뒤에 받았던, 조금은 널널한 훈련이었다.

그저 완전군장을 매고 제한 시간 안에 코스를 주파하면 되는 훈련이었다. 물론 그 코스가 심하게 어렵기는 하지만 말이다.

저 상황은 중간에 데이비드가 발을 삐끗해서, 건우가 대신 군장을 들고 반 스타뎀에게 부축하라고 지시한 것에 불과했다.

급박한 배경음악을 삽입하고 영상 필터를 입혀 편집을 하니 무슨 적진 한가운데 떨어진 네이비씰 대원들을 보는 것 같았다.

"오, 오오······!"

"진짜 작전에 투입된 건 아니죠?"

리더와 조나단도 속아 넘어갔다. 건우의 얼굴이 영상에 나왔다. 느리고 거친 숨소리와 함께 진지한 표정으로 정면을 바라보고 있었다. 소대장으로서의 고뇌가 느껴지는 것 같았다. 사실, 건우는 그냥 시간을 보고 아슬아슬하게 도착할 수 있겠구나 하는 생각을 했을 뿐이었다.

거친 숨소리가 점점 사라져 갔다.

그와 동시에 화면이 점멸되며 다시 글귀가 떠올랐다.

[편한 날 따위는 없다.]

잔뜩 군기가 든 모습으로 연병장에 서 있는 건우와 배우들의 모습이 잡혔다. 교관의 외침과 함께 얼차려가 시작되었다. 보는 것만으로도 고통스러운 모습이었다.

감동을 불러일으킬 만한 잔잔한 배경음과 함께 배우들의 신음 소리가 깔렸다.

[으헉!]

[윽!]

힘이 빠져 모래사장을 구르는 배우들이 보였다. 힘이 부쳐서 쓰러진 배우들 대신 건우가 얼차려를 받았다. 장면이 바뀌면서 손을 묶고 보트에서 뛰어내린 장면이 나왔다. 하나같이 엄청 힘들어 보이는 훈련들이었다. 배우들은 콧물과 눈물을 잔뜩 흘리면서 표정을 일그러뜨렸다.

"그 와중에 건우 씨는 멋지군요."

"이기적인 비주얼……"

조나단과 리더가 그렇게 말했다. 건우가 보기에도 그랬다. 똑같은 훈련을 받고 있는데 자신만 멋지게 나온 것 같았다. 팔과 다리를 묶고 제일 먼저 바다에 뛰어드는 장면뿐만 아니라 파도를 맞으며 포복을 하는 모습조차 상당히 멋지게 보였다. 파도와 모래조차 건우의 미모를 가릴 수 없었다.

그냥 건우가 나오는 것만으로도 영화의 한 장면처럼 보였다.

잭이 조나단과 리더의 말을 듣고는 고개를 끄덕였다.

"건우가 안 멋진 영상이 하나도 없더라고. 초반부에는 그나마 안 튀는 걸로 넣은 거야. 원본을 보면 깜짝 놀랄걸? 나도 놀라 뒤집어졌다니까."

잭은 홍보 영상을 건우를 부각시켜 전체적으로 멋진 분위기를 만드는 방향으로 편집했다. 네이비씰에 지원하면 이렇게 멋지게 될 수 있다는 그런 마음을 심어주는 목적으로 영상을 편집한 것이다. 그리고 그건 확실히 먹힐 것 같았다. 건우의 멋짐에 반감이 들 수도 있지 않을까 잠깐 고민했었지만 그렇지 않으리란 확신을 가진 잭이었다. 건우의 비주얼은 반감이 들 정도로 만만한 것이 아니었기 때문이다.

[그 따위로 할 거면 돌아갓!]

[뛰어! 굼벵이들아!]

홍보 영상의 하이라이트인 지옥의 주 훈련 영상이 나왔다. 다른 훈련병들과 함께 훈련을 받는 모습이 보였다. 건우가 능숙하게 지시를 내리며 배우들을 이끌고 다른 소대와 많은 격차를 내며 훈련을 소화하는 모습이 나왔다.

잠을 자지 못해 다른 훈련병들이 졸고 있었지만 건우와 배우들은 굳건히 서서 버텨냈다. 차가운 물을 맞으면서 서 있는 모습은 경건하게까지 느껴졌다.

보트를 들고 달리는 모습, 거대한 통나무를 들고 악에 받쳐 소리치는 모습이 나왔다. 그러다가 영상이 검은 화면으로 물들었다.

[우리는 피와 땀으로 살을 짓이기며 수백 번 다시 태어나…….]

그런 문장과 함께 배경음악이 반전되었다. 저음으로 울리는 소리가 들려왔다. 화면이 깜빡이며 어느 구덩이 속에 있는 체격이 큰 흑인을 비추었다. 그 덩치 큰 남자가 웃통을 벗으며 양팔을 들고 소리쳤다. 그리고는 몸을 돌리며 험악한 인상을 보여주었다.

같은 훈련병에 불과했지만 영상 편집이 워낙 절묘해 최종 보스 같은 포스를 내뿜고 있었다. 잠깐 비친 교관의 모습도 적절히 교차해서 편집해 넣었는데, 마치 괴물을 보고 표정이 굳은 것 같은 모습이었다. 사실은 독개구리 교관의 본래 표정에 불과했다.

[비로소 강철이 된다.]

다시 문장이 떠올랐다.

문장이 사라짐과 동시에 배경음도 사라졌다. 화면의 점멸이 멈추면서 건우의 등이 잡혔다. 건우도 윗옷을 벗고 있었다. 드러난 그의 등은 그야말로 완벽했다. 어떤 분장, 어떤 CG를 입히더라도 저런 예술적인 등 근육을 볼 수는 없을 것이다.

두둥! 두둥!

침묵을 깨고 저음의 배경음이 울렸다. 건우가 천천히 장갑을 꼈다. 그리고 덩치 앞에 서 있는 건우의 모습을 비추었다.

"오오!"

"무슨 영화 예고편이에요? 감독님, 도대체 뭘 만든 겁니까?"

리더는 주먹을 불끈 쥐었고 조나단은 어이없다는 듯 잠시 잭을 바라보았다. 음악은 슈퍼 히어로의 등장을 나타내는 듯한 음악으로 바뀌었다.

덩치의 근육을 꿈틀거리며 주먹을 휘둘렀다.

너무나 매서웠다. 금방이라도 건우를 박살 낼 기세였지만 건우는 아슬아슬하게 피해냈다. 건우는 새삼 편집의 힘을 느꼈다. 실제로 보면 그냥 일방적인 압승이었지만 이렇게 편집을 해놓으니 꽤 박진감이 넘쳤다.

퍼억! 퍽!

[끄윽!]

건우가 주먹을 꽂아 넣는 모습은 예술적으로 보였다.

결국 상대가 항복하는 장면이 나왔다. 소대원들을 보면서 주먹을 불끈 쥐는 장면과 배우들이 환호성을 지르는 모습이 교차되었다.

건우가 덩치와 악수를 하자 주변에 있던 모든 훈련병이 환호성을 내질렀다. 영상을 보는 이로 하여금 뜨거운 무언가를 느끼게 만들어 주었다.

영상이 바뀌면서 군복을 입은 배우들의 모습을 비추었다. 리암 노스 중령이 직접 휘장을 달아주는 모습이 나왔다. 배우들의 어깨에 달린 국기가 클로즈업되었다. 건우의 어깨에 달려 있는 태극기가 선명하게 등장했다.

[우리는 영웅이 필요합니다.]

훈련병들이 당당하게 훈련소를 빠져나가는 배우들을 환호해 주었다. 그 함성이 배경음이 되어 주변을 가득 울렸다.

[당신의 지원을 기다립니다.]

[미합중국 해군(United States Navy).]

그런 문구와 함께 잔잔히 사라지는 음악을 끝으로 홍보 영상이 마무리되었다.

잭이 뿌듯한 표정으로 리더와 조나단을 바라보았다.

"어때?"

"좋은데요? 교묘하게 뒷이야기를 기대하고 싶어지게 만드는 연출… 역시……."

"이거 저도 입대하고 싶어지네요. 지금이라도 입대를 해볼까요?"

리더는 잭의 의중을 짚어보고 있었고 조나단은 감상을 말해 주었다. 잭의 시선이 건우에게로 향했다. 건우도 영상이 꽤 만족스러웠다. 자칫 잘못하면 미국 쪽에 너무 잘 보이려고 하는 것이 아니냐 하는 비판을 받을 수도 있었지만 마지막에 적절히 태극기를 부각시킴으로 인해 그런 논란을 만들 수 없게 해주었다. 그리고 홍보 영상에서 그친 것이 아니라 이번 영화 '존 리 페인'에 대한 기대감을 품게 만들기 충분했다.

역시 잭은 보통 감독이 아니었다.

"미안하게 저만 너무 멋지게 나온 것 같은데요."

"뭐, 홍보 영상의 주인공이니 당연하잖아. 그리고 다양한 팬 층도 만들 수 있으니 좋고 말이지. 아무튼 미 해군 쪽에서 엄청 만족해했어. 다른 것도 찍어달라고 할 정도야."

"만족했다니 다행이기는 한데… 음, 근데 다양한 팬층이라니요?"

건우의 팬은 세계에서 제일 많았다. 모든 연령에 인기가 많기는 하지만 그래도 남성보다는 여성들에게 인기가 훨씬 많았다. 그러나 이번 홍보 영상을 통해 남성 팬들도 늘어나고 있었다. 그동안 우아하고 아름다운 이미지만 보여주었는데, 이런 남자답고 화끈한 모습, 그리고 남자의 가슴을 자극하는 영상을 보여주니 남성 팬이 늘어날 수밖에 없었다. 물론, 여성 팬들도 아주 좋아했다.

잭이 여러모로 많은 장치들을 깔아놓은 것이다. 잭은 영화를 위해 모든 힘을 다 바치고 있었고 건우에게도 많은 도움이 되고 있었다.

실제로 댓글은 엄청난 호평이었다.

anne_132: 지금 입대하러 갑니다.

rose_red: 와, 근육 봐. 저거 CG아님?

—Re: asrada88: 절대 연출만을 위한 조작이 없었다고 해. 건느님은 실제로 9주간이나 훈련을 받았어. 네이비씰 자체 신기록을 몇 번이나 갱신했다고 해.

—Re: rose_red: 정말?

—Re: asrada88: [기사 링크] 미 해군 쪽에서 나온 정식 기사를 보면 알 수 있어.

—Re: rose_red: 미쳤다. 무슨 슈퍼 솔져인 줄.

gunyuck: 저건 다년간의 트레이닝으로도 쉽게 만들 수 없는 근육입니다. 실전 근육이에요. 정말 예술이네요. 트레이너 생활 10년 차인데 닮고 싶습니다.

july_six: 내 폰 배경화면으로 할 수밖에 없다.

japjapone: 타격 폼 봐. 미치도록 아름다운 선을 그리고 있어!

yunsona: 내 남편은 해군 출신이야. 남편이랑 같이 봤는데 나보다 더 흥분하고 있어.

hibest: 솔직히 지릴 정도로 멋지다. 맞아. 우리는 영웅이 필요해.

endofman95: 말이 나오지 않을 정도로 멋진 영상!

세계 각지에서 몰려와서 댓글을 달았기에 여러 나라의 언어가 섞여 있었다. 자체 번역 기능을 통해 조금은 어설프지만 모든 댓글이 번역되어 있어 읽는 데 무리는 없었다.

그중에서도 한국 남성들의 반응은 다양했다.

제목: 건느님 재입대 영상 봄?

기사로도 나오고 소문만 무성했는데, 역시 사실이었어.

건느님은 재입대도 색다르게 함.

네이비씰에 재입대하는 스케일 좀 봐ㅋㅋ.

어우, 토 나온다.

그 와중에 톱 성적으로 명예 대원으로 인정받고 있음ㅋ.

네이비씰 대원들이 하나같이 겁나 칭찬하던데ㅋㅋ.

미 해군 쪽의 기사를 보면…….

'그는 괴물 같았다.'

'지옥의 주를 소화하면서 단 한 번도 흐트러지지 않았다. 흡사 생체 병기를 연상케 했다.'

'한국이 비밀리에 만든 인간 흉기.'

'슈퍼 병장.'

진짜 미쳤음ㅋㅋ.

저거 다 실제 발언임.

미 해군에서 건느님 사진이랑 배우들 사진으로 만든 달력을 배포한다고 함. 수익금은 기부한다고 하니까 빨리 신청해!

댓글: 2,231

블루너굴맨: 미쳤다ㅋㅋ. 나라면 죽어도 못 함. 건느님은 멘탈이 거의 부처급이네.

곰문곰: 와, 홍보 영상 보고 왔는데 지림ㅋㅋ. 미국 형들 건느님 앞에서 다 개발림ㅋㅋ. 로크 존슨이랑 반 스타뎀은 엄청 근육질인데, 건느님은 그냥 조각이야. 미친 피지컬.

호두호호: 마지막 참호 전투? 지렸다. 저거 진짜 싸운 거라며. 일대일로 개바르는 거 보소.

손놈: 달력 벌써 매진. 미친…….

죽어욧: 건느님 이러다가 국방부에 불려가는 거 아냐? 한

번 더 재입대 각인데.

여러 커뮤니티에서 건우 이야기가 전부 베스트를 차지하고 있었다. 언론에서는 아직 촬영에 들어가지 않은 '존 리 페인'에 대한 기사들이 쏟아져 나왔다. 사람들의 기대감이 마구마구 부풀어 오르고 있었다.

'골든 시크릿' 2부는 어떻게든 흥행에 성공하기는 했지만 1부에 비하면 처참한 수준이었다. 현재 사활을 걸고 곧 3부 촬영에 들어간다고 하는데, 촬영 시기를 살펴보면 존 리 페인과 '골든 시크릿' 3부의 정면 대결이 성사될 수도 있다는 관측이 나왔다.

건우는 모두와 잠시 이야기를 나누다가 자리에서 일어났다. 잭이 건우의 어깨에 손을 올렸다.

"이제 촬영까지 정말 얼마 안 남았네. 잘 부탁해."

"라인 브라더스에게 갚아줄 게 있었죠."

"애초부터 우리의 상대가 안 돼. 그들이 비참하게 추락하는 모습을 웃으며 지켜볼 생각이야."

잭은 라인 브라더스에게 당한 것들을 잊지 않고 있었다.

제작자로서, 그리고 유니크 스튜디오의 첫 작품으로 화려하게 데뷔하여, 이제는 라인 브라더스의 메인 작품이 된 '골든 시크릿'을 철저하게 눌러줄 생각이었다.

건우는 웃으며 잭을 바라보았다.

"잭."

"응?"

"역사적인 작품이 탄생할 겁니다. 그리고 우리는 곧 전설이 될 거예요. 제가 보장하죠."

잭은 건우의 말에 환하게 웃었다. 건우가 그렇게 말하니 사실이 될 것 같았기 때문이다. 아니, 건우가 있기에 그 말은 현실이 되어 눈앞에 나타날 것이다. 잭은 믿어 의심치 않았다.

잭에게 건우는 그러한 존재였다.

『톱스타 이건우』 11권에 계속…